小人物走过大时代

梁晓声 + 作品

中国出版集团 東方出版中心

图书在版编目（CIP）数据

小人物走过大时代 / 梁晓声著. —上海：东方出版中心, 2022.3

ISBN 978-7-5473-1969-7

Ⅰ. ①小… Ⅱ. ①梁… Ⅲ. ①散文集–中国–当代 Ⅳ. ①I267

中国版本图书馆CIP数据核字（2022）第032027号

小人物走过大时代

著　　者　梁晓声
策划统筹　梁　惠
责任编辑　张馨予
封面设计　李在白

出版发行　东方出版中心
地　　址　上海市仙霞路345号
邮政编码　200336
电　　话　021-62417400
印 刷 者　上海盛通时代印刷有限公司

开　　本　890mm×1240mm 1/32
印　　张　10.375
字　　数　191千字
版　　次　2022年3月第1版
印　　次　2022年3月第1次印刷
定　　价　56.00元

目　录

兄长

如果，谁面对自己的哥哥，心底油然冒出“兄长”二字的话，那么大抵，谁已老了。并且，谁的“兄长”肯定更老了。

这个“谁”，倘是女性，那时刻她眼里，几乎会漫出泪来；而若是男人，表面即使不动声色，内心里也往往百感交集。男人也罢，女人也罢，这种情况之下的他或她以及兄长，又往往早已是没了父母的人了。即使这个人曾有多位兄长，那时大概也只剩对面或身旁那唯一的一个了。于是同时觉得变成了老孤儿，便更加互生怜悯了。老人而有老孤儿的感觉，这一种忧伤最是别人难以理解和无法安慰的，儿女的孝心只能减轻它，冲淡它，却不能完全抵消它。

有哥的人的一生里，心底是不大会经常冒出“兄长”二字的。“兄长”二字太过文化，它一旦从人的心底冒了出来，会使人觉得，所谓手足之情类似一种宗教情愫，于是几乎想要告解一番，仿佛只有那样才能驱散忧伤……

几天前，在精神病院的院子里，我面对我唯一的哥哥，心底便忽然冒出了“兄长”二字。那时我忧伤无比，如果附近有教堂，我将哥哥送回病房之后，肯定会前去祈祷一番的。我的祷词将会很简单，也很直接：“主啊，请保佑我，也保佑我的兄长……”我一点儿也不会因为这样的祈求而感到羞耻。

我的兄长大我六岁，今年已经六十八周岁了。从二十岁起，他一大半的岁月是在精神病院里度过的。他是那么渴望精神病院以外的自由，而只有当我是一个退休之人了，他才会有自由。我祈祷他起码再活十年，不病不瘫地再活十年。我不奢望上苍赐他更长久的生命。因为照他现在的健康情况看来，那分明是不实际的乞求。我也祈祷上苍眷顾于我，使我再有十年的无病岁月。只有在这两个前提之下，他才能过上十年左右精神病院以外的较自由的生活。对于一个四十八年中大部分岁月是在精神病院中度过的，并且至今还被软禁在精神病院里的人，我认为我的乞求毫不过分。如果有上帝、佛祖或其他神明，我愿与诸神达成约定：假使我的乞求被恩准了，哪怕在我的兄长离开人世的第二天，我的生命也必结束的话，那我也宁愿，绝不后悔！

在我头脑中，我与兄长之间的亲情记忆就一件事：大约是我三四岁时，我大病了一场，高烧，母亲后来是这么说的。我却只记得这样的情形——某天傍晚我躺在床上，对坐在床边心疼地看着我的母亲说我想吃蛋糕。之前我在过春节时吃到过一块，觉得那是世上最好吃的东西。外边下着瓢泼大雨，母亲保证说雨一停，就让我哥去为我买两块。当年，在街头的小铺子里，点心乃至糖果也是可以论块买的。我却哭了起来，闹着说立刻就要吃。于是当年十来岁的哥哥脱了鞋、上衣和裤子，只穿裤衩，戴上一顶破草帽，自告奋勇，表示愿意冒雨去为我买回来。母亲被我哭闹得无奈，给了哥哥一角几分钱，于心不忍地看着哥哥冒雨冲出了家门。外边又是闪电又是惊雷的，母亲表现得很不安，不时起身走到窗前往外望。我觉得似乎过了挺长的钟点哥哥才回来，他进家门时的样子特滑稽，一手将破草帽紧拢胸前，一手拽着裤衩的上边。母亲问他买到没有，他哭了，说第一家铺子没有蛋糕，只有长白糕，第二家铺子也是，跑到了第三家铺子才买到的。说着，哭着，弯了腰，使草帽与胸口分开，原来两块用纸包着的蛋糕在帽兜里。那时刻他不是像什么落汤鸡，而是像一条刚脱离了河水的娃娃鱼；那时刻他也有点儿像在变戏法，是被强迫着变出蛋糕来的。变是终归变出来了两块，却委实变得太不容易了，所以哭，大约因为觉得自己笨。

母亲说："你可真死心眼儿，有长白糕就买长白糕嘛，何必多跑两家铺子非买到蛋糕不可呢？"

他说："我弟要吃的是蛋糕，不是长白糕嘛！"

还说，母亲给他的钱，买三块蛋糕是不够的，买两块还剩下几分钱，他自作主张，还为我买了两块酥糖……

"妈，你别批评我没经过你同意啊，我往家跑时都摔倒了。"

其实对于我，长白糕和蛋糕是一样好吃的东西。我已几顿没吃饭了，转眼就将蛋糕狼吞虎咽地吃了下去。

而母亲却发现，哥哥的胳膊肘、膝盖破皮了，正滴着血。当母亲替哥哥用盐水擦过了伤口，对我说也给你哥吃一块糖时，我连最后一块糖也嚼在嘴里了……

是的，我头脑中只不过就保留了对这么一件事的记忆。某些时候我试图回忆起更多几件类似的事，却从没回忆起过第二件。每每我恨他时，当年他那种像娃娃鱼又像变戏法的少年的样子，就会逐渐清楚地浮现在我眼前。于是我内心里的恨意也就逐渐地软化了，像北方人家从前的冻干粮，上锅一蒸，就暄腾了。只不过在我心里，热气是回忆产生的。

是的——此前我许多次地恨过哥哥。那一种恨，可以说是到了憎恨的程度。也有不少次，我曾这么祈祷：上帝呵，让他死吧！并且，毫无罪过感。

我虽非教徒，但由于青少年时读过较多的外国小说，大受书中人物影响，倍感郁闷、压抑了，往往也会像那些人物似的对所谓上帝发出求助的祈祷。

千真万确，我是多次憎恨过我的哥哥的。

我上小学三年级时，哥哥已经在读初三了，而我从小学四年级到六年级的三年里，正是哥哥从高一到高三的阶段。那时，我又有了两个弟弟一个妹妹。而实际上，家中似乎只有我和两个弟弟一个妹妹四个孩子。除了过年过节和星期日，我们四个平时白天是不太见得到哥哥的。即使星期日，他也不常在家里。我们能见到母亲的时候，并不比能见到哥哥的时候多一些。而身为建筑工人的父亲，则远在大西南。某几年这一省，某几年那一省。从我小学一年级的时候起，父亲就援建“大三线”去了——每隔两三年才得以与全家团圆一次，每次十二天的假期。那对父亲来说如同独自一人的万里长征，尽管一路有长途汽车和列车可乘坐，但中途多次转车，从大西南的深山里回到哈尔滨的家里，每次都要经历五六天的疲惫途程。父亲的工资当年只有六十四元，他每月寄回家四十元，自己花用十余元，每月再攒十余元。如果不攒，他探家时就得借路费了，而且也不能多少带些钱回到家里了。到过我家里的父亲的工友曾同情地对母亲说：“梁师傅太仔细了，舍不得买食堂的菜吃，自己买点儿酱买几块豆腐乳下饭，二分钱一块豆腐乳，他往往就能吃三天！”

那话，我是亲耳听到了的。

父亲寄回家的钱，十之八九是我去邮局取的。从那以后，每次看着邮局的人点钱给我，我的心情不是高兴，而竟特别地难受。正是由于那种难受使我暗下决心，初中毕业后，但凡能找到份工作，我一定不读书了，早日为家里挣钱才更要紧！

那话，哥哥也是当面听到了的。

父亲的工友一走，哥哥哭了。

母亲已经当着来人的面落过泪了，见哥哥一哭，便这么劝：儿子别哭。你可一定要考上大学对不对？家里的日子再难，妈也要想方设法供你到大学毕业！等你大学毕业了，家里的日子不就有缓了吗？爸妈不就会得你的济了吗？弟弟妹妹不就会沾你的光了吗？……

从那以后，我们见到哥哥的时候就更少了，学校几乎成了他的家了。从初中起，他就是全校的学习尖子生，也是学生会和团的干部，他属于那种多项荣誉加于一身的学生。这样的学生，在当年，少接受一种荣誉也不可能，那是自己做不了主的事。将学校当成家，一半是出于无奈，一半也是根本由不得他自己做主。我们的家太小太破烂不堪，如同城市里的土坯窝棚。在那样的家里学习，要想始终保持全校尖子生的成绩是不太可能的，所以他整天在学校里，为那些给予他的荣誉尽着尽不完的义务，也为考上大学刻苦学习。

每月四十元的生活费，是不够母亲和我们五个儿女度日的。母亲四处央求人为自己找工作。谢天谢地，那几年临时工作还比较好找。母亲最常干的是连男人们也会叫苦不迭的累活儿脏活儿。然而母亲是吃得了苦的。只要能挣到份儿钱，再苦再累再脏的活儿，她也会高高兴兴地去干。每月只不过能挣二十来元吧。那二十来元，对我家的日子作用重大。

一年四季，我和弟弟妹妹们的每一天差不多总是这样开始的：当我们醒来，母亲已不在家里，不知何时上班去了。哥哥也不在家里了，不知何时上学去了。倘是冬季，那时北方的天还没亮。或者，炉火不知何时已生着了，锅里已煮熟一锅粥了，不是玉米粥，便是高粱米粥。或者，只不过半熟，得待我起床了捅旺火接着煮。也或者，锅火并没生，屋里冷森森的，锅里是空的，须我来为弟弟妹妹们弄顿早饭吃。煮玉米粥或高梁米粥是来不及了的，只有现生火，煮锅玉米面粥……

我从小学二三年级起就开始做饭、担水、收拾屋子，做几乎一切的家务了。在当年的哈尔滨，挑回家一担水是不容易的。我家离自来水站较远，不挑水也要走十来分钟。对于才小学二三年级的孩子，挑水得走二十来分钟了，因为中途还要歇两三歇。我是绝然挑不起两满桶水的，一次只能挑半桶。如果我早上起来，发现水缸里居然已快没水了，我对哥哥是很恼火的。我认为挑水这一项家务，不管怎么说也应该是哥哥的事。但哥哥的心思几乎全扑在学习上了，只有星期日他才会想到自己也该挑水的，一想到就会连挑两担，那便足以使水满缸了。而我呢，其实内心里也挺期待他大学毕业以后能分配到较令别人羡慕的工作，挣较多的钱，使全家人过上较幸福的生活。这种期待，往往很有效地消解了我对他的恼火。

然而我开始逃学了。

因为头一天晚上没写完作业或根本就没顾得上写，第二天上午忙得顾此失彼，终究还是没得空写——我逃学。

因为端起锅时，衣服被锅底灰弄黑了一大片，洗了干不了，不洗再没别的衣服可换（上学穿的一身衣服当然是我最体面的一身衣服了）——我逃学。

因为一上午虽然诸事忙碌得还挺顺利，但是背上书包将要出门时，弟弟妹妹眼巴巴地望着我，都显出我一走他们会害怕的表情时——我逃学。

因为外边大雪纷飞，天寒地冻，而家里若炉火旺着，我转身一走不放心；若将炉火压住，家里必也会冷得冻手冻脚——我逃学。

因为外边在下雨，由于房顶处处破损，屋里也下小雨，我走了弟弟妹妹们不知如何是好——我逃学……

我对每一次逃学几乎都有自认为正当的辩护理由。而逃学这一种事，是要付出一而再，再而三的代价的。我头一天若逃学了，晚上会睡不着觉的，唯恐面对老师当着全班同学面的训问不知如何回答是好。结果第二天又逃学，第三天还逃学。最多时，我连续逃学过一个星期，并且教弟弟妹妹怎样帮我圆谎。纸里包不住火，谎言终究是要被戳穿的。有时是同学受了老师的指派到家里来告知母亲，有时是老师亲自到家里来了。往往的，母亲明白了真相后，会沉默良久。那时我看出，母亲内心里是极其自责的，母亲分明感觉到对不住我这个二儿子。

而哥哥却生气极了，他往往这么谴责我：你为什么要逃学呢？为什么不爱学习呢？上学对于你就是那么不喜欢的事吗？你看你使妈妈多难堪，多难过！你是不对的！还说谎，会给弟弟妹妹们什么影响?！明天我请假，陪你去上学！

却往往的，陪我去上学的是母亲。母亲不愿哥哥因为陪我去上学而耽误他的课。

哥哥谴责我时，我并不分辩。我内心里有多种理由，但那不是几句话就自我辩护得明白的。那会儿，我是恨过我的哥哥的。他一贯以学校为家，以学习为“唯此为大”之事。对于家事，却所知甚少。以他那样一名诸荣加身的优秀学生看来，我这样一个弟弟简直是不可理喻的，也是一个令他蒙羞的弟弟。在我的整个小学时期，我是同学们经常羞辱的“逃学鬼”，在哥哥眼中是一个令他失望的、想喜欢也喜欢不起来的弟弟。

一九六二年，我家搬了一次家。饥饿的年头还没过去，我们竟一个也没饿死，几乎算是奇迹。而哥哥对于我和弟弟妹妹，只不过意味着有一个哥哥。他在家也只不过就是我们学习的榜样。

那一年我该考中学了，哥哥将要考大学了。

六月，父亲回来探家了。那一年父亲明显地老了，而且特别瘦，两腮都塌陷了。他快五十岁了，为了这个家，每天仍要挑挑抬抬的。他竟没在饥饿的年代饿倒累垮，想来也算是我家的幸事了。

一天，屋里只有父亲、母亲和哥哥在的时候，父亲忧郁地说：“我快干不动了，孩子们一个个全都上学了，花销比以前大多了，我的工资却十几年来一分钱没涨，往后怎么办呢?”

母亲说：“你也别太犯愁，那么多年苦日子都熬过来了，再熬几年就熬出头了。”

父亲说：“你这么说是怪容易的，实际上你不是也熬得太难了吗？我看，千万别鼓励老大考大学了，让他高中一毕业就找工作吧！”

母亲说：“也不是我非鼓励他考大学，他的老师、同学和校领导都来家里做过我的工作，希望我支持他考大学……”

父亲又对哥哥说：“老大，你要为家庭也为弟弟妹妹们做出牺牲！”

哥哥却说：“爸，我想过了，将来上大学的几年，争取做到不必您给我寄钱。”

父亲火了，大声嚷嚷：“你究竟还是不是我儿子?！难道我在这件事上就一点儿也做不了主了吗?！”

他们都以为我不在家，其实我只不过趴在外屋小炕上看小说呢。那一时刻，我的同情是倾向于父亲一边的。

在父亲的压力之下，哥哥被迫停止了高考复习，托邻居的一种关系，到菜市场去帮着卖菜。

又有一天，哥哥傍晚时回到家里，将他一整天卖菜挣到的两角几分钱交给母亲后，哭了。那一时刻，我的同情又倾向于哥哥了。他的同学和老师都认为，他天生似乎是可以考上北大或清华的学生。

我也特别地怜悯母亲，要求她在父亲和哥哥之间立场坚定地反对哪一方，对于她都未免太难了。

是我和哥哥一道将父亲送上返回四川的列车的。

父亲从车窗探出头对哥哥说：“老大，我该说的都说了，你自己再三考虑吧！”父亲流泪了。哥哥也流泪了。列车就在那时开动了。

等列车开远，我对哥哥说：“哥，我恨你！”

依我想来，哥哥即使非要考大学不可，那也应该暂且对父亲说句谎话，以使父亲能心情舒畅一点儿地离家上路。可他居然不。

多年以后，我理解哥哥了。母亲是将他作为一个“理想之子”来终日教诲的，说谎骗人在他看来是极为可耻的，那怎么还能用谎话骗自己的父亲呢？

哥哥没再去卖菜，也没重新开始备考。他病了，嗓子肿得说不出话，躺了三天。同学来了，老师来了，邻居来了，甚至街道干部也来了，所有的人都认为父亲目光短浅，不要听父亲的。连他的中学老师也来了，还带来了退烧消炎的药。居然有那么多的人关心我的哥哥，以至于当年使我心生出了几分嫉妒。直至那时，我在街坊四邻和老师同学眼中，仍是一个太不让家长省心的孩子。

哥哥考上了唐山铁道学院——他是为母亲考那所学院的。哈尔滨当年有不少老俄国时期留下的漂亮的铁路员工房。母亲认为，只要哥哥以后成了铁道工程师，我家也会住上那种漂亮的铁路房。

父亲给家里写了一封有一半错字的亲笔信，以严厉到不能再严厉的词句责骂哥哥。哥哥带着对父亲对家庭对弟弟妹妹的深深的内疚踏上了开往唐山的列车。

我上的中学，恰是哥哥的母校。不久全校的老师几乎都认得我了。有的老师甚至在课堂上问：“谁是梁绍先的弟弟？”——哥哥虽然考上的不是清华、北大，但他是在发着烧的情况之下去考的呀！而且他放弃了几所保送大学，而且他是为了遵从母命才考唐山铁道学院的！一九六二年，在哈尔滨市，底层人家出一名大学生，是具有童话色彩的事情。这样的一个家庭，全家人都是受尊敬的。

我这名初中生的虚荣心在当年获得了巨大的满足，我开始以哥哥为荣，我也暗自发誓要好好学习了。第一个学期几科全考下来，平均成绩九十几分，我对自己满怀信心。

饥饿像一只大手，依然攥紧着大多数中国人的胃，从草根草籽到树皮树叶，底层中国人几乎将一切能吃的东西都吃遍了，吃光了，并尝试吃许多自认为可以吃的，以前没吃过不敢吃的东西。父亲在大西北挨饿，哥哥在大学里挨饿，母亲和我们在家里挨饿。哥哥居然还不算学校里家庭生活最困难的学生，他每月仅领到九元钱的助学金。他又成了大学里的学生会干部，故须带头减少口粮定量，据说是为了支援亚非拉人民闹革命。父亲不与哥哥通信，不给他寄钱，也挤不出钱来给他寄。哥哥终于也开始撒谎了——他写信告诉家里，不必为他担什么心，说父亲每月寄给他十元钱。那么，他岂不是每月就有十九元的生活费了么？这在当年是挺高的生活费标准了，于是母亲真的放心了，并因父亲终于肯宽恕哥哥上大学的“罪过”而感动。哥哥还在信中说他投稿也能挣到稿费。其实他投稿无数，只不过挣到了一次稿费，后来听哥哥亲口说才三元……

哥哥第一个假期没探家，来信说是要带头留在学校勤工俭学。第二个假期也没探家，说是为了等到父亲也有了假期，与父亲同时探家。而实际上，他是因为没钱买车票才探不成家。

哥哥上大学的第二个学年开始不久，家里收到了一封学校发来的电报：“梁绍先患精神病，近日将由老师护送回家。”电文是我念给母亲听的。

母亲呆了，我也呆了。

邻居家的叔叔婶婶们都到我家来了，传看着电报，陪母亲研究着，讨论着——精神病与疯了是一个意思，抑或不是？好心的邻居们都说肯定还是有些区别的。我从旁听着，看出邻居们是出于安慰。我的常识告诉我，那完全是一个意思，但是我不忍对母亲说。

母亲一直手拿着电报发呆，一会儿看一眼，一直坐到了天明。

而我虽然躺下了，却也彻夜未眠。

第二天我正上最后一堂课时，班主任老师将我叫出了教室——在一间教研室里，我见到了分别一年的哥哥，还有护送他的两名男老师。那时天已黑了，北方迎来了第一场雪。护送哥哥的老师说哥哥不记得往家走的路了，但对母校路熟如家。

我领着哥哥他们往家走时，哥哥不停地问我：家里还有人吗？父亲是不是已经饿死在大西北了？母亲是不是疯了？弟弟妹妹们是不是成了街头孤儿？……

我告诉他母亲并没疯时，不禁泪如泉涌。

那时我最大的悲伤是——母亲将如何面对她已经疯了的“理想之子”？

哥哥回来了，全家人都变得神经衰弱了。因为哥哥不分白天黑夜，几乎终日喃喃自语。仅仅十五平方米的一个破家，想要不听他那种自语声，除非躲到外边去。母亲便增加哥哥的安眠药量，结果情况变得更糟，因为那会使哥哥白天睡得多，夜里更无法入睡。但母亲宁肯那样。那样哥哥白天就不太出家门了，而这不至于使邻居们特别是邻家的孩子们因为突然碰到了他而受惊。如此考虑当然是道德的，但我家的日子从此过得黑白颠倒了。白天哥哥在安眠药的作用下酣睡时，母亲和弟弟妹妹们也尽量补觉。夜晚哥哥喃喃自语开始折磨我们的神经时，我们都凭意志力忍着不烦躁。六口人挤着躺在同一铺炕上，希望听不到是不可能的。当年城市僻街的居民社区，到了夜晚寂静极了。哥哥那种喃喃自语对于家人不啻是一种刑罚。一旦超过两个小时，人的脑仁儿都会剧痛如灼的。而哥哥却似乎一点儿不累，能够整夜自语。他的生物钟也黑白颠倒了。母亲夜里再让他服安眠药，他倒是极听话的，乖乖地接过就服下去。哥哥即使疯了，也还是最听母亲话的儿子。除了喃喃自语是他无法自我控制的，在别的方面，母亲要求他应该怎样不应该怎样，他都表现得很顺从。弟弟妹妹们临睡前都互相教着用棉团堵耳朵了。母亲睡前也开始服安眠药了。不久我睡前也开始服安眠药了……

两个月后，精神病院通知家里有床位了。

于是一辆精神病院的专车开来，哥哥被几名穿白大褂的男人强制性地推上了车。当时他害怕极了，不知要将他送到哪里去，对他怎么样。母亲为了使他不怕，也上了车。

家人的精神终于得以松弛。而我的学习成绩一败涂地。

我又旷了两天课。也不用服安眠药，在家里睡起了连环觉。

哥哥住了三个月的院，在家中休养了一年。他的精神似乎基本恢复正常了。一年后，他的高中老师将他推荐到一所中学去代课，每月能开回三十五元的代课工资了。据说，那所中学的老师们对他上课的水平评价挺高，学生们也挺喜欢上他的课。

那时母亲已没工作可干了，家里的生活仅靠父亲每月寄回的四十元勉强维持。忽一日一下子每月多了三十五元，生活改善的程度简直接近着幸福了。

那是我家生活的黄金时期。

家里还买了鱼缸，养了金鱼。也买了网球拍、象棋、军棋、扑克。在母亲，是为了使哥哥愉快。我和弟弟妹妹们都知道这一点的至关重要，都愿意陪哥哥玩玩。

如今想来，那也是哥哥人生中的黄金时期。

他指导我和弟弟妹妹们的学习十分得法，我们的学习成绩都快速地进步了。我和弟弟妹妹们都特别尊敬他了，他也经常表现出对我们每个弟弟妹妹的关心了。母亲脸上又开始有笑容了。甚至，有媒人到家里来，希望能为哥哥做成大媒了。

又半年后，哥哥的代课经历结束了。

他想他的大学了。

精神病院开出了“完全恢复正常”的诊断书，于是他又接着去圆他的大学梦了。那一年哥哥读的桥梁设计专业迁到四川去了，而父亲也仍在四川。父亲的工资涨了几元，他也转变态度，开始支持哥哥上大学了。父亲请假到哥哥的大学里去看望了哥哥一次，还与专业领导们合影了。哥哥居然又当上了学生会干部，他的老师称赞他跟上学习并不成问题，同意他从大三第一学期开始续读。因为他在家里自学得不错，大二补考的成绩还是中上。

一切似乎都朝良好的方面进展。

那一年已经是一九六五年了。

然而哥哥的大三却没读完——转年“文革”开始，各大学尤其乱得迅猛，乱得彻底。有人“大串联”去了，有人赴京请愿告状了，有人留在学校打“派仗”。

哥哥又被送回了家里。

这一次他成了“政治型”的疯子。

他见到母亲说的第一句话居然是：“妈，我不是‘反革命’!”

哈尔滨也成了一座骚乱之城，几乎每天都有令人震动的事发生，也时有悲惨恐怖之事发生。全家人都看管不住哥哥了，经常是，一没留意，哥哥又失踪了。也经常是，三天五天找不到。找到后，每见他是挨过打了。谁打的他，在什么情况下挨的打，我和母亲都不得而知。母亲东借西借，为哥哥再次住院凑钱。钱终于凑够了，却住不进精神病院去。精神病人像急性传染病患者一样一天比一天多，床位极度紧张。盼福音似的盼到了入院通知书，准备下的住院费又快花光了。半年后才住上院。那半年里，我和母亲经常在深夜冒着凛冽严寒跟随哥哥满城市四处去“侦察”他幻觉中的“美蒋特务”的活动地点。他说只有他亲自发现了，才能证明自己并非“反革命”。他又整夜整夜地喃喃自语了。他很可怜地对母亲解释，他不是自己非要那样折磨亲人，而是被特务们用仪器操控的结果，还说他的头也被折磨得整天在疼。母亲则只有泪流不止。

在那样的一些日子里，我曾暗自祈祷：上帝啊，让我尽快没了这样的一个哥哥吧！

即使那时我也并没恨过哥哥，只不过太可怜母亲。我怕哪一天母亲也精神崩溃了，那可怎么办呢？对于我和弟弟妹妹们，母亲才是无比重要的。我们都怕因为哥哥这样了，哪一天再失去母亲。怕极了。

哥哥住了三个月的院，花去了不少的钱，都是母亲借的钱。报销单据寄往大学，杳无回音。大学已经彻底瘫痪了。而续不上住院费，哥哥被母亲接回家了，他的病情一点儿也没减轻。

在接下来的一年里，全家人的精神又备受折磨，整天提心吊胆。哥哥接连失踪过几次，有次被关在某中学的地下室，好心人来报信，我和母亲才找到了他，他的眼眶被打青了。还有一次他几乎被当街打死，据说是因为他当众呼喊了句什么反动口号。也有一次是被公安局的“造反派”关押了起来，因为他不知从哪儿搞到了笔和纸，写了一张反动的大字报贴到了公安局门口……

“上山下乡”运动开始了。

我毫不犹豫地第一批就报了名。

每月能挣四十多元钱啊！我要无怨无悔地去挣！那么，家里就交得起住院费了，母亲和弟弟妹妹们就获拯救了。

我下乡的第二年，三弟也下乡了。我和三弟省吃俭用寄回家的钱，几乎全都用以支付哥哥的住院费了。后来四弟工作了，再后来小妹也工作了。他俩的学徒工资头三年每月十八元。尽管如此，还是支付不起哥哥的常年住院费，因为那每月要八十几元。但毕竟的，我们四个弟弟妹妹都能挣钱了。幸而街道挺体恤我家的，经常给开半费住院的证明。而半费的住院者，院方是比较排斥的。故每年还有半年的时间，哥哥是住在家里的。

有一年我回家探亲，家里的窗上安装了铁条，钉了木板，玻璃所剩无几；镜子、相框，甚至暖壶，一概易碎的东西一件没有了，菜刀、碗和盘子都锁在箱子里。

我发现，母亲额上有了一处可怕的疤，很深。那肯定是皮开肉绽所造成的。我还在家里发现了自制的手铐、脚镣、铁链。四弟的工友帮着做的。四弟和小妹谈起哥哥简直都谈虎变色了。四弟说哥哥的病不是从前那种“文疯”的情况了。而母亲含着泪说，她额上的伤疤是被门框撞的。

那时刻，我内心里产生了憎恨。我认为哥哥已经注定不是哥哥了，而是魔鬼的化身了。

那时刻，我暗自祈祷：上帝啊，为了我的母亲、四弟和小妹的安全，我乞求你，让他早点儿死吧！

以往我回家，倘哥哥在住院，我必定是要去看望他两次的。第二天一次，临行一次。那次探亲假期里，我一次也没去看他。临行我对四弟留下了斩钉截铁的嘱咐：“能不让他回家就不让他回家！我的一名知青朋友的父亲是民政部的领导，住院费你们别操心，我要让他永远住在精神病院里！”

我托了那种关系。

哥哥便成了精神病院的半费常住患者……

而我回到兵团的次年，成了复旦大学的“工农兵学员”。这件事，我是颇犯过犹豫的。因为我一旦离开兵团，意味着每月不能再往家里寄钱了，并且，还需家里定期接济我一笔生活费。我将这顾虑写信告诉了三弟，三弟回信支持我去读书，保证每月可由他给我寄钱。这样的表示，已使我欣然。何况当时，我自觉身体情况不佳，有些撑不住抬大木那么沉重的劳动了，于是下了离开兵团的决心。

在复旦的三年，我只探过一次家，为了省钱。分配到北京电影制片厂后，我又将替哥哥付医药费的义务承担了。为了可持续地承担下去，我曾打算将独身主义实行到底。两个弟弟和小妹先后成家，在父母的一再劝说和催促之下，我也只有成家了。接着自己也有了儿子，将父母接到北京来住，埋头于创作，在北京“送走了”父亲，又将母亲接来北京，攒钱帮助弟弟妹妹改善住房问题……各种责任纷至沓来，使我除了支付住院费一事，简直忘记了还有一个哥哥。哥哥对于我，似乎只成了“一笔支出”的符号。

一九九七年母亲去世时，我坐在病床边，握着母亲的手，问母亲还有什么要嘱咐我的。

母亲望着我，眼角淌下泪来。

母亲说：“我真希望你哥跟我一块儿死，那他就不会拖累你了……”

我心大恸，内疚极了，俯身对母亲耳语：“妈妈放心，我一定照顾好哥哥，绝不会让他永远在精神病院里……”

当天午夜，母亲也“走了”……

办完母亲丧事的第二天，我住进一家宾馆，命四弟将哥哥从精神病院接回来。

哥哥一见我，高兴得像小孩似的笑了，他说：“二弟，我好想你。”

算来，我竟二十余年没见过哥哥了，而他却一眼就认出了我！

我不禁拥抱住他，一时泪如泉涌，心里连说：哥哥，哥哥，实在是对不起！对不起……

我帮哥哥洗了澡，陪他吃了饭，与他在宾馆住了一夜。哥哥以为他从此自由了。而我只能实话实说：现在还不行，但我一定尽快将你接到北京去！

一返回北京，我动用轻易不敢用的存款，在北京郊区买了房子。简易装修，添置家具。半年后，我将哥哥接到了北京，并动员邻家的一个弟弟“二小”一块儿来了。“二小”也是返城知青，常年无稳定工作、稳定住处。我给他开一份工资，由他来照顾哥哥，可谓一举两得。他对哥哥很有感情，由他来替我照顾哥哥，我放心。

于是哥哥的人生，终于接近是一种人生了。

那三年里，哥哥生活得挺幸福，“二小”也挺知足，他们居然都渐胖了。我每星期去看他们，一块儿做饭、吃饭、散步、下棋，有时还一块儿唱歌……

却好景不长，“二小”回哈尔滨探望他自己的哥哥及妹妹时，某日不慎从高处跌下，不幸身亡。这噩耗使我伤心了好多天，我只好向单位请了假，亲自照看哥哥。

我对哥哥说：“哥，二小不能回来照顾你了，他成家了……”

哥哥怔愣良久，竟说：“好事。他也该成家了，咱们应该祝贺他，你寄一份礼给他吧。”

我说：“照办。但是，看来你又得住院了。”

哥哥说：“我明白。”

那年，哥哥快六十岁了。他除了头脑、话语和行动都变得迟钝了，其实已没有任何可能具有暴力倾向的表现。相反，倒是每每流露出次等人的自卑来。

我说：“哥，你放心，等我退休了，咱俩一块儿生活。”

哥哥说：“我听你的。”

哥哥在北京先后住过了几家精神病院，有私立的，也有公立的。现在住的这一所医院，据说是北京市各方面条件最好的。每月费用四千元左右。幸而我还有稿费收入，否则，即或身为教授，只怕也还是难以承担。

前几天，我又去医院看他。天气晴好，我俩坐在院子里的长椅上，我看着他喝酸奶，一边和他聊天。在我们眼前，几只野猫慵懒大方地横倒竖卧。而在我们对面，另一张长椅上坐着一对老伴儿，他们中间是一名五十来岁的健壮患者，专心致志、大快朵颐地吃烧鸡。那一对老伴儿，看上去是从农村赶来的，都七十五六岁了。二老腿旁，也都斜立着树杈削成的拐棍。他们身上落了一些尘土，一脸疲惫。

我问哥："你当年为什么非上大学不可？"

哥哥说："那是一个童话。"

我又问："为什么是童话？"

哥哥说："妈妈认为只有那样，才能更好地改变咱们家的穷日子。妈妈编那个童话，我努力实现那个童话。当年我曾下过一种决心，不看着你们几个弟弟妹妹都成家立业了，我自己是绝不会结婚的……"他看着我苦笑。

原来哥哥也有过和我一样的想法！我心一疼，黯然无语，呆望着他，像呆望着另一个自己的化身。

哥哥起身将塑料盒扔入垃圾桶，复坐下后，看着一只猫反问："你跟我说的那件事，也是童话吧？"

"什么事？"我的心还在疼着。

"就是，你保证过的，退休了要把我接出去，和我一起生活……"

想来，那一种保证，已是六七年前的事了，不料哥哥始终记着。他显然也一直在盼着。

哥哥已老得很丑了。头发几乎掉光了，牙也不剩几颗了，背驼了，走路极慢了，比许多六十八九岁的人老多了。而他当年，可是一个一身书卷气、儒雅清秀的青年，从高中到大学，追求他的女生多多。

我心又是一疼。

我早已能淡定地正视自己的老了，对哥哥的迅速老去，却是不怎么容易接受的，甚至有几分慌恐、恓惶，正如当年从心理上排斥父亲和母亲无可奈何地老去一样。

“你忘了吗？”哥哥又问，目光迟滞地望着我。

我赶紧说：“没忘，哥，你还要再耐心等上两三年……”

“我有耐心。”他信赖地笑了，话说得极自信。随后，眼望向了远处。

其实，我晚年的打算从不曾改变——更老的我，与老态龙钟的哥哥相伴着走向人生的终点，在我看来，倒也别有一种圆满滋味在心头。对于绝大多数的人，人生本就是一堆责任而已。参透此谛，爱情是缘，友情是缘，亲情尤其是缘，不论怎样，皆当润砾成珠。

对面的大娘问：“是你什么人呀？”

我回答：“兄长。”话一出口，自窘起来。现实生活中，谁还说“兄长”二字啊！

大娘耳背，转脸问大爷：“是他什么人？”

大爷大声冲她耳说：“是他老哥！”

我问大娘：“你们看望的是什么人啊？”

她说："我儿子。"看儿子一眼，她又说，"儿子，慢点儿吃，别噎着。"

大爷说："为了给他续上住院费，我们把房子卖了。没家了，住女婿家去了……"

他们的儿子津津有味地吃着，似乎老父亲老母亲的话，他一句也没听到。

我心接着一疼。这一次，疼得格外锐利。

我联想到了电视新闻报道的那件事——一位崩溃了毅忍力的母亲，绝望之下毒死了两个一出生便严重智障的女儿；也联想到了电影前辈秦怡在接受采访时讲述的实情——她的患精神病的儿子一犯病往往劈头盖脸地打她……

中国境内，不是所有精神病患者的家里，都有一个有稿费收入的小说家，或一位著名的电影演员啊！

我又暗自祈祷了：上帝啊，人间有些责任，哪怕是最理所当然之亲情责任，亦绝非每一个家庭只靠伦理情怀便承担得了的！您眷顾他们吧，您拯救他们吧……

这一次，在我意识中，上帝不是任何神明，而是——我们的国……

上海人刘鸿飞

一九七二年，我从团部宣传股，被“精简”到木材加工厂。全团仅“精简”二人，一男一女。男的自然便是我。被“精简”之于我，带有不言而喻的惩罚性。原因是我作为团“思想政治教育工作组”的成员，在木材厂“蹲点”时，公然替一名将被开除团籍的鹤岗市知青进行了“放肆”的辩护。结果是他保住了团籍，而我被逐离团机关。当年的我血气方刚，并不怎么沮丧，反而觉得自己乃是实际上的“战胜”了强大对手们的落魄英雄——毕竟由于我的慷慨陈词的辩护，那鹤岗市知青的团籍保住了。

当年若不被“精简”，我便不会与上海人刘鸿飞成为亲情深焉的知青战友。如今想来，格外欣慰，认为是一种补偿，一种生活对受到不公正惩罚的人的温爱。这一种补偿，这一种生活对人的温爱，越来越显出它美好风景般的意义和价值。起码对我如此。

鸿飞个子很高，大约一米八以上。当年高且瘦，一副形销骨立的模样。鼻梁也高，木材厂的知青就送了他个绰号“高鼻子”，后来进化为“老高”。

我初到木材厂的日子，不明所以，便也叫他“老高”。他从未纠正过我。我叫他“老高”，他就自自然然地答应，仿佛本就姓高。其实他比我小四岁。

直至有一天全连点名后，我奇怪地问大家：“连长把老高的姓念错了，怎么没人笑？”于是众人皆笑。鸿飞也浅浅地笑……

鸿飞是连里最安分守己的知青。什么鸡鸣狗盗、名利纷争之事，都与他无涉。他也是毫无绯闻的一个知青，仿佛头脑里天生的没这一套“程序”。女知青们普遍地对他抱有良好印象，但也普遍地就刹在印象良好为止。他在她们面前一向作谦谦君子、斯文绅士之状，从无轻佻言语和举止。我不曾见他和哪一个女知青调笑过。

他是那种永远也不会巴结领导不会奉迎领导的人，同时是永远也不至于和领导发生冲突的人。他从不在背后议论领导的短长。但不管别人议论到什么程度，他都绝不会因了任何卑劣的目的去汇报。哪怕被郑重提审，我想他都不会出卖别人的。他也从不背后议论任何人的短长，所以他也未遭别人议论过。大家偶尔背后“讲究”他，那也纯粹是对他进行毫无恶意的调侃。但这种调侃绝不会太过分。对他，似乎谁都恪守着一种原则——勿使调侃变为冒犯。似乎不论谁都认为，冒犯他是绝不应该的，甚至是罪过的。尽管谁都明白，其实对他调侃过分了，他也断不至于生气的。

但这并不意味着他没脾气。事实上他性格很倔、很耿直。有时领导也常被他顶撞得翻白眼儿，那当然往往是领导糊里八涂而又自以为是的时候。他可能是唯一使领导当众下不来台，而又不至于往心里去，不至于耿耿于怀地记恨他的知青。他天生的胸无城府，里外几近透明，单纯得像个大儿童。而又一向的我行我素，无遮无掩地活在他那种不防人也不被人防的大儿童的境界里。

记不清怎么一来，我俩就友好了。那是一种不显山不露水的友好。他也只能对人这么一种友好法儿。我觉出他内心里挺敬我的，而我极欣赏他的为人处世。因我和许多人身上都有的，甚至是普通的中国人身上都有的坏毛病，他身上竟没有。

他是电锯手。我是抬木班的“二杠”，平时不在一起干活。没有大木须“归楞”时，我常被派去做锯台出料工。我觉得那是比抬大木还累的活儿，也是全木材厂人人发怵的活儿。电锯一响，出料工的肩就成了输送带，负重上跳板下跳板，休想有机会喘口长气儿。

他往往会因有意照顾我而拉闸停锯。倘连里的干部走来，问为什么停锯？他就说：“锯太热了，凉凉。”或者干脆瞪起眼来一句：“怎么啦？歇一会儿不行啊？”那时连里的干部倒往往显得没脾气了，讪讪地转一圈儿，就会识趣儿地走开……我上大学，因报到日期迫近，托运的包装箱，是他在班上替我做的。连里的干部发现了，问：“这不是公家的木板么？”他说：

“不用公家的，用你家的呀！”干部说：“那也不能上班时间做呀！”他不吭声，接着做。

干部嘟哝几句什么，也就不认真干涉了。他们大概是这么想的——如果连刘鸿飞这样的知青都容忍不了，那么恐怕也就没有不背后议论他们的知青了。

在我大学生活最受极“左”氛围困扰的日子里，鸿飞回上海探家。他到复旦看我，见我心情不好，关切地询问我原因。我据实相告，他便提议我应离开复旦一段日子，躲到某地去净净心。我说无处可去。他想了想，便约好一个日子，说要带我到乡下小住。结果他将我带到了朱家桥附近某村。那是他姨家。老阿婆孤身一人过着寂寞的生活，每天尽量为我俩做顺口的吃。由鸿飞的姨，我对南方乡下的一些老阿婆们，至今保持着极愿亲之近之的情感。由鸿飞的老父老母，我对上海底层公众中的老人们，始终保持着深厚的敬意。

我在大学期间仅探过一次家，就是唐山地震那一年夏。鸿飞预先为我买好了五十斤精面。上海当年也控制，他大约要买数次，才能凑足五十斤。而我连提都没提过想往家带精面一事……

我毕业分至北京后，与鸿飞多年不见。最初给他写过几封信，他没回信。他最不愿做的事之一便是写信。但我知他心里在始终思念着我，我对他也是。

一九九三年我到上海签名售书——猛一抬头，无意间望见了他那大个子，在买书的人们后面，那么一往情深地望着我。

我立刻弃笔向他奔去，问他站那儿看望我多久了？

他浅浅一笑，轻描淡写地回答：“没多久，才一个多小时。”

……

今年我到上海签名售书——猛一抬头，无意间又望见了他那大个子，在买书的人们后面，那么一往情深地望着我。左边是他的妻子，右边是他的女儿。分明的，妻子女儿又陪他站在那儿默默地望我许久了……

而我当天下午便要离开上海。

中午我没去和上海作协的朋友们相聚。我的态度坚定得不容商量。我想上海作协的朋友们，是会原谅我的缺席的吧？

我带鸿飞一家回到了我住的宾馆。我们从容不迫地消费了一顿丰盛的午餐。

我说：“我买单啊！”

他浅浅地一笑，十分理解我，不与我争。我叫他的女儿为“女儿”，看着“女儿”胃口好，我心情也好得没比。我问他的工作顺心不顺心，问他的收入，问他妻子的收入，问“女儿”的学习，问现在的居住情况。他对我没什么可隐瞒的，一一实告。他明白我要获得一份儿放心。

我曾对他的处境很不放心过。他的单位在郊区，市里的老父老母还需照顾，而且仅住九平方米一间的小屋，工厂经济效益也不好……我曾向上海寄过几封信，希望能经由我的帮助，使他的处境稍微改善——尽管他从未向我流露过这样的愿望。几年来，我内心里一直因帮助不了他而深怀不安。所幸此次见面，他给了我一个放心。他学会了开车，停薪留职，在为一家私营公司的老板当司机。他照例像上次见我一样，郑重其事地，语重心长地嘱咐我一些话："你写东西一定要谨慎。你的一些文章我也看过，太尖锐了。不好。""干你们这一行的，一不谨慎就会跌跟头的。小跟头可能难免，但千万把握住自己，别跌大跟头。"

"你这个作家的名声还不错，我常替你高兴。人没名，不必强求个名。已经有名了，就应该爱护自己的名声。这也是尊重尊重你的那些读者，是不？"

"咱们都快老了，做人更得成熟了。这种年纪，上有老下有小的，跌不起大跟头了……"

像一位憨厚长兄，而且是从不曾离开过乡村的长兄，在对自己"混出了人样儿"的，又总难令自己完全放心的胞弟进行"谆谆教导"。仿佛不耳提面命地经常教导着，胞弟则有可能一失足被拉入什么黑帮似的……

自从我老父亲去世后，再没人以那么一种口吻跟我说话。我深为感动，喏喏连声。因为我也得回报他一个放心啊！可感动之余，内心又暗觉好笑。鸿飞这家伙他似乎忘了我俩谁年龄大些谁为兄谁为弟了！他从不与我谈文学。他谈不来文学。他无暇读什么小说。几年读一回，那八成因为是我写的。而且，八成因为他听到了有人说好，或者有人说不好。

他也从不拿我当什么作家看。仿佛在我们之间，岁月是停滞的，他仍是当年的电锯手，我仍是当年的出料工。我和他，只不过是两个情投意合的知青的关系而已。

情投意合？其实我和他之间的性格反差太大了。我们之间连共同的话题都不多。我常困惑于我们之间的那种真挚友谊，总想理清个因由。也总满足于我们之间那一种友谊的真挚，和它实实在在的存在。“数重云外树，不隔眼中人。”有一类友谊，不问为什么，岂非更好？

最后，我想对鸿飞的老板说——聘司机，能聘到鸿飞这样的人，最称心不过了。他乃是寻常中国人中，品性极可赞的一个。他乃是寻常上海人中，品性极笃诚厚道的一个。

真的！

他的品性中，有寻常中国人又寻常又难能可贵的一面。因其难能可贵，故而可曰是一种品性的可爱魅力。若轻易辞退他这样的司机，再难找第二个。

我祈祝鸿飞一生万事如意！

龙！龙！龙！

某些人一见我这篇散文的题目，必然的并且立刻的就会联想到日本电影《虎！虎！虎！》；他们中有人还会太自以为是地下结论——看，为了吸引眼睛，连文题都进行如此相似的拷贝了！足见中国作家们已浮躁到何种地步！没什么可写的就不写算了嘛，何必硬写？

见他们的鬼去！

我之写作，非是他们的心所能理解的。

我笔写我心，与他们的心无关；与《虎！虎！虎！》更是无关。

几天前我做了一个梦。

二十几年来，由于严重的颈椎病，入睡成为一件极困难的事。终于成眠，到底也只不过是浅觉，一向辗转反侧，想做梦也做不成的。

然而几天前真的做了一梦——梦见自己站在半空，仿佛是我家可以隔窗望到的盘古大厦的厦顶。在更高的半空，在抓一把似能有实物在手，并能像湿透了的棉絮般拧出不洁的水滴的霾层间，有龙首俯视我，龙身在霾中一段隐一段现的，其长难断，然可谓巨。

我却未觉惊恐。是的，毫无惊恐。反觉我与那龙之间，有着某种亲缘存在，故它定不会伤我。龙身青虾色，鳞有光，虽霾重亦不能尽蔽。

我正疑惑，龙叫我："二哥……"

其声如槌轻击大鼓，半空起回音，听来稔熟，并且，分明是小心翼翼的叫法；又分明，它怕猝然地大声叫我，使我如雷贯耳，惧逃之。

我不惧，问："你是玉龙？"

龙三点首。

又问："玉龙，你怎么变成了一条真龙？"

龙说："二哥，我也不明白。"

再问："你这一变成真龙，萌萌和她妈往后的日子谁陪伴？你们家失去了你的支撑怎么行呢？还有你姐和两个妹妹，没有你的接济，她们的生活也更困难了呀！"

龙说："是啊！"

随之，龙长叹一声。

我生平第一次听到一条龙的叹息——如同一万支箫齐吹出"咪、发"二音；在我听来，像是"没法"。

我顿时满心怆然，为玉龙的妻和女儿，为他的姐姐和两个妹妹；也为他自己，尽管他变成的是一条龙，而非其他。在人和龙之间，我愿他仍是一个人，即使是中国草根阶层中的一个人。他仍是一个人，对他的亲人们终究是有些益处的。我想，这肯定也是他的愿望。

我见龙的双眼模糊了，不再投射出如剑锋的冷光。它双眼一闭，清清楚楚的，我又见有两颗乒乓球般大的泪滴从半空落下。一颗落在我肩头，碎了，仿佛有大雨点溅我颊上，冰凉冰凉；另一颗落在离我的脚半米远处，也碎了，溅湿了我的鞋和裤脚。

我又听到了一声龙的叹息，如同一万支箫包围着我齐吹“咪、发”。

“没法……没法……”龙的叹息在霾空长久回响。

我的双眼，便也湿了。

斯时我心如海，怆然似波涛，一波压一波，一涛高过一涛，却无声。

我觉喘不上气来，心脏像是就要被胀破了。

龙叫我脱下上衣，接住它给我的东西。

我照做。

龙以爪挠身，鳞片从霾空纷纷而落。我喊起来：“玉龙，不要那样！”然而，又不能不慌忙地接。

龙说：“我的鳞，都是玉鳞，上好的和田玉。每片值数万元！请二哥分给我的姐姐和两个妹妹，从此我对她们的亲情责任一劳永逸了……”

鳞落甚多，我衣仅接多半，少数不知飘坠何处了。也有的落在盘古大厦之顶，发出清脆铿锵的响声，如磬音。

“玉龙，不要再给啦！”

我眼里禁不住地淌下泪来。抬头望龙，大吃一惊，见龙抓出了自己的一只眼睛！

龙说：“二哥，我的一只眼睛，值几千万元。你替我创办一个救助穷人的基金吧。百分之五，作为你的操心费……”

分分明明地，一颗龙眼自空而落。龙投得很准，使其准确地被我接住了——与那些鳞片一样，带着如人血一般样殷红的血迹。大约中碗，透明似水晶，眸子尚在内中眨动，如在传达眼语。

我再次抬头望它，见它已掉头而去。我又喊：“玉龙，别走！我还有话对你说！”

“二哥放心，我会做一条对人间有益的好龙的！空中霾气太重，我肺难受，得赶紧去往空气质量好的地方将养鳞伤眼伤。这是你我最后一面，从此难见了……”霾空传下那龙最后的言语，如阵阵闷雷。

我大叫：“玉龙！玉龙！玉龙你回来……”

龙转瞬不见。

我将自己叫喊醒了。

玉龙是我家五十年前的近邻卢叔、卢婶家的长子。当年我刚入中学，他才上小学。我们那一条小街，是哈尔滨市极破烂不堪的一条小街，土路，一年几乎有一半的时间是泥泞的。当年我们那个同样破烂不堪的院子九户人家，共享一百多平方米的院地，而我家和卢家，是隔壁邻居，我家二十八平方米，他家约二十平方米。我曾在我的小说《泯灭》中，将那条小街写成“脏街”。我也曾在我的小说《一个红卫兵的自白》中，写到“卢叔”这样一个不幸的人物。那是一部真实与虚构相交织的小说。这样的小说，按普遍经验而言，其中具有了虚构成分的人物本是不该写出真实之姓的。然而，我却据真所写了——当年的我，哪里有什么写作经验呢？

真实的卢叔，亦即《一个红卫兵的自白》中的“卢叔”的原型，可以说是一个美男子。我家成为卢家的近邻那一年，卢叔三十六七岁。当年我还没看过一部法国电影，现在自然是看过多部了。那么现在我要说——当年的卢叔，像极了法国电影明星阿兰·德龙。

卢叔参加过抗美援朝，这是真实的。

卢叔复员后曾在铁路局任科级干部也是真实的。

不久，卢叔被开除了公职，没有了收入，成了一个靠收废品维持生计的人，这也是真实的。如今看来，那肯定是一桩受人诬陷的冤假错案。年轻的科长，有抗美援朝之资本，还居然有张欧化的脸，是美男子，肯定有飘飘然的时候。那么，被嫉妒也就不足为怪了。

卢婶当年似乎大卢叔两岁，这是我当年从大人们和他们夫妻俩开的玩笑中得知的。她年轻时肯定也是个窈窕好看的女子，身材比卢叔还略高。我们两家成邻居那一年，她已发胖，却依然有风韵。但，那显然是种根本不被她自己珍惜的风韵。

底层的，丈夫有工作的人家，日子尚且都过得拮据，何况她的丈夫是个体收废品的。想来，她又哪里有心思重视自己的风韵呢？

好在卢婶是个极达观的女子、妻子和母亲。她一向乐盈盈地过他们一家的穷日子，仿佛穷根本就不是件值得多么发愁的事。用今天的说法，全院的大人当年都觉得她的幸福指数最高。那一种幸福感，是当年的我根本无法理解的。

现在的我，当然已能完全理解——与卢叔那样一个美男子成为夫妻，在底层的物质生活极其匮乏的年代，在对物质生活的憧憬若有若无的她那一类女人心里，大约等于实现了第一愿望吧？何况，卢叔是个有生活情趣的男人，还是个懂得心疼自己妻子的丈夫，同院的大人们常拿这样一句话调侃他——“这是留给你妈的，谁偷吃我打谁！”而所留好吃的，往往是难得一见的一点儿肉类食品罢了。

玉龙是卢家长子。他的姐姐叫玉梅，弟弟叫玉荣。玉荣之下，还有两个妹妹。他最小的妹妹，是我们两家成为近邻之后出生的。有一点是过来人对从前年代有时难免怀旧一下的理由，那就是比之于如今的孩子们，从前的孩子们真的格外有礼貌。这不仅体现于他们对于大人的称呼，更体现于他们对于邻家子女的称呼。即使年长半岁，甚或一两个月，他们也惯于在名字后边加上“哥”或“姐”的。我家兄弟四个依次都比卢家的子女年长，故依次被卢家的孩子叫作“大哥”“二哥”“三哥”“四哥”。我的哥哥精神失常以后，卢家的孩子照样见着了就叫“大哥”的。卢家的子女都很老实，从不惹是生非。我只记得玉龙与另一条街上的孩子打过一次架，原因是“他们当街要笑我大哥”！

卢家孩子称呼我家兄弟四人，“哥”前既不加“梁家”，也不带出名字。玉龙和玉荣兄弟两个，从小又是极善良、极有正义感的孩子。我从未听卢叔或卢婶教育过他们应该怎样做人。进言之，他们在这方面是缺乏教育的，我想，他们的善良与正义，几乎只能以“天性”来解释。当年，我每天起码要听到十几次出自卢家孩子之口的“二哥”。卢家五个孩子啊，往往一出家门就碰到了一个，听到了一句啊！

如今想来，当年的我，每天听到那么多句“二哥”，对我是一件重要之事。那使我本能地远避羞耻的行为。被邻家的孩子特亲近地叫“二哥”，这与被自己的亲弟弟亲妹妹所叫是很不同的。被邻家的孩子特亲近地叫“二哥”，使当年的我不可能不在乎配不配的问题。

大约是一九八四年或一九八五年春节前，我第二次从北京回哈尔滨探家。

我已是年轻的一夜成名的作家，到家的当天晚上，便迫不及待地挨家看望邻居的叔叔婶婶们，自然先从卢叔家开始。

而卢家人正吃晚饭，除了卢婶，我见到了卢家全家人。卢叔瘦多了，我问他是不是病过，他说确实大病了一场。玉龙的姐姐玉梅、弟弟玉荣，还有玉龙的大妹妹，全都从兵团、农场返城了，全都还没有正式工作。除了卢叔，卢家儿女们皆以崇拜的目光看我，使我颇不自在。我六十多岁的老父亲，虽已劳累了一辈子，从四川退休回到哈尔滨后，为了使家里的生活过得宽裕点，在一个建筑队继续上班。经我父亲介绍，玉龙也在那个建筑队上班。我问玉荣为什么不也像他哥哥一样找份临时的工作？

玉荣被问得有些难为情，玉龙则替弟弟说："弟弟是兵团知青时患了肺结核，从此干不了体力活了。而要找到一份不累的工作，像玉荣那么一个毫无家庭背景的返城知青，等于异想天开。"

气氛一时就很愁闷。

我心愀然。事实上，连我返城的三弟，当时也只能托我那当了一辈子建筑工人的老父亲的"福"，与我父亲在同一个建筑队干活。

我又问："卢婶怎么不在家？"

卢叔反问我："你家没谁告诉你？"

我闻言困惑。

而玉龙忧伤地说："二哥，我妈秋天里病故了。"

玉龙实际上只有小学文化，从他口中说出"病故"二字而非"死"字，使我感觉到了他心口那一种疼的深重——不知他要对自己进行多少次提醒，才能从头脑中将"死"字抠出去，并且铆入他不习惯说的"病故"二字，吸收足了他对他母亲的怀念之情。

我的心口也不禁疼了一下。那样一家，没有了卢婶，好比一棵树在不该落叶的季节，掉光了它的叶子。

我又没话找话地说了几句什么，逃脱似的起身告退。

“二哥……”我已站在门口时，玉龙叫了我一声。

我扭回头，见卢家人全都望着我。

卢叔凄笑着说：“大老远的，你还想着给叔带几盒好烟回来，叔多谢了。”我说：“院里每位叔都有的。”

卢叔说：“那你给我的也肯定比给他们的多。”

而玉龙说：“二哥，我们全家都祝贺你是名人了。”

我又不知说什么好。

卢家的儿女们，一个个虔诚地点头。

因为我哥哥几天前又犯病了，我的家也笼罩在愁云忧雾之中；家人竟都没顾得上告诉我卢婶病故了……

第二年春季，父亲到北京来看孙子。

父亲告诉我，卢叔也病故了。

父亲夸玉龙是个好儿子，为了给卢叔治病，将他家在后院盖的一间小砖房卖了。

父亲惋惜地说：“因为急，卖得也太便宜了，少卖了五六百元。如果不卖，等到动迁的时候，玉龙和玉荣兄弟俩就会都有房子结婚了。”

父亲最后说：“但玉龙是为了使你卢叔走前能用上些好药，少受些罪。他做得对，所以全院都夸他是个好儿子。”

夏季，玉龙忽一日成为我在“北影”的家的不速之客——

将近一米八的个子，一身崭新的铁路制服，一表人才。

他说他父亲当年的“问题”得到了纠正，所以他才能有幸成为一名铁路员工。

我问他具体的工作是什么？他说在货场管仓库，说得很满意。

他反问我：“二哥，我文化也太低呀！所以应该很满意啊，对不对？”我和我的父亲连说：“对、对。”

我和父亲特为他高兴。

他怕误了返回哈市的列车，连午饭也不吃，说走就走。

我和父亲将他送出“北影”大门外。

他说：“真想和大爷和二哥合一张影。”可临时哪儿去借照相机啊？当年连我这种人都还没见过手机呢！

父亲保证说：“下次吧！下次你来之前怎么也得先通个气儿，好让你二哥预先借台照相机预备着。”

玉龙说：“大爷，我爸妈都不在了，有时我觉得活得好孤单，我以后可不可以把您当成老父亲啊？”

父亲连说：“怎么不可以！怎么不可以！”

玉龙看着我又说：“那二哥，以后你就好比是我的亲二哥了吧。”

我说：“玉龙，我们的关系不是早就那样了吗？”

望着玉龙走远的背影，父亲喃喃自语：“好孩子啊！也算熬到了出头之日了，他弟弟妹妹们有指望了……”

两年后，我有了正式工作不久的三弟“下岗”了。

那一年的冬季，玉龙又出现在我面前，穿一件旧而且破了两处、露出棉花的蓝布面大衣，看去像个到北京上访的人。他很疲惫的样子，不再一表人才。我讶异于他为什么穿那么一件大衣，以为大衣里边肯定还穿着铁路员工的蓝制服。但他脱下大衣后，上身穿的却是一件洗褪了色的紫色秋衣，显然又该洗澡了。

玉龙说：“二哥，我下岗了。”

我一时陷于无语之境。

他买了我写的十几本书，说是希望通过送书的方式结识什么人，帮自己找到份能多挣几十元钱的活干，说再苦再累他都干，只要能多挣几十元钱。

我一边签自己的名，一边问他弟弟妹妹们的情况如何？

他说，他弟玉荣的病还是时好时犯，好时就找临时的工作，一向只能找到又累又挣钱少的活儿，干到再次病倒了算。他姐有小孩了，也“下岗”了。他两个妹妹同样没有正式工作。

我听着，机械地写着自己的名字，不忍抬头看他，宁愿一直写下去。

书中有一本是《一个红卫兵的自白》。

我正要签上名，玉龙小声说：“二哥，这本不签了吧。”

我头也不抬地问：“为什么？”

他说：“你就听你弟的吧。”

我固执地说："这一本书我写得不那么差。"

他沉默片刻，以更小的声音说："二哥，不瞒你，有看了这一本书的人，撺掇我告你。"

我这才想到，在《一个红卫兵的自白》中，我写到的一个人物用了卢叔的真姓，但却加在了书中那个"卢叔"身上一些虚构的成分，还是那种有理由使卢家人提出抗议的虚构成分。我终于放下笔，缓缓抬起头，以内疚极了也怜悯极了的目光看定他说："玉龙，你起诉二哥吧。你有权利也有理由起诉我，那样你会获得一笔名誉补偿金，而那也正是二哥愿意的。"

我说的是真诚的话。

事实上每次见到玉龙，我必问他缺不缺钱？而他总是说不缺，说真到了缺的时候，肯定会向我开口的。然而，我觉得他肯定永远不会主动向我开口的。据我所知，卢叔卢婶在世时，生活最困难的卢家，不曾向院里的任何一户邻居开口借过钱。在这一点上，卢家儿女有着他们父母的基因。

听了我的话，玉龙的脸顿时红到了脖子，当面受了侮辱般地说："二哥，你这不是骂我吗？哪儿有弟弟告哥哥的呢？我那么做我还是人啊！"

我说："兄弟互相告，姐妹互相告，甚至父母和子女互相告，这类事全国到处发生。你放心，二哥保证，绝不生你的气。"

他说："那我自己也会一辈子生自己的气。我姐我弟我妹他们也会生我的气！二哥你要是不欢迎我了，我立刻就走好啦！”

我只得笑着说：“那再版时，二哥一定作一番认真修改。”

后来，玉龙又出现在我家时，我送给他一本签了我的名也写上了他名字的《一个红卫兵的自白》，告诉他，是一本修改过的书。

他又红了脸，笑道：“二哥你看你，还认真了，这你让我多不好意思！”

该脸红、该不好意思的是我，却反倒成了他。我情不自禁地拥抱了他一下。

他带来了两大旅行兜五六十本书，累得不断地出汗，说经人介绍，帮一位是东北老乡的生意人在北京跑批发，联系业务得自己出钱送礼，而送我的签名书，对他而言是花钱不多、却又比较送得出手的礼物。

我不许他以后再买我的书，要求他提前告诉我，我会为他备好签名书，他来取就是。他说：“那不行。这已经够麻烦二哥的了，怎么能还让二哥送我书呢！何况我每次需要的又多，二哥写一本书很辛苦，绝对不行！”

到现在为止，他一次也没向我要过书。

后来，我的人生中发生了两件毫无思想准备的伤心事，先是父亲去世了，几年后母亲又去世了——这两件事对我的打击极沉重。

再后来，我将哥哥接到北京，也将玉荣请到北京帮我照顾哥哥，同时算我这个“二哥”替玉龙暂时解决了一件操心事，等于给他的弟弟安排了一份力所能及的“工作”。

但玉荣在回哈尔滨看望哥哥姐姐妹妹的日子里，不幸身亡。而我四弟的妻子不久患了尿毒症，一家人的生活顿时乱了套。

那一个时期，在我的头脑之中玉龙这个弟弟不存在了似的。两年后，等我将我这个哥哥的种种责任又落实有序了，才关心起久已没出现在我面前的玉龙来。

那是北京寒冷的冬季。我给四弟寄回了两万元钱，嘱他必须尽早交给玉龙，不管玉龙需不需要，必须让玉龙收下那两万元钱。

不久，四弟回我电话说，交代给他的任务他完成了。

春季里的一天，我在外开完会回到家里，见玉龙坐在我家门旁的台阶上，双眼有些浮肿，上唇起了一排火泡——他一副心力交瘁的样子，却没带书，只背一只绿书包。

进屋后，他刚一坐下，我便问他遭遇什么难事了？

他说他最小的妹妹也大病一场，险些抢救不回生命来。

我问他为什么不告诉我？

他说：“我知道四嫂那时候也生命危险啊，我什么忙都帮不上，怎么还能告诉二哥我自己着急上火的事呢？”

“二哥，你的心意我领了，但这两万元钱我不能收。二哥的负担也很重，我怎么能收呢？”他从书包里掏出了两万元钱，放在我面前。他说等了我将近三个小时，这次来我家就是为了送钱。两万元钱带在身上他怕丢，所以一直耐心地等我回来。

我生气了，与他撕撕扯扯地，终于又将两万元钱塞入了他的书包。

这时响起了敲门声，我开了门见是某出版社的编辑，我忘了人家约见的事了。

玉龙起身说他去洗把脸。

他洗罢脸就告辞了。

编辑同志问他是我什么人。

我如实说是老邻居家的一个弟弟，关系很亲。

编辑同志说他见过玉龙。

我心中暗惊一下，猜测或许是给对方留下了某种不良印象的“见过”。

编辑同志却说，前几天她出差从外地回到北京，目睹了这么一种情形——有一精神不正常的中年女子，赤裸着上身在广场上边走边喊，人们皆视而不见，忽有一男人上前，脱下自己的大衣，替那疯女子穿上了。

我说：“你认错人了吧？”

她说：“不会的。当时我也正想脱下上衣那么做，但他已那么做了。我站在旁边，看着一个非亲非故的男人为一个疯女人一颗一颗扣上大衣扣子，心里很受感动。他给我留下的印象极深，所以不会认错人。”

编辑走后，我见里屋的床上有玉龙留下的两万元钱。

那一年，玉龙出现在我面前的次数多了，隔两三个月我就会见到他一次。虽然用手机的人已经不少了，但他还没有手机，我也没有。他或者在前一天晚上往我家里打电话，那么第二天我就会在家里等他；或者贸然地就来了，每撞锁，便坐在我家门旁台阶上等，有时等很久。

“二哥，你瘦了。”

“二哥，你显老了。”

“二哥，你脸色不好。”

“二哥，你可得注意身体。”

以上是他一见到我常说的话，也是我一见到他想说的话。每次都是他抢先说了，我想说的话也就咽回去不说了。

那一年，我身体很差，确如他说的那样。

那一年，他的身体看去也很差，白发明显地多了，脸还似乎有点浮肿。

我暗暗心疼他，正如他发乎真情地心疼我。

他带来的书也多了。书是沉东西！

——想想吧，一个人带五六十本书，不打的，没车送，乘公交，转地铁，是一件多累的事啊！以至于我往往想给他几本我新出的书，由于心疼他，犹犹豫豫地最终也就作罢了。

他来的次数多，我于是猜到他换挣钱的地方也换得频了。

赠某某局长、处长、主任、经理……我按名单签着诸如此类的上款，而他常提醒我不要写“副”字，“赠”字前边加上“敬”字。我根本不认识那些人，他显然也一个都不认识。他只不过是在落实他“老板”交给的任务。

有次签罢书，他起身急着要走。

我说：“别急着走，坐下陪二哥说会儿话。”

他立刻顺从地坐下了。

我为他换了茶水，以闲聊似的口吻说：“怎么，不愿让二哥多知道一些你的情况吗？”

他说：“我有啥情况值得非让你知道的呢？”

我说：“比如，做了什么好事，坏事……”

他立刻严肃地说：“二哥，我绝没做过什么坏事。如果做了，我还有脸来见你吗？”

我说：“二哥的意思表达不当，我指的是好事。”

他的表情放松了，不无自卑地说：“你弟这种小民，哪儿有机会做好事啊！”

我就将编辑朋友在火车站见到的事说了一遍，问那个好人是不是他。他侧转脸，低声说：“因为大哥也是得的精神病，我不是从小就同情精神病人嘛，那事儿更不值得说了。”

我一时语塞，良久，才说：“玉龙，我是这么想的——二哥帮你在哈尔滨租个小门面，你做点儿小本生意，别再到北京四处打工了吧，太辛苦啦！”

他低下头去，也沉默良久才又说：“二哥，那不行啊。在咱们哈尔滨，租一个最便宜的而且保证能赚到钱的门面，起码一年五六万，还得先付一年的租金。二哥你负担也重，我不能花你的钱。再说，我也没有生意头脑，一旦血本无归，将二哥帮我的钱亏光了，那我半辈子添了块心病了。我打工还行，力气就是成本。趁现在还有这种不是钱的成本，挣多少是多少吧！二哥你家让你操心的事就够多的了，别为我操心了吧……”

我又语塞，沉默了良久才问出一句废话：“打工不容易是吧？”

玉龙忽地就低声哭了。

我竟乱了方寸，一时不知该怎么劝他。

他边哭边说：“二哥，有些人太贪了，太黑了，太霸道了，太欺负人了……只要有点儿权有点儿钱，就不将心比心地考虑考虑我这种人的感受了……”

我已经记不清我是怎么将他送出门的了。

我独坐家里，大口大口地深吸着烟，集中精力回忆玉龙说过的话。

我能回忆起来的是如下一些话：

“二哥，我受欺负的时候，被欺负急了就说，别以为我好欺负，我是不跟你一般见识！我二哥是作家梁晓声！多数时刻不起作用，但也有少数起作用的时候。二哥，你是玉龙的精神支柱啊！别说三哥四哥秀兰姐家的生活没有了你的帮助不行，我玉龙在精神上没有你这个支柱也撑不下去啊……

“二哥，我希望雇我的人多少看得起我点儿，有时忍不住就会说出我有一个是作家的二哥。他们听了，就要求我找你，帮他们疏通这种关系、那种关系。我知道你也没那么大神通，只能实话实说。结果他们就会认为我不识抬举，恼羞成怒让我滚蛋……

“二哥，有时我真希望你不是作家，是个在北京有实权的大官，也不必太大，局一级就行，那我在人前提起你来，底气也足多了……

“二哥，有时候我真想自己能变成一条龙，把咱们中国的贪官、黑官、腐败的官全都一口一个吞吃了！但是对老百姓却是一条好龙，逢旱降雨，逢涝驱云。而且，一片鳞一块玉，专给那些穷苦人家，给多少生多少，鳞不光，给不完……”

那一天，我吸了太多的烟，以至于放学回来的儿子，在门外站了半天才进屋。

那次见面后的一个晚上，玉龙给我打来一次电话。

他说：“二哥，我真有事求你了。”

我说：“讲。”仿佛我真的已不是作家，而是权力极大的官了。

玉龙说的事是——东北农场要加盖一批粮库，希望我能给农场领导写封信，使他所在的工程队承包盖几个粮库。

我想这样的事我的信也许能起点儿担保作用，便爽快地答应了。

我用特快专递寄出了一封长信，信中很动感情地写了我家与卢家非同一般的近邻关系，以及我与玉龙的感情深度，我对他人品的了解、信任。我保存了邮寄单，再见到玉龙时郑重其事地给他看——为了证明我的信真寄了。

玉龙顿时高兴得像个小孩子，也将我像搂抱小孩子似的搂抱住，连连说："哎呀二哥，你亲口答应的事我还会心里不落实吗？还让我看邮寄单，你叫我多不好意思呀二哥……"

但那封信如泥牛入海，杳无回音。

而那一次，是我那一年最后一次见到玉龙。

他并没来我家找我问过，也没在打电话时问过。

我想，他是怕我在他面前觉得没面子。大概，也由于觉得我是为他才失了面子的，没勇气面对我了。

之后两年多，我没再见到过玉龙。

今年五月的一天，我应邀参加一次活动，接我的车竟是一辆车体宽大的奔驰。行至豁口，遇红灯。车停后，我发现从一条小胡同里走出了玉龙。他缓慢地走着，分明地，有点儿驼背了。他剃成平头的头发，白多黑少了，穿一件褪了色的蓝上衣，这儿那儿附着黄色的粉末，脚上的旧的平底布鞋也几乎变成黄色的了。

他一脸茫然，目光惘滞，显然满腹心事。他走到斑马线前，想要过马路的样子，可却呆望着绿灯，似乎还没拿定主意究竟要不要过。

他就那么一脸茫然，目光惘滞地站在斑马线前，呆望着马路这一端的绿灯，像在呆望着红灯。

我想叫他。可是如果要使他听到我的声音，我必须要求司机降下车窗；必须将上身俯向司机那边的窗口；还必须喊。因为，奔驰车停在马路这一边，不大声喊他是听不到的。

我话到嘴边，却终究没要求司机降下车窗。

然而，玉龙到底是踏上了斑马线。

当他从车头前缓慢地走过时，坐在车内的我不由得低下了头。我怕他一转脸看到了我。那一时刻，某些与感情不相干的杂七杂八的想法在我头脑中产生了。那一时刻，我最不愿他看到他的“精神支柱”。被人当成“精神支柱”而实际上又不能在精神上给予人哪怕一点点支撑力的人，实际上也挺可怜的。

那一刻，我对自己鄙薄极了。

玉龙终于踏上了马路这一边的人行道，站在离奔驰四五步远处；似乎，还没想清楚应去往何方，去干什么。

我停止胡思乱想，立即降下车窗叫了他一声。

然而，红灯变绿灯了。

奔驰开走了。

玉龙似乎听到了我的叫声——他左顾右盼。左顾右盼的他，瞬间从我眼前消失……

几天后，传达室的朱师傅通知我：“那个叫你二哥的姓卢的人，在传达室给你留下了一个纸箱子。”

纸箱子很沉。我想，必定又是书。

我将纸箱子扛回家，拆开一看——不仅有二三十本我的书，还有两大瓶蜂蜜。

一张纸上写着这样一行字：“二哥，蜜是我从林区给你买的，野生的，肯定没受污染，也没有加什么添加剂。”

下边，是密密麻麻的一片需要我写在书上的名字。

所有的书我早已签写过了，然而现在都是两个多月以后了，玉龙却没来取走。他也没打过我的手机，没给我发过短信。他是有我的手机号的。

以前，他也有过将书留在传达室，过些日子再来取的时候。但隔了两个多月还不来取，这是头一次。

我也有他的手机号。

我拨过几次，每次的结果都是——该手机已停用。

他在哪里？在干什么？难道忘了书的事了吗？

不由得不安了。

后来，我就做了那场玉龙他变成了一条龙的梦。

我与四弟通了一次电话，“指示”他必须替我联系上玉龙。

四弟第二天就回电话了，说他到玉龙家去过，而玉龙家动迁后获得的小小两居室又卖了，已成了别人的家。四弟也只有玉龙的一个手机号，就是那个已停用的手机号。看来，我只有等了。不是等他来将我签了名的书取走，那一点儿都不重要了。

我盼望他再一次出现在我面前，使我知道他平安无事。

有些人的生活，做梦似的变好着。好得以至于使我们一般人觉得，作为人，而不是神，生活其实完全没必要好到那么一种程度。即使真有神，大多数的神们的生活，想来也并不是多么奢华的。

有些人挣钱，姑且就说是挣钱吧，几百万几千万几亿的，几通电话，几次秘晤，轻轻松松地就挣到了。这里说的还不是贪污，受贿，是“挣”。

而有些人的生活，像垃圾片似的，要出现一个小小的好的情节，那几乎就非从头改写不可。而他们的草根之命是注定了的，靠他们自己来改写，除非重投一次胎，生到前一种人的家中去，否则，“难于上青天”。

而有些人挣钱，仍会使人联想到旧社会——受尽了屈辱、剥削和压迫。

最不幸的姑且不论，中国又该有多少玉龙，其实艰难地生活在无望与渺茫的希望之间呢？

而卢家的这一个玉龙，他有许多种借口坑、蒙、拐、骗，却在人品上竭尽全力地活得干干净净——我认为他的基因比某些达官贵人高贵得多！

我祈祷中国的人间，善待他这一个野草根阶层的精神贵族。

凡欺辱他者，我咒他们八辈祖宗！

玉龙，玉龙，快来找我……

“野草根”祭

“二……二……二小……走……了……”

电话里，从哈尔滨那端，传来二小的哥哥大小口吃的声音。很轻，但清楚，似乎就在我家的楼外给我打电话。

那是春节长假结束不久的一天。夜里我被颈椎病折磨得翻来覆去，天亮后头晕沉沉的。十点多钟，又平躺在硬板床上。电话铃响了几下，我懒得接，它也就不再吵我。不料我将要睡去，又响了……

头还在晕。

我微闭着双眼问：“走了？哪去了？……”

北方民间有句俗话是：“破车子，好揽载。”

指的便是我这一种人。

我常想，自己真的就仿佛一辆破车子，明明载不了世上许多愁，许多忧，些个有愁的人，有忧的人，却偏将他们的愁和他们的忧，一桩桩一件件放在我这辆破车子上，巴望我替他们化之解之。

而我，只不过是个写小说的，哪里能改善“草根族”们的生存难题呢？但我又清楚，除了我，他们也没谁可求了。

我同时清楚，他们开口求我之前，内心里其实是惴惴不安的。他们也明白我其实并没多大的能力。他们往往是在山穷水尽的情况下，向我发出最后的求援吁呼。好比溺水之人，向岸上的人们伸最后一次手。而我，乃是岸上的人们中，和他们有种种撕扯不开的故旧关系的一个。倘我不相应地也伸出手去，他们就会放弃挣扎。我伸出我的手，他们便会再扑腾一会儿。我虽多次伸出过自己的手，却没有一次真正握住过他们谁的手，一下子将谁从生存的灭顶之灾中拉上岸过。他们的命况出了转机，主要还是靠自己的不甘沉没救了自己。

“别急，让我们一块儿来想想办法！”

“天无绝人之路，我将尽力而为！”

这是我每说的话。

而就意味着我作了承诺。于是便揽了一件难事。于是自己便有了种烦和忧。于是，也便似乎有了责任和义务。

我第一次听到“草根族”这一种说法，是十几年前的事，一位从国外进修电影回来的朋友说的。他对我的一篇小说发生兴趣，改编成了电影剧本，并且决心一试牛耳，亲自执导。那剧本就起了个名是《野草根》。

我问：为什么起这么一个名字？

他说：你小说写的是底层民生形态啊。

我说：那就叫《底层》不好么？

他认为太直白了，没意味。

我说：高尔基曾写过一部话剧剧本，便是以《底层》这一剧名公演的。

他说：国外目前将底层民众叫草根族，你的小说反映的是底层的底层的民生，自然死活于社会关怀半径以外的群体，所以该叫《野草根》，我挺欣赏我起的名字的，你依我吧！

我见他那么坚持，依了他。

但他没拍成，剧本审查时被枪毙了。在我预料之中，在他预料之外。

后来，中国对于底层的底层之民众，有了比较人情味的一种说法，叫“弱势群体”，这说法中包含着关注与体恤的意思。然而依我的眼看来，中国之“弱势群体”，或曰“野草根”族，似乎不是在减少着，而是在增多着。有时，则减与增的现象并存，这一行业在减着，那一行业在增着；此地减，彼地增。而谁一旦被列入增数里，谁的命况也就比底层更低了一层。谁也就由“草根族”而“野草根”了……

二小是“野草根”二十余年了。死前无栖身之所，自然也就没家，还往往没工作。其实只有小学文化的二小，除了摆摊，要在当今职业竞争严酷的社会找到一份能相对干得长久的工作，几乎是不可能的。

我的父母去世以后，我将我的哥哥从哈尔滨的一所精神病院接到北京。我不想哥哥在精神病院度过一生，所以在西三旗买了房子，决心给哥哥一个属于他自己的家。我在那样打算时，心中便想到了二小。我的哥哥是由我的四弟和二小护送至北京的。

我当时对二小说：“这儿既是大哥的家，也是你的家。你和大哥，以后相依为命吧！我把大哥托付给你照顾最放心。”

三室一厅敞敞亮亮的房子，一切家具皆新。电视机、影碟机、冰箱、洗衣机，应有尽有。还有电子琴，还有空调，还有摆满了书的书橱，还有文房四宝，还有象棋、围棋和扑克……

我的哥哥和二小喜出望外，高兴得合不拢嘴。

我给二小每月的工资是七百元。

生活费由我来负担。哥哥吸烟很凶，二小也是烟民，且有那么点儿酒瘾。

我说：“二小，这都没关系的。只要适量，不危害身体。烟酒你千万不要花自己的钱买，二哥会经常给你们送来，断不了你们的就是。你的工资基本不必动，存着，一年就是八千多。几年后，二哥再支援你一笔钱，你也算有点儿小小的本钱可以去扑奔你的人生了！”

二小喏喏连声。

从此我就少了两份心事。一份是牵挂于我的哥哥；一份是牵挂于二小。两份心事，都曾使我彻夜难眠过。

二小把我的哥哥照顾得很好。凭良心讲，比我这个当亲弟弟的做得还好。我对二小的感激也常溢于言表。那小区有人曾私下向我告二小的状，说哪天哪天，二小将我的哥哥锁在家，自己去小饭店里喝酒；哪天哪天，十点以后，二小才从外边回小区。言下之意，是二小不定往什么不干净的地方鬼混去了。

而我总是笑笑。

终日与我的哥哥相厮守，我理解二小的那一份寂寞，尽管我常去陪他们住。

我便每每提醒二小：北京和别的城市一样，也有进行非法勾当和肮脏交易的场所，也有专布泥潭设陷阱诱别人入彀的阴险邪狞之徒，要善于识别，避免沾染其污其秽。

二小便也每诅咒发誓般地回答：“二哥，我能做让你失望的事么？”

二小确实没做过那样的事。起码在北京是没做过的。起码，没使我起过疑心。

有人又背地里向我告他的状，说他剪一次发花了八十多元。

我便问他：“二小，你的头发，是花八十多元剪的么？”

二小说：“是啊，二哥。”

我又问：“头发不过就是一个人的头发。咱们男人，花那么多钱剪一次发干什么呢？”

二小说：“二哥，我才四十多岁，头发就快白一半了。不染，我自己照镜子的时候都觉得伤心。用好点儿的染发剂，就那个价。”

我想了想，掏出一百元钱给二小。

我说：“二哥是舍不得你花自己的钱。你以后剪发的钱，二哥补贴给你就是了。”

二小哪里肯接呢！

我逼他收下，并说："就这么定了。"

半年后，二小带我的哥哥回了一次哈尔滨，我给他带上了两千元钱。十天后，二小和我的哥哥回北京，两千元全花光了。

我的弟弟妹妹因而对我有看法，抱怨二小花钱太大手大脚了。

我说："我们的哥哥三十余年在精神病院，几乎没快乐过。二小二十余年人生无着落，受了不少苦。哥哥是我们的手足，二小是老邻居的孩子，我和你们都因有家庭有工作而不能全身心照顾哥哥，二小替我们照顾着了。我认为他照顾得很好，我们应该永远感激二小。平均下来，他和大哥，也不过每人每天才花一百多元。不算多。不能以平常过生活的标准要求他们这一次的花费。"

二小回到北京，内疚地对我说："二哥，我花钱花得太冒了，连车票都是借钱买的，你扣我一月工资吧！"

我说："别胡思乱想。车票钱，二哥还。但你以后应该明白，二哥虽有些稿费收入，却来之不易啊！何况我也不是为了稿费才写作。总之我认为，节俭是美德。你不是靠技能挣钱的人，花钱大手大脚，会给别人不好的印象。"

二小脸红了。

我若批评二小，一向点到为止。

二小对我的话，也从不当耳旁风，一向铭记于心。

这使我欣慰。

一年多以后，二小有日忽然对我说：“二哥，你救人就救到底吧！”

我不禁一怔。

二小紧接着说：“二哥，给我找个老婆，替我成个家吧！”

我沉吟起来。

“二哥，求求你了！我都四十多岁了，还不知道女人的滋味啊！我有时喝酒，那是借酒浇愁呀！”

我心一阵难过。

我说：“那你们住哪儿呢？”

二小说：“这不三个房间么？我们两口子一间卧室！大哥一间；空一间你来时住，我们永不侵占。”

我说：“二小，像你目前这种情况，哪个能自食其力的女人肯嫁给你呢？如果你们以后有了孩子，如果以后你们一家三口再陷入生活的困境，我除了赡养大哥，除了周济弟弟妹妹，再负担起对你们一家三口的责任来，二哥还有一天安心的日子过么？别忘了，二哥也五十多了。你断不可以有一生依赖于我的念头！二哥请你来照料大哥，不过是权宜之计。对你是，对大哥也是。大哥今后还是要由我来陪过一生的。而你，要在五年内攒下笔钱，也要养好身体。五年后，你才四十七八，身体健康，到时二哥再帮你一笔钱。那时，你考虑成家不迟啊！……”

二小于是默然，也有几分怅怅然怏怏然。

……

我这辆“破车子”，已越来越感超载的滞重，实在不敢再让二小拖家带口地坐在我这辆“破车子”上了。那么一种情形，我连想一想都慌恐。

那一年的春节刚过，大小突然来到北京，预先也没打个招呼。

两天后，我被二小找去，说有急事。

见了面，兄弟俩坐我对面，大小给了我一张诊断书，郁郁地说：“二哥你看咋办？”

那诊断书上写着：二小的肺结核又复发了，且正有传染性。

大小将二小接回了哈尔滨。

我给他们带上了一万元钱。

几天后，我说服哥哥，住进了朝阳区的一家精神病托管医院。

半个月后，惦着二小，又托人捎回了五千元钱。

一个月后，二小从哈市郊县的一所医院来电话，说住院费每天就得三百多元。

我明白他的意思，再次电汇五千……

又住院了的哥哥，我每去看他，他总说：“二小怎么还没从哈尔滨回来？写信告诉他，我想他了，让他快回北京来接我出院。”

我说：“哥呀，二小的病还没养好啊！怕他传染你啊！”

哥哥说：“我不怕。写信太慢了，打电话催他回来！我不怕传染上肺结核。”

我暗想，我的老哥哥呀，你不怕，我怕啊！你精神不好，再患上肺结核，连住院都没医院收了，我可该怎么办？……

再后来好长时间没有了二小的音讯。

再再后来，听说他在这儿或那儿干点儿活。

别人曾替我分析，说二小兄弟俩的话未必全可信。暗示我那也许是他们兄弟俩做的一个圈套，多骗我些钱去先花着……

我不信。

我始终觉得二小他本质上是我家老邻居的一个好孩子。始终认为他的心地是善良的。

我相信我的感觉。

即使他们真的骗了我，我也宁愿原谅他们。因为那肯定的是由于他们面临难言的困境。

终于有一天我接到了二小的电话，他说他找到了份工作，挣钱很少。

我问多少钱？

他说才三百多元。

我问累不累？

他说倒不累，替人看一个摊子。

我问住哪儿？

他说还能住哪儿呢？又厚着脸皮住妹妹家了呗！

他说：“二哥，我想回北京，还照顾大哥。”

我说："二小呀，大哥刚刚适应了医院，出出入入，一反一复的，对大哥的病情不好啊！"

电话那一端，二小沉默良久后，低声问："二哥，你是不是不想管我了？"

这一问，也将我问得不禁沉默了片刻。

"二哥，你要不管我，我活着就没什么指望了。"

二小的声音，悲悲切切。

我反问："二小，缺不缺钱？"

二小说："二哥我给你打电话不是要钱的意思。你寄来的钱，我还有两千多元没花。"

我说："二小，听着。一名下岗工人的最高抚恤金，也不过三百多元。而且他们有子女，要供子女上学。你挣得确实少，但你毕竟已开始自食其力。这是你在社会上的起点。你应该坚持一个时期。如果你确实缺钱了，就打电话告诉二哥。但别一开口五万十万地要，那二哥给不起。二哥出一本内容全新的书，也不过才三万左右的稿费。但五千六千二哥是舍得寄给你的。而且，依二哥算来，当可使你过上半年。市郊租一间有家具的小房，不过二百元；一个人每月四百元生活费，也算可以了。所以，我再给你寄钱，半年内如果没有特殊情况，你就不应该再开口向我言钱。相当长一段时间内，二小你一定要学会节俭地活着。你照顾大哥的一年多，二哥曾给你开的工资，你是怎么都花掉的呢？……"

那一天，我在电话里批评了二小。

最后我说：“我不愿你流落街头。但哪一天你真的陷入绝境，那也不要怕，有你二哥呢！”

二小在电话那端情绪乐观了。

他说：“二哥，这我就放心地活着了。”

后来大小来电话麻烦我，我关心地问起二小，他说二小在烧锅炉，一个月挣四五百了。

我说了那不是很累的活么？他是肺结核病人，怎么干得了呢？

大小说：现在取暖都改烧油了，不烧煤了，不累。但是责任大，要留心看仪器……

我心遂安。

……

又很久没有二小的消息了。

我想，他在社会上四处乞讨似的讨的只不过是一种能够生存下去的最低等的机会而已。最终恐怕还是觉得，陪伴一个老邻居家的患了三十余年精神病的大哥，依赖一个写小说的二哥提供住处和饭食，并每月给开七百元“工资”，对于他更是一种较好的活法。即使一辈子。即使我这位“二哥”曾明确告诉他，指望我给他娶个老婆成个家，是多么不现实的念头。

但我却不像他那么想。我一直很理性地认为，陪伴我的哥哥无论对于二小还是对于我的哥哥，都只能是一个时期内的事。当时二小瘦得可怜，身体状况看去比我的哥哥还差。倘我不做出那一种安排，他是活不了多久的。事实上他当时正是处于人生的绝境。

我希望他早有人生的另外一种出路，而我的哥哥的余生由我来负责。

我觉得他总算是找到了出路。

所以当大小在电话的那一端告诉我“二小走了”，我一时不能明白大小的话，以为二小不干那份烧锅炉的活，离开哈尔滨到外地谋另一种人生去了。

我竟有些生气，又说：“那活不是不累么？不是工资也不算低么？不是还有住处么？他跟你商议了么？你也同意他走了么？……”

我接连问过之后，大小在电话那端沉默。

“你怎么不说话？”

我断定大小也是同意了的，直想在电话里冲大小发火。

不料大小想快而快不了地回答：“二……二小……死……死了……我……我们刚……刚把他……火化……”

我一时握着话筒呆住。头也突然的不晕沉了。如同被医术很高的中医师，将一枚银针深深地捻入我足以使头脑清醒的穴位。它仿佛扎在我一根既敏感又脆弱的神经上了。那一根神经每使我对生死之真相陷于宿命的悲观。

大小的声音，听来平静。似乎在通知我一件纠缠了他很久也使他很累很无奈而原本不过是“死马当作活马医”之事终于彻底结束，一了百了。

“野草根”们的亲情，并不像我从前想象的那样反而更加温暖更加密切。事实上好比干旱来临时非洲原野上的野生动物，各顾各成了一种不二法则。

我低声问：“怎么才告诉我？”

连自己都听出了只不过是自言自语。

大小反问：“二哥，早两天告诉你，你能为二小回哈尔滨么？”

声音仍那么的平静。

奇怪，这话，大小倒说得一点儿都不口吃了。仿佛是背了一百遍的一句证词。

我，只有缄默。

大小告诉我，二小是这么死的——端着他的一大瓶茶水，下什么跳板，一失足，从高处摔下，头脑撞磕于水泥台的尖角，在医院里躺了三天，头肿大得不成样子，三天后就死了。

死前，嘴里还念叨着：“北京，大哥，二哥……”

我心一阵酸楚。

……

现在，二小已经死了两个多月了。

我去医院探视我的哥哥，他必问：“给二小打电话了么？他什么时候来北京？不是让你告诉他，我不怕传染上肺结核么？……”

我只有支吾搪塞而已。

野草根，野草根，野草根呵，人命一旦若此，那是如我这样的一个写小说的“二哥”，既陪伴不起，也实际上安慰不了的。

有时我放眼望我们这个有着十三亿之众的国家，“草根族”竟比比皆是起来；似乎，还在一茬一茬地增多着。

而我，由于来自于他们，便从根上连着他们的根。斩不断，理还乱。优越于他们，却也只有徒自地优越于他们，并一再地辜负于他们。

我这辆“破车子”，怎载得了人世间许多困苦艰难？

也只有写下些劳什子文字，祭我和他们曾经同根的那一种破絮般的人生之缘，并安慰一下自己的无能为力……

一个加班青年的明天

我因为要写一份关于中国《劳动法》在现实生活中被遵守情况的调研报告，结识了某些在公司上班的青年——有国企公司的，有民营公司的；有大公司的，有小公司的。

张宏是一家较大的民营公司员工，项目开发部小组长。男，二十七岁，还没对象，外省人，毕业于北京某大学，专业是三维设计。毕业后留京，加入了“三无”大军——无户口、无亲戚、无稳定住处。已“跳槽”三次，在目前的公司一年多了，工资涨到一万三。

他在北京郊区与另外两名“三无”青年合租一套小三居室，每人一间住屋，共用十余平方米的客厅，各交一千元月租。他每天七点必须准时离开住处，骑十几分钟共享单车至地铁站，在地铁内倒一次车，进城后再骑二十几分钟共享单车。如果顺利，九点前能赶到公司，刷上卡。公司明文规定，迟到一分钟也算迟到。迟到就要扣奖金，打卡机六亲不认。他说自从到这家公司后，从没迟到过，能当上小组长，除了专业能力强，与从不迟到不无关系。公司为了扩大业务范围和知名度，经常搞文化公益讲座——他联络和协调能力较强，一搞活动，就被借到活动组了。也因此，我认识了他。他也就经常成为我调研的采访对象，回答我的问题。

我曾问他对现在的工作满意不满意。

他说挺知足。

每月能攒下多少钱？

他如实告诉我——父母身体不好，都没到外地打工，在家中务农，土地少，辛苦一年挣不下几多钱。父母还经常生病。如果他不每月往家寄钱，父母就会因钱犯愁。说妹妹在读高中，明年该考大学了，他得为妹妹准备一笔学费。说一万三的工资，去掉房租、扣除“双险”，税后剩七千多了。自己省着花，每月的生活费也要一千多。按月往家里寄两千元，想存点钱，那也不多了。

我很困惑，问他是否打算在北京买房子。

他苦笑，说怎么敢有那种想法。

问他希望找到什么样的对象。

他又苦笑，说像我这样的，哪个姑娘肯嫁给我呢？

我说你形象不错，收入挺高，愿意嫁给你的姑娘肯定不少啊。他说，您别安慰我了，一无所有，每月才能攒下三四千元，想在北京找到对象是很难的。他发了会儿呆，又说，如果回到本省，估计找对象会容易些。

我说，那就考虑回到本省嘛，何必非漂在北京呢？终身大事早点定下来，父母不就早点省心了吗？

他长叹一声，说不是没考虑过。但若回到本省，不管找到的是什么样的工作，工资肯定少一多半。而目前的情况是，他的工资是全家四口的主要收入。父母供他上完大学不容易，他有责任回报家庭。为了父母和妹妹，个人问题只能先放一边。

沉默片刻，他又主动说，看出您刚才的不解了，别以为我花钱大手大脚的，不是那样。我们的工资分两部分，有一部分是绩效工资，年终才发。发多发少，要看加班表现。他说为了获得全额绩效工资，他每年都加班二百多天，往往双休日也自觉加班。一加班，家在北京市区的同事回到家会早点，像他这样住在郊区的，十一点能回到家就算早了。

全公司还是外地同事多，都希望能在年终拿到全额的绩效工资，无形中就比着加班了，而这正是公司头头们乐见的。他是小组长，更得带头加班。加不加班不只是个人之事，也是全组、全部门的事。哪个组、哪个部门加班的人少、时间短，全组全部门同事的绩效工资都受影响，拖了大家后腿的人必定受到集体抱怨。对谁的抱怨强烈了，谁不是就没法在公司干下去了吗？

我又困惑了，说加班之事，应以自愿为原则呀。情况特殊，赶任务，偶尔加班不该计较。经常加班，不成了变相延长工时吗？违反《劳动法》啊！

他再次苦笑，说也不能以违反《劳动法》而论，谁都与公司签了合同的。在合同中，绩效工资的文字体现是“年终奖金”。你平时不积极加班，为什么年终非发给你奖金呢？

见我仍不解，他继续说，有些事不能太较真的。国企也罢，私企也罢，不加班的公司太少了。那样的公司也不是一般人进得去的呀！

交谈是在我家进行的——他代表公司请我到某大学做两场讲座，而那向来是我甚不情愿的。六十五岁以后的我越来越喜欢独处。不论讲什么，总之是要做准备的，颇费心思。

见我犹豫不决，他赶紧改口说："讲一次也行。关于文学或关于文化的，随便您讲什么，题目您定。"

我也立刻表态："那就只讲一次。"

我之所以违心地答应，完全是由于实在不忍心当面拒绝他。

我明白，如果我偏不承诺，他很难向公司交差。

后来我俩开始短信沟通，确定具体时间、讲座内容、接送方式，等等。也正是在短信中，我开始称他"宏"，而非"小张"。

我最后给他发的短信是：不必接送，我家离那所大学近，自己打的去回即可。

他回的短信是：绝对不行，明天晚上我准时在您家楼下等。

我拨通他的手机，坚决而大声地说："根本没必要！此事我做主，必须听我的。如果明天你出现在我面前了，我会生气的。"

他那头小声说："老师别急，我听您的，听您的。"

"你在哪儿呢？"

“在公司，加班。”那时九点多了。

我也小声说：“明天不是晚上八点做讲座吗？那么你七点下班，就说接我到大学去，但要直接回家，听明白了？”

“明白，谢谢老师关怀。”

结束通话，我陷入了良久的郁闷，一个问号在心头总是挥之不去——广大的年轻人如果不这么上班，梦想难道就实现不了啦？

第二天晚上七点，宏还是出现在我面前了。

坐进他车里后，因为他不听我的话，我很不开心，一言不发。

他说：“您不是告诉过我，您是个落伍的人吗？今天晚上多冷啊，万一您在马路边站了很久也拦不到车呢？我不来接您，不是照例得加班吗？”

他的话不是没道理，我不给他脸色看了。

我说：“送我到学校后，你回家。难得能早下班一次，干吗不？”

他说：“行。”

我说：“向我保证。”

他说：“我保证。”

我按规定结束了一个半小时的讲座，之后是半小时互动。互动超时了，十点二十才作罢。有些学子要签书，我离开会场时超过十点四十了。

宏没回家。他已约到了一辆车，在会场台阶上等我。

在车里，他说：“这地方很难打到车的，如果您是我，您能不等吗？”

我说：“我没生气。”沉默会儿，又说：“我很感动。”

车到我家楼前时，十一点多了。

我很想说：“宏，今晚住我家吧。”却没那么说。肯定，说了也白说。

我躺在床上后，忽然想起——明天上午有人要来取走调研，可有几个问题我还不太清楚，纸上空着行呢，忍不住拿起手机，打算与宏通话。刚拿起，又放下了。估计他还没到家，不忍心向他发问。

第二天上午九点左右，没忍住，拨通了宏的手机。不料宏已在火车上。

“你怎么会在列车上？”我大为诧异。

他说昨天回住处的路上，部门的一位头头儿通告他，必须在今天早上七点赶到火车站，陪头头儿到东北某市去洽谈业务。因为要现场买票，所以得早去。

我说：“你没跟头头儿讲，你昨天半夜才到家吗？”

他小声说：“老师，不能那么讲的。是公司的临时决定，让我陪着，也是对我的倚重啊。”

他问我有什么“指示”。我说没什么事，只不过昨天见他一脸疲惫，担心他累病了。

他说不会的。自己年轻，再累，只要能好好睡一觉，精力就会恢复的。

又一个明天，晚上十点来钟，他很抱歉地与我通话——请求我，千万不要以他为例，将他告诉我的一些情况写入我的调研报告。

“如果别人猜到了你举的例子是我，非但在这家公司没法工作下去了，以后肯定连找工作都难了……老师，我从没挣到过一万三千多元，虽然包含绩效工资和‘双险’，虽然是税前，但我的工资对全家也万分重要啊！”

我说：“理解，调研报告还在我手里。”

我问他在哪儿，干什么呢。他说在宾馆房间，得整理出一份关于白天洽谈情况的材料，明天一早发回公司。

这一天的明天，又是晚上十点来钟，接到了他的一条短信——梁老师，学校根据您的讲座录音打出了一份文稿，传给了我，请将您的邮箱发给我，我初步顺一顺再传给您。他们的校网站要用，希望您同意。

我没邮箱，将儿子的邮箱发给了他，并附了一句话——你别管了，直接传给我吧。

第二天上午十点多钟，再次收到宏的短信——

梁老师，我一到东北就感冒了，昨天夜里发高烧。您的讲座文稿我没顺完，传给公司的一名同事了。她会代我顺完，送您家去，请您过目。您在短信中叫我“宏”，我很开心。您对我的短信称呼，使我觉得自己的名字特有诗意，因而也觉得生活多了种诗意，宏谢谢您了。

我除了复短信嘱他多多保重，再就词穷了。

几天后，我家来了一位姑娘，是宏的同事，送来我的讲座文稿。因为校方催得急，我在改，她在等。

我见她一脸倦容，随口问：“没睡好？”

她窘笑道：“昨晚加班，到家快十二点了。”

我心里一阵酸楚，又问：“宏怎么样了？”

她反问：“宏是谁？”

我说：“小张，张宏。”

她同情地说——张宏由于发高烧患上急性肺炎了，偏偏他父亲又病重住院，所以他请长假回农村老家去了……

送走那姑娘不久，宏发来了一条短信——

> 梁老师，我的情况，估计我同事已告诉您了。我不知自己会在家里住多久，很需要您的帮助，希望您能给我们公司的领导写封信，请他们千万保留我的工作岗位。那一份工作，宏实在是丢不起的。

我默默吸完一支烟，默默坐到了写字桌前……

小芝麻粒儿

“小芝麻粒儿”是一个女孩儿。两年前，好友A君带她到我家来，预先在电话里说她要采访我。当我开门让进他们后，朝外又张望了一眼，奇怪地问：“人呢？”A君回答：“没谁了，就我俩。”我又问：“记者呢？”A君说：“是她。”我不由得扭头打量——那天她穿的是运动鞋，个子看去不高，也就一米六五吧；女式半袖T恤，运动短裤；但是身材很匀称，腰特别细，而且……薄。所以用窈窕二字形容她也还恰如其分。总而言之穿着黄色T恤和短裤的她，当时给我的印象像是一只金小蜂，又叫细腰蜂的那一种。

主客坐定，我望着她有把握地问：“高二了吧？”

我以为她是高二刚分在文科班的女生，一年后打算报考新闻专业，采访我纯粹是为了实习实习。女孩儿大眼睛，薄嘴唇，脸颊瘦削，看去精精神神的。蛮清秀。

她回答：“没有高二了呀。”表情端庄，语调柔婉。一个拖出轻声的“呀”字，使她的话听来如小女儿言。A君替她补充道："都大学毕业四年了，在一家外企工作。"我心中暗暗一算，那么她起码该二十六七岁了，人家是个大姑娘了嘛！不禁讶然于她的小模小样。我又问她："为什么已在外企工作了，还要来对我进行采访？"她那双看人时有点儿定定的大眼睛求助地瞟向A君。于是A君替她解释："她同学在报社当编辑，给了她这么一个采访任务。再说她自己工作之余也喜欢写写。"我问她都写过什么？她说："诗啊，散文啊，还有童话啊，都写过。发表了几篇。"

那天她对我进行了一个多小时的采访。于我，是一次态度郑重的敷衍。于她，我想她一定是有所感觉的。

果然，晚上她给我来了一次电话，开口便说："梁大作家，没想到你是那样的！"

我说："我配合你完成了采访任务，你怎么还像对我有意见似的？"

她说："可你明明是在应付我！"——接着也不给我开口的机会，又说她进行过调查了解，十之七八的当代青年并不知道我的名字，并没读过我的书；而读过的，都不喜欢我写的那些作品……竟还说："姑且算作品吧。"

她话说得很快，忽然压低声音道："对不起，不是不给你平等的说话权利，我们只有十五分钟喝茶的时间，我该回写字间去了。"

放下电话，我愣了片刻，便给A君打过去电话，抱怨地说："你带到我家来一个什么女孩儿呀！耽误了我的时间，刚刚竟还挖苦了我一通！”

自从我过了五十岁生日，即使二十六七岁的小女子们，在我眼里亦皆是女孩儿了。

A君开导我：“你是长者，一切多担待。何况你也多了种机会了解当代的某些女孩子……”

我打断道：“某些？专指她‘那样式’的？”

A君耐心可嘉地说：“你别年轻人挖苦了你几句就经不起似的！有点儿风度行不行？我向你保证，她是个可爱的女孩儿。再说和我不一般关系，不看僧面看佛面……”

后来，她又采访了我一次，是关于“时尚”话题的。这一次我较为认真地接受了她的采访。然我一向对于“时尚”二字反感透顶。觉得那个在中国传媒中出现得越来越频繁的词，已“粘人”到了令我嫌恶的程度。我记得我在回答时说了“时尚不过就是摩登”一句话，还形容“时尚”是谙人间惑术的“吧狗”。

她目光定定地仿佛还有点儿愕异地盯着我听我说。终于轮到她开口时，她平心静气地道出自己的一番看法来：“其实我觉得时尚并不就是摩登。摩登是时髦，是对时尚的一种不相宜的夸张和炫耀。而时尚是一种虽然往往与时髦并行，但是永远不会被改变为时髦的事物。时髦是一种企图追求到某种品质却几乎永远也追求不到的现象，而时尚却好比一枚一生出来就有品质的蛋……”

这时我极想很不雅地问一句：“从哪儿生出来的？”——但

考虑到面前坐的毕竟是一个女孩儿，话到喉间吞回去了。

她仿佛猜到了我想说什么而没有说，脸微微红了，低下头沉默几秒钟，自言自语般地嘟哝："时尚其实是尚时的意思，就是还没开始流行的状态，所以不同于时髦……"

我觉她的话亦有道理，并且将那道理用语言表达得挺好，于是刮目相看。那一次采访，因为有了点儿争论的意味儿，她反而显得满足，大概以为那才叫认真对待。她临走前我问她，是不是与我的好友A君是近邻啊？她说："比邻居关系更近。"我又问："亲戚？"她说："比亲戚还亲。"我一时困惑得说不出话来。她咯咯笑了："他是我爸爸呀！"

晚上我给好友打电话，责问为什么不告诉我她是他女儿？A君说："唉，不许我告诉嘛！你看，她自己倒忍不住彻底交待了，但我希望你还是应该对她保持一种威严。"我问为什么？他说："我说她不服之时，你可以帮我呀！"然而自从知道了她是A君的女儿，我对她也就威严不起来了。A君长我十余岁，不仅有一女，还有一子。儿子已成家，是兄长。

女儿与他们老伴两共同生活着，是妹妹。再后来，我与A君之间，关于他的女儿，话题渐多。有次在他家他内疚地对我说："我这女儿呀，从小被我管束的太严，管坏了。都二十六七岁了，在别人眼里是白领了，在家里还是个孩子似的，好像越大越傻。"我说："她不傻呀，挺聪慧的。"

A君说："工作方面是不傻。可二十六七岁了还不知道谈恋爱、找朋友，自己也不急。转眼成大龄女了，也是我一个愁啊！”A君的老伴插言道：“设身处地替孩子想一想，孩子她都没时间谈恋爱找朋友啊！”我问：“工作有那么忙？”“可不嘛！要是冬天，天刚亮就出门上班去了。起得稍微晚一点儿，就得打的。打的那花的是自己的辛苦钱啊！这孩子要强，在外企工作三年多了，一次没迟到过。下班也晚，九十点钟才回到家里是常事。星期六星期日两天休息，往往用一整天补觉，睡呀睡呀，叫吃饭都叫不醒。还剩一天呢，就一心只想玩了。”——当母亲的说着，叹了口气。

正那会儿，他们的女儿以手掩口，打着哈欠从自己的小屋走了出来。我问她：“听到你爸妈的话了么？”她点点头，去喝水。我说：“一个星期一天，谈恋爱也差不多够了。玩是可以两个人一起的事儿，何不同时进行？”

她说：“同时进行当然好了。可要找到那个爱我，我也爱他的人，要用比谈恋爱本身多得多的时间呀！这么着吧叔叔，您先替我找着。替我找到之前，我抓紧时间一个人玩儿挺好。再不抓紧时间玩儿都老了，结果落得个既没爱过，也没好好玩儿过的下场。两耽误，人生岂不是更可悲？”说完，打着哈欠回到她的小屋去了，八成继续补觉。

A君苦笑道：“听听，说的是什么话？”他老伴儿望着我请求地说：“真的，你也替我们当父母的操操心行不。”我说：“行。”不料小屋里传出他们女儿的话：“叔叔，我刚才只不过随口一说，千万别听我爸妈的。爱人我以为那还是自己去发现的好。”

有一个星期六的晚上，我接到她的电话，说希望我第二天陪她逛动物园。我说没时间，她说她老爸要给我照相，也去。那是我早就答应了A君的事。我略一犹豫，她就在电话那端说："叔叔算你答应了啊！"可是第二天，我在动物园门口只见着了她。她狡黠地一笑，说她老爸临时有事，来不了啦。而我意识到，我上当了。

一上午她显得特别高兴，主动说了许多话。她说从初中到高中，为了能考上一所使父母也使自己光彩的大学，舍不得时间玩。大学毕业后一参加工作，没时间玩了。并且扳着指头遗憾地说，从十六七岁到二十六七岁，总共才开开心心地玩了有限的几次。她看每一种动物的目光，那纯粹是小女孩第一次看到它们的惊奇的目光。我觉得我像是带着一个八九岁的女童在逛动物园。

我问她在外企具体做什么工作？她说给一位部门长当助理。我说那也算较高一级的白领了。她说其实她觉得自己是"小芝麻粒儿"，镀银的一粒小芝麻粒儿。我说，起码你的工资是令人羡慕的，比我这大学教授的工资还高一倍多呢！她说叔叔不骗你，有时我加班到晚上十点多，觉得自己口中有血腥气。而那时，整幢写字楼就剩她和一名等着关大门的保安了……我倏然间明白了她为什么那么爱玩和贪睡。我问她的顶头上司对她如何？她说挺好。我问真的？她说如果她的上司再能多体恤她一点儿，就是一位好上司了。我说可见你的上司有不够体恤你的时候。她想了想，说她其实不该抱怨给自己发工资的人。我说又不是当面，抱怨了一两句又有什么？她说养成习惯就不好了。所以即使在背后，也还是一句都不应该抱怨。冲着那份儿不菲的工资，她得具有任劳任怨的敬业精神。我问，据我所知，在外企工作的中国人，如果摊上一位同胞是自己的上司，反而可能是一种不幸，实际情况是不是那样？

她想了想，委婉地回答，中国人替外国人要求自己的同胞，总是会比他代表中方企业的情况下对同胞的要求更严，也总是会比外企老板要求的更严。外企老板有时还不至于对中方雇员有多么不近情理的要求，而恰恰是同胞的上司会。不过也可以理解，他们只有那样表现，升得才快……

我问：你的上司是中国人还是外国人？她忽然觉得失言了，岔开话题道："叔叔，咱们看大象表演节目去吧！"

"非典"时期，她公司里的欧洲人都回国去了，而中方雇员照常上班。有天晚上十点多，电话响了。我抓起一听，是她打来的。我问："小芝麻粒儿，你在哪儿？"她说："叔叔，我在加班……"我又问："你是不是在哭啊？"她说："叔叔，整幢写字楼又只剩我和一名等着关大门的保安了。我已经连续一个星期每天都加班到这时候了，我觉得嘴里又有血腥味儿了……"我生气地说："这是什么日子里啊！你这样辛苦，免疫力下降，上下班路上那是极容易……"她说："叔叔我会注意的……我不过就是想和一个人说几句话……有些话又不能对爸爸妈妈说……"前天下午，A 君打来电话，说她女儿还要来采访我。我说："你的女儿嘛，可以。"他在电话那端沉默片刻，又说："我女儿失业了……"我不禁"噢"了一声。"她公司新来了一名女大学生，负责社会福利保险的一位部门长，把公司应该替大家缴的保险金额压得很低很低，低于公司的内部规定一半多。她觉得不公，替那大学生据理力争，结果一时冲动，和那位部门长吵了起来……"

我问："对方是咱们中国人吧？"

A君说："可不嘛。"

我说："他是咱们中国人中的混蛋。"

A君说："他还对我女儿说——你不想干了就走人！我女儿一气之下辞职了。但那名女大学生自己反倒想开了，留下了……"我不知再说什么话好。"小芝麻粒儿"来时，脸上少了往常的开朗神情，一副心事重重的模样。而我心里，却对那女孩儿陡升起了几分敬意。

这一次不是我应付她，而是她自己采访得有点儿心不在焉。结束后，我说："小芝麻粒儿，叔叔想过几天去爬香山，你陪我如何？"她顿时高兴起来，一双大眼睛亮晶晶地说："好呀！好呀！"

小拾荒女

我第一次见到她，是在元月下旬的一个日子，刮着五六级风。家居对面，元大都遗址上的高树矮树皆低俯着它们光秃秃的树冠，表示对冬季之厉色的臣服。偏偏十点左右，商场来电话，通知安装抽油烟机的师傅往我家出发了……

前一天我就将旧的抽油烟机卸下来丢弃在楼口外了。它已为我家厨房服役十余年，油污得不成样子，我早就对它腻歪透了。一除去它，上下左右的油污彻底暴露，我得赶在安装师傅到来之前刮擦干净。洗涤灵、去污粉之类难起作用，我想到了用湿抹布粘了沙子去污的办法。我在外边寻找到些沙子用小盆往回端时，见个十一二岁的女孩儿站在铁栅栏旁。我丢弃的那台脏兮兮的抽油烟机已被她弄到那儿。并且，一半已从栅栏底下弄到栅栏外，另一半被突出的部分卡住。

女孩儿正使劲跺踏着。她穿得很单薄，衣服裤子旧而且小。脚上是一双夏天穿的扣绊布鞋，破袜子露脚面。两条齐肩小辫，用不同颜色的头绳扎着。她一看见我，立刻停止跺踏，双手攥一根栅栏，双脚蹬在栅栏的横条上，悠荡着身子，仿佛在那儿玩的样子。那儿少了一根铁栅，传达室的朱师傅用粗铁丝拦了几道。对于那女孩儿来说，钻进钻出仍是很容易的。分明，只要我使她感到害怕，她便会一下子钻出去逃之夭夭。而我为了不使她感到害怕，主动说："孩子，你是没法弄走它的呀！"——倘她由于害怕我仓皇钻出时刮破了衣服，甚或刮伤了哪儿，我内心里肯定会觉得不安的。

她却说："是一个叔叔给我的。"——又开始用她的一只小脚跺踏。

如果有什么"叔叔"给她的话，那么只能是我。我当然没有。

我说："是吗？"

她说："真的。"

我说："你可小心……"

我的话还没说完，她已弯下腰去，一手捂着脚腕了。破裂了的塑料是很锋利的。

我说："唉，扎着了吧？你倒是要这么脏兮兮的东西干什么呢？"

她说："卖钱。"其声细小。说罢抬头望我，泪汪汪的。显然疼的。接着低头看自己捂过脚腕的小手，手掌心上染血了。我端着半盆沙子，一时因我的明知故问和她小手上的血而呆在那儿。

她又说："我是穷人的女儿。"——其声更细小了。她的话使我那么始料不及，我张张嘴，竟不知再说什么好。而商场派来的师傅到了，我只有引领他们回家。他们安装时，我翻出一片创口贴，去给那女孩儿，却见她蹲在那儿哭，脏兮兮的抽油烟机不见了。我问哪儿去了？

她说被两个蹬手板车收破烂儿的大男人抢去了。说他们中一个跳过栅栏，一接一递，没费什么事儿就成他们的了……我问能卖多少钱？她说十元都不止呢，哭得更伤心了。

我替她用创口贴护上了脚腕的伤口，又问："谁教你对人说你是穷人的女儿？"

她说："没人教，我本来就是。"

我不相信没人教她，但也不再问什么。我将她带到家门口，给了她几件不久前清理的旧衣物。

她说："穷人的女儿谢谢您了叔叔。"

我又始料不及，觉得脸上发烧。我兜里有些零钱，本打算掏出全给了她的。但一只手虽已插入兜里，却没往外掏。那女孩儿的眼，希冀地盯着我那只手和那衣兜。

我说："不用谢，去吧。"她单肩背起小布包下楼时，我又说："过几天再来，我还有些书刊给你。"听着她的脚步声消失在外边我才抽出手，不知不觉中竟出了一手的汗。我当时真不明白我是怎么了……

事实上我早已察觉到了那女孩儿对我的生活空间的"入侵"。那是一种诡秘的行径。但仅仅诡秘而已，绝不具有任何冒犯的意味。更不具有什么危险的性质。无非是些打算送给朱师傅去卖，暂且放在门外过道的旧物，每每再一出门就不翼而飞了。左邻右舍都曾说撞见过一个小小年纪的“女贼”在偷东西。我想，便是那“穷人的女儿”无疑了……

四五天后的一个早晨我去散步，刚出楼口又一眼看见了她。仍在第一次见到她的地方，她仍然悠荡着身子在玩儿似的。她也同时看见了我，语调亲昵地叫了声叔叔。而我，若未见她，已将她这个穷人的女儿忘了。

我驻足问：“你怎么又来了？”

她说：“我在等您呀叔叔。”——语调中掺入了怯怯的、自感卑贱似的成分。

我说：“等我？等我干什么？”

她说：“您不是答应再给我些您家不要的东西么？”我这才想起对她的许诺，搪塞地说：“挺多呢，你也拎不动啊！”“喏”——她朝一旁翘了翘下巴，一个小车就在她脚旁。说那是“车”，很牵强，只不过是一块带轮了的车底板。显然也是别人家扔的，被她捡了。我问她脚好了么？她说还贴着创可贴呢，但已经不怎么疼了。之后，一双大眼瞪着我又强调地说：“我都等了您几个早晨了。”

我说：“女孩儿，你得知道，我家要处理的东西，一向都是给传达室朱师傅的，已经给了几年了。”——我的言下之意是，不能由于你改变了啊！

她那双大眼睛微微一眯，凝视我片刻说：“他家里有个十八九岁的残疾女儿，你喜欢她是不是？”我不禁笑着点了一下头。

“那，一次给她家，一次给我，行不？”——她专执一念地对我进行说服。我又笑了。

我说：“前几天刚给过你一次，再有不是该给她家了么？”

她眨眨眼说：“那，你已经给她家几年了。也多轮我几次吧！”

我又想笑，却怎么也笑不起来了。心里一时的很觉酸楚，替眼前花蕾之龄的女孩儿，也替她那张能说会道的小嘴儿。我终不忍令她太过失望，二次使她满足……我第三次见到那女孩儿，日子已快临近春节了。我开口便道：“这次可没什么东西打发你了。”

女孩儿说：“我不是来要东西的。”——她说从我给她的旧书刊中发现了一个信封，怕我找不到着急，所以接连两三天带在身上，要当面交我。那信封封着口，无字。我撕开一看，是稿费单及税单而已。

她问：“很重要吧？”

我说：“是的，很重要，谢谢你。”

她笑了：“咱俩之间还谢什么。”她那窃喜的模样，如同受到了庄严的表彰。而我却看出了破绽——封口处，留下了两个小小的脏手印儿。夹在书刊里寄给我的单据，从来是不封信封口的。

好一个狡黠的“穷人的女儿”啊！她对我动的小心眼令我心疼她。“看”——她将一只脚伸过栅栏，我发现她脚上已穿着双新的棉鞋了，摊儿上卖的那一种。并且，她一偏她的头，故意让我瞧见她的两只小辫已扎着红绫了。

我说："你今天真漂亮。"

她悠荡着身子说："我妈妈决定，今年春节我们不回老家了。"

"爸爸是干什么的？"她略一愣，遂低下了头。

我正后悔自己不该问，她抬起头说："叔叔，初一早晨我会给您拜年。"我说不必。她说一定。我说我也许会睡懒觉。她说那她就等。说您不会初一整天不出家门的呀。说她连拜年的话都想好了："叔叔马年吉祥，恭喜发财！""叔叔我一定来给你拜年！"说完，猛转身一蹦一跳地跑了。两只小辫上扎的红绫，像两只蝴蝶在她左右肩翻飞……

初一我起得很早。倒并不是因为和那"穷人的女儿"有个比较郑重的约会，而是由于三十儿夜晚看一本书看得失眠了。我是个越失眠反而越早起的人。却也不能说与那个比较郑重的约会毫无关系。其实我挺希望初一一大早走出家门，一眼看见一个一身簇新，手儿脸儿洗得干干净净，两条齐肩小辫扎得精精神神的小姑娘快活地大声给我拜年："叔叔马年吉祥，恭喜发财！"——尽管我不相信那真能给我带来什么财运……

一上午，我多次伫立窗口朝下望，却始终不见那"穷人的女儿"的小身影。下午也是。到今天为止，我再没见过她。却时而想到她。每一想到，便不由得在内心默默祈祷：小姑娘，马年吉祥，恭喜发财！……

王妈妈印象

写罢《茶村印象》，意犹未尽，更想写友人的母亲王妈妈。

王妈妈今年七十七岁了。

我第一次见到她，是在她家门口。当时是傍晚，她蹲着，正欲背起一只大背篓到茶集去卖茶。

茶集不过是一处离那个茶村二里多远的坪场，三面用砖墙围了，朝马路的一面却完全开放，使集上的情形一目了然。茶集白天冷冷清清，难见人影。傍晚才开始，附近几个茶村的茶农都赶去卖茶，于是熙熙攘攘，热闹得很。通常一直热闹到八点钟以后，天光黑了，会有许多灯点起来，以便交易双方看清秤星和钱钞。那一条路说是马路，其实很窄，一辆大卡车几乎就会占据了路面的宽度；但那路面却是水泥的，较为平坦。它是茶农和茶商共同出资铺成的，为的是茶农们能来往于一条心情舒畅的路上。所幸很少有大卡车驶过那一条路。但在茶农们卖茶的那一段时间里，来往于路上的摩托、自行车或三轮车却不少。当然更多的是背着满满一大背篓茶叶的茶农们。他们都是些老人，不会或不敢骑车托物了，只有步行。一大背篓茶对于年轻人来说并不太重，二三十斤而已。但是对于老人和妇女，背着那样一只大背篓走上二三里地，怎么也算是一件挺辛苦的事了。他们弯着腰，低着头，一步步机械地往前走。遇到打招呼的人偶尔抬起头，脸上的表情竟是欣慰的。茶村毕竟也是村，年轻人们一年到头去往城市里打工，茶村也都成了老人们、孩子们和少数留守家园的中年妇女们的村了。这一点和中国其他地方的农村没什么两样。见到一个二三十岁的男人或女人，会使人反觉稀奇的……

事实上，当时王妈妈已将背篓的两副背绳套在肩上了，她正要往起站，友人叫了她一声“妈”。

她一抬头，身子没稳住，坐在地上了。

我和友人赶紧上前扶她。自然，作为儿子的我的友人，随之从她背上取下了背篓。她看着眼前的儿子，笑了。微微眯起双眼，笑得特慈祥。

她说：“我儿回来啦！”——将脸转向我，问：“是同事？”

友人说：“是朋友。”

她穿一件男式圆领背心，已被洗得过性了，还破了几处洞；一条草绿色的裤子，裤腿长不少，挽了几折，露出半截小腿；而脚上，是一双扣绊布鞋，一只鞋的绊带就要断了，显然没法相扣了，掖在鞋帮里。那双鞋，是旧得不能再旧了，也挺脏，沾满泥巴（白天这地方下了一场雨）。并且，两双鞋都露脚趾了……

我说："王妈妈好。"——打量着这一位老母亲，忽然想起我自己的母亲来。我的老母亲已过世十载了，在家中生活最困难的时期，那也还是会比友人的这一位老母亲穿得好一些。何况采茶又不是什么脏活，我有点儿不解这一位老母亲何以穿得如此不伦不类又破旧……

然而友人已经叫起来了："妈你这是胡乱穿的一身什么呀？我给你寄回来的那几套好衣服为什么不穿？我上次回来不是给你买了两双鞋吗？都哪儿去了？……"

友人的话语中包含着巨大的委屈，还有难言的埋怨。显然，他怎么也没想到他的母亲会以那么一种样子让我看到，他窘得脸红极了。须知我这一位友人也是大学里的一位教授，而且是经常开着"宝马"出入大学的人。

他的母亲又笑了，仍笑得那么慈祥。

她说："都在我箱子里放着呢。"

"那你怎么不穿啊？"

当儿子的都快急起来了，跺了下脚。

"好好好，妈明儿就穿，还不快请你的朋友家里坐啊！我先去卖茶，啊？"

我对友人说："咱俩替老人家去卖吧！"

但是王妈妈这一位老母亲却怎么也不依。既不让我和她的儿子一块儿去替她卖那一大背篓茶叶，也不许她的儿子单独去替她卖。我和我的友人只得帮老人家将背篓背上，眼睁睁地看着身材瘦小的老人家像一只负重的虾米一样，一步步缓慢地离开了家门前……

友人问我："你觉得有多少斤？"

我说："二十几斤吧。"友人追问："二十几斤？"

我说："大约二十五六斤吧。"

他家门前有一块半朽未朽的长木板，一端垫了一摞砖，一端垫了一块大石头，算是可供人在家门前歇息的长凳。

友人就在那木板上坐下去了，默默吸烟。我知他心里难受，大约也有几分觉得难堪，就陪他坐下，陪他吸烟。

这时，友人的脸上淌下泪来了。

他说："上个月我刚把她接到我那儿去，可住了不到十天。她就闹着回来，惦记着那不到一亩的茶秧。她那么急着回来采茶，我不得不给她买机票，坐飞机能当天就回来啊！可从广州到成都，打折的飞机票也九百多元啊！还得我哥到成都机场去接她，再乘长途汽车到雅安，再从雅安坐出租车到村里，一往一返，光路费三千元打不住。她那几分地的茶秧，一年采下的茶才卖二千多元。她就不算算账！这不，回来了，又采上茶了，才活得有心劲儿了似的……"

我说："那你就给老人算一算这笔账嘛。"

他回答："当然算过，白算。我们算这一种账，在我母亲那儿根本就不走脑子。关于钱，一过千这么大的数，她就没意识了。她只对小数目的钱敏感，而且一笔笔算起来清清楚楚，从没糊涂过，谁想蒙她不容易。还对小数目的钱特亲，比如这个月茶价多少钱一斤，下个月多少钱一斤，那么这个月几天没采茶，等于少挣了多少钱……”说到此处，苦笑。

我说：“那你以后就把花在路费方面的钱寄回呗。”

友人说，那寄回来的钱对于他的老母亲就只等于是一个数字，她会直接把钱存在银行里，连过手都不过手。说自己当教授了，住上宽敞的房子了，有了私家车了，不将老母亲接到城市里享享福，内心不安。说他老母亲第一次到深圳的日子里，他曾驾车带着他老母亲到海滨路上去度周末，也像别人一样将塑料布铺于绿地，摆开吃的喝的，和老母亲共同观海景，聊天。可老母亲却奇怪于城里人为什么偏偏将那么一大片地植树了，种草了，而不栽上茶秧？栽茶秧那能解决多少人的挣钱问题啊！进而大为不满地批评城里人罪过，不知土地宝贵，浪费大片大片的土地简直像不在乎一张纸一样。又觉得城里人太古怪，难以理解，待在家里多舒服，干吗都一家家一对对跑到海边傻坐着？海边再凉快，还能比有空调的家里凉快吗？说那一次老母亲在他那儿住的日子还长久些，因为在大都市里发现了生财之道——一个空塑料瓶两分钱，易拉罐三分钱，纸板三角钱一斤，她觉得比采茶来钱容易多了。说那是老母亲唯一愿意向城市人学习的地方，也是对大都市的唯一好感。还因为捡那些东西，和“同行”发生了口角。而他，只得向老母亲耐心解释，捡那些东西的人，是划分了街区领地的。在别人的街区领地捡那些东西，就是侵犯了别人的利益。别人对你提出抗议，抗议得有理。你跟别人吵，吵得没理。老母亲却振振有词地反问，他有政府发的证书吗？如果没有，凭什么说那些街区是他的“领地”呢？依她想来，既然拿不出类似政府发给农民的土地证一样的证书，凭什么只许自己捡，不许别人捡呢？而他就只得更加耐心地向老母亲解释，尽管对方并无证书，但那是“潜规则”。“潜规则”相互也是要遵守的。解释来解释去，最后也没能使老母亲明白究竟什么是“潜规则”、为什么“潜规则”对人也具有约束性……

老母亲离开的前一天，他家阳台上已堆满了空塑料瓶等废弃物。他想通知收废品的人上门来收走，可老母亲不许，因为人家上门来收，一个塑料瓶子就变成一分钱了，废纸也变成两角一斤了。在老母亲那儿，账算得“倍儿”清——一个塑料瓶等于卖亏了百分之五十；一斤废纸板等于卖亏了百分之三十；合计卖亏了百分之八十！他说，妈，账你也不能这么算，并不是你原本该卖得十元，结果亏掉了八元，就剩两元了。老母亲说，你别跟我拌嘴！百分之五十加百分之三十，怎么就不是亏了百分之八十呢？你当儿子的，不能拿我的辛苦不当辛苦，我捡了那么一阳台我容易吗我？于是伤心起来。我朋友这个当儿子的，只得赶紧认错。接下来乖乖地将阳台上的废品弄出家门，塞入他那辆刚买的“广本”，再带上老母亲分两次卖到废品收购站去。老母亲点数总计二十来元钱，顿觉是一笔大收入，这才眉开眼笑……

友人问我：“如果请收废品的上门来收走，是等于卖亏了百分之八十吗？”

我说："当然不是。百分之百减去百分之三十剩百分之七十，加上塑料瓶的百分之五十，是百分之一百二十……"

友人奇怪了："少卖钱是肯定的，怎么也不会成了百分之一百二十吧？"

我愣了，自知我的算法也成问题，陪着苦笑起来……

友人的老母亲卖茶叶回来了，一脸不快。当儿子的问她卖了多少钱？她说："儿子你还不知道吗？这个季节大叶子茶更不值钱了，才卖了九元三角钱；辛苦了一白天，到手的钱居然还不够一个整数。"她是得怏怏不乐。

吃晚饭时，老人家在自家的太阳能洗浴房里冲过了澡，翻箱倒柜，换上了一身体面的衣服。我的友人、他的哥哥嫂嫂都说，老人家纯粹是为我这位远道而来的客人才那样的。

老人家说，是啊是啊，多次听晓鸣跟她谈到过我，早知我们情同手足。说好朋友要长久，她相信我和她儿子会是天长地久的朋友，替我们高兴。老人家不断为我夹菜，口口声声叫我"声仔"。

友人对我耳语："我母亲叫你'声仔'，那就等于是拿你当儿子一样看待了。"

我也耳语，问："要不要将我装在红信封里的五百元钱立刻就从兜里掏出来，作为见面礼奉上？"友人却摇头。第二天，友人陪我到镇上去，将五张百元钞换成了一百余张小面额的钱，扎成厚厚两捆，在他老母亲高兴之时，暗示我抓住机遇。

我就双手相递，并说："王妈妈，我希望您能认下我这个干儿子。这些钱呢，我也不知是多少，算是我这个干儿子的一份心意，您一定要收下。"

老人家顿时笑得合不拢嘴，连说："好啊好啊，我认我认，我收我收！"她接过钱去，又说："看我声儿，孝敬了我这么多钱！真多真多……"友人心理不平衡地嘟哝："那就多了？才……有好几次我一千两千地给你寄，你也没夸过我一句！"老人家批评道："你动不动就挑我的理，看我这么也不对那么也不顺眼，他怎么就不说？"我趁机讨好："干妈，以后他再对您那样，我这儿先就不依！"

晚上，我和友人照例同床。那是他父亲生前睡的床，如今是他母亲的床，也是家中最宽大的床，却哪哪儿都松动了，我俩不管谁一翻身，那床都发出嘎吱嘎吱的响声。老人家为了我们两个小辈儿睡得好，把那床让给了我俩，她自己睡在客厅里的旧沙发上。

友人向我讲起了他的父亲，以及他的父亲和他母亲的关系。他的父亲曾是乡长，极体恤农民的一位乡长，故也备受农民的敬重；不幸罹患癌症，四十几岁就去世了。他父亲生前和他母亲的关系一向不好，几乎谈不上什么夫妻感情。自然，也就有过几次和别的女人的暧昧关系，母亲甚至因此寻过短见。父亲去世以后，母亲一个人拉扯着四个儿女，日子变得朝不保夕。他的妹妹由于小病没钱治，拖成了大病。水灵灵的一个少女，临死想换一身新衣服美一下，都没美成……

友人嘱咐我，千万不要提他的妹妹，那是他母亲心口永远的疼；也千万不要提他的父亲，那似乎是他母亲永远的怨……

他说："我听过不少父亲们为儿女卖血的事，在我们家里，为供我们几个儿女读书，卖血的却是我母亲。而且像许三官一样，在一个月里卖过两次血。上苍让我母亲活到今天，实在是对她本人和对我们儿女的眷顾……"

茶村的夜晚，万籁俱寂。友人的话语，流露着淡淡的忧悒，绵长的思念，令我的心情也忧悒起来了；并且，令我也思念起了我那没过上几天好日子的老父亲和老母亲……

第二天，王妈妈打发晓鸣（我友人的名字）到另一个茶村去看望他二姐，却要我留了下来。她不采茶了，让我陪她在村里办点事。

我陪她去了几户茶农的家里，显然是茶村生活仍很贫穷的人家。她竟是一家一户去送钱，有的送一百，有的送五十。

"看你，又送钱来，别总操心我们的日子了，我们还过得下去……"

每户人家的人都说类似的话；家家户户的人的话中，却都有"又送钱来"四个字。

那"又送钱来"四个字，令我沉思不已。

她老人家却说："晓鸣的爸又给我托梦了，是他牵挂着你们，嘱咐我一定来看看。"

或者指着我说："看，我认了个干儿子，和我晓鸣一样，也是教授，都是正的。他们都是每个月开五六千的人，以后我是不缺钱花的一个妈了。周济周济你们，还不应该？”

我陪着在茶村认的这一位干妈，去给她的女儿、她的丈夫扫了坟。两坟相近，扫罢以后，她跪了很久。

她面对这座坟说：“他爸，儿女们以为我还怨你，其实我早就不怨你了。我还替你做了些事情，那是你生前常做的事情。其实我一直记着你说过的一句话——为人处世，心里边还是多一点儿善良好。你要是也不嫌弃我了，那就给我托梦，在梦里明说。要是不好意思跟我明说，给儿女们托梦说说也行。那么，我死后，就情愿埋在你旁边……”

又对那一座坟说：“幺女啊，妈又来看你了。妈这个月采了二百多元的茶。现在女孩儿家也该穿裙子了，过几天，妈亲自到乐山去给你买一件漂亮的裙子。听你二姐的女儿说，乐山有一家服装店专卖女孩子穿的衣服，样式全都是时兴的……”

对第一座坟说话时，她的语调很平静；对第二座坟说话时，她忽然泣不成声……

在回家的路上，干妈对我说：“声儿，记着，以后找机会告诉晓鸣，他说的不对。一个塑料瓶子不是两分钱，是一角二分钱。硬铁皮的才两分钱，易拉罐八分钱，顶数塑料瓶子值钱。一斤纸板也不是一角几分钱，是三角钱……”

我喏喏连声而已。不知为什么，那一天这一位友人的老母亲，竟令我心生出几许肃然来……

后来我和我的干妈又聊过几次。

她问我：“如果一个老人生了癌症，最长能活多久，最短又能活多久？”

我以我所知道的常识回答了以后，她沉默良久，又问：“活得越久，岂不是越费钱？”

我一时不知该如何回答，尤其是对这样一位七十七岁了还辛劳不止采茶攒钱的老母亲。

她语调平静地又说：“晓鸣他爸生了癌症，才半个多月就走了。晓鸣寄给我的钱和我自己挣的，加起来快一万元了。现在治病很费钱，不知道一万元够治什么样的病？”

我更加不知如何回答才好，只有摇头。

于是她自问自答：“我死，也许不会因为病。就是因为病，估计也不会病得太久。我加紧再挣点儿钱，攒够一万，估计怎么也够搪病的了。我可不愿拖累儿女们，儿女们各有各的家，也都不容易……”

我装出并没注意听的样子。

不料她突然问：“你们城里的老人，如果还挺能吃，就表明还挺能活，是吧？”我回答：“是。”她说：“我们农村的老人，如果还挺能干，才表明挺能活。你看干妈，是不是还挺能干的？”我又回答：“是。”当我离开茶村时，我和我的干妈相互都有些依依不舍了。我又明白了我自己一些——都五十七八的人了，居然还认起干妈来；实不是习惯于虚与委蛇，而是由于在心理上仍摆脱不了那一种一心想做一个好儿子的愿望。

因为我从来就不曾好好地做过儿子。那是需要些愿望以外的前提的。对于我，前提以前没有。现在，前提倒是有了，父母却没了。我也更明白了——为什么我的某些同代人，一提起自己过世了的父母就悲泪涟涟。我是那么羡慕我的好友晓鸣教授。他的老母亲认下了我这一个干儿子，我觉得格外幸运。而我尤其幸运的是，我的远在一个小小茶村里的干妈，她是一位要强又善良的老人家。至于她爱捡废品的“缺点”，那是我能理解的；也是我觉得有趣的……

少女敲响我家门

商品时代的旋转式运行，在中国，必将以葬送下一代农民对土地的寄托意识为代价。并且，对于这一代价，在下半个世纪，中国是要付出高利贷的。下一代农民将不会再依恋土地，而愈来愈憎恶它。所谓种粮大户，可能在心理上也并不依恋土地。他们的选择也许正是为了他们的子孙最终离弃土地。好比精心饲养一口猪，最终是为了卖掉它或宰了它。

下半个世纪，中国的根本问题，将更是农民问题，不是怎样种地的问题，而是谁还种地的问题。由农业国发展为工业国——这是理想。中国有八亿多农民——这是现实。理想在现实面前，显得多么苍白啊！上半个世纪中国的农民甘于务农，下半个世纪中国的农民很可能将不甘于务农。

如果城市里没有你们的生存根据，那你们就当农民吧！——假设上帝曾这么说过，那么下半个世纪的中国农民将如此回答——如果城里的人需要吃饭，就让城里的人自己去种地吧！

下半个世纪，中国还能再造出一位哪怕仅仅使农民迷信的“上帝”么？

经常发生这样的事——深更半夜有人敲门，敲门声怯怯的，毫无信心，如同非语言形式的断断续续的诉说。开了门，门外畏畏缩缩的，凄凄惨惨戚戚的，依墙靠着一个头发蓬乱、面容不洁、服装不整的来自农村的青年或姑娘。有的还处在少男少女华龄。他们的行囊之简令人怜悯。他们寻找到我的家门已证明他们到了身无分文、走投无路的境地。一天清早——推门，推不开。又狭又小又黑两户共用的二层小过廊里，抵门乏蹲，困着一人。

“你没有任何技术，你文化这么低，你年龄这么小……”

“俺十七了……”

讷讷的。然而是极自尊的。

不认为自己年龄小。我仿佛看到被作践过被摧残过的未成熟的志气的尸骸，狼藉在早已破碎的自尊的下面。我真不知该怎样看待十七岁这个年龄和面前这一位落魄的农村少女。

“嗨，你这孩子呀，出门远行前，究竟怎么想的啊！”

“俺知道你是作家，报上说你心眼挺好……北京只有一个北京电影制片厂，俺寻思，没路可走了，俺得找你……俺就是这么想的……”急急切切地，她从她的小布包中翻出一份旧报。“俺读过你的一篇小说……”

“进屋来，坐下，慢慢说。我能给你什么帮助呢？”

“叔叔，求你千万帮俺找个工作吧！”

“可是，我没有能力帮你找工作啊！再说，你这么弱的身体，能干什么呢？”

“俺什么活都能干！俺什么活都能干！在家里，俺顶一个壮劳力啊！”大概在她想来，写小说的人找工作，比大汉帮人推一辆小车上坡容易得多……

“我的确没有门路哇……”我必须重申这一点。我不得使她对此抱有任何幻想。我心有余而力不足。

茫然的、绝望的眼睛，她的眼睛，定定地盯了我半分钟。既哀且怨的眼神儿，渐渐地渐渐地就在那双眼睛里弥漫——落魄的农村少女身子一软，似会瘫倒。我赶紧扶她，却不成想，分明地，她是要给我跪下……

仿佛一个溺水者向你伸出一只手，而你说：“请原谅……”那一瞬间，我真希望我是个有权的人，哪怕仅仅有安排一个农村少女在某处不起眼的地方工作的权力。哪怕让她擦桌子，扫地，干杂活……

“不过我可以给你买火车票，给你路上花的钱……”

“俺绝不回去……”

“你从哪儿来，只能回哪去！……”

“回去，没个奔头——还不如死了好……”

茫然的、绝望的眼睛，她的眼睛，已不再盯着我。既哀且怨的眼神儿，已彻底笼罩了她那双眼睛。她盯着的是作为装饰品悬挂墙上的一柄蒙古刀。分明的，她的话，也更是对她自己说的。我无法判断，在她的内心里，她的自尊是不是已经被城市扫荡尽净——而我是最后的持帚者……她的话，使我联想到了哈姆雷特流传了一百多年的那句台词——是生？还是死？

十七岁的，看去因落魄而变得懵里懵懂的农村少女，逃亡的不是迫害，不是逼婚事件，不是解放前那一种咄咄的贫穷。她逃亡温饱。她逃亡温饱以后的寂寞。她逃亡为了温饱而不得不从事的终年流汗于田间的劳作。她逃亡农村对她的命运的羁绊。她逃亡土地对她的奴役般的占有。她逃亡她的上辈人规定于她的现实。从本质上讲，她并未面临着生与死的抉择。她抉择的是怎样一种活法……

在命运比她良好十倍百倍的人们因为同样的抉择纷扰绞尽脑汁不惜代价漂洋过海的今天，谁有资格对这十七岁的懵里懵懂的少女说她太荒唐？

她们和他们在城市中如迷途羔羊——没有一片茵绿的草地是上帝专赐给迷途羔羊的。城市正大面积地蒸发掉人类精神中宝贵的养分，形成空前涌动和沸腾的物质欲望的气浪。像无色无味的粉，飘荡在城市的上空，被一切男人和女人天天吸入到肺里。那乃是生活的一部分因子，从生活的本体挥发了出来，改变着城市的空气的结构成分，改变着一切男人和女人的肺活量。使他们和她们在被改变的状态下，脸上都有着那么一种扑朔迷离的神情。在他们和她们那种神情中，包含着种种活泼的贪婪。种种生动之极的贪婪……

我在《雪城》的下部，对城市做过这样的比喻：

它是一个庞然大物。它是巨鳄，它是复苏的远古恐龙。人们都闻到了它的潮腥气味儿，人们都感到了它强而猛健的呼吸。它可以任富有的人们骑到它的背上。它甚至愿为他们表演杂耍。在它爬行过的路上，它将贫穷的人践踏在脚爪之下。他们将在它巨大的身躯下变为泥土。令人震撼的是，他们亦获得不到同情。同情如高利贷。将仅仅成为持有“信誉卡”的人的通货。而普遍的人们不仅事实上并没有变得怎样富有，大概连怎样才能富起来也根本不知道。所以他们只能装出富有的样子。以迎合它嫌贫爱富的习性，并幻想着也能够爬到它的背上去。它笨拙地然而一往无前地就爬过来了，它用它那巨大的爪子拨拉着人——对它诚惶诚恐的遍地皆是的生灵。当它爬过之后，将他们分为穷的，较穷的，富的，较富的和最富的。就像农妇挑豆子似的。大概齐地拨拉着。它用它的爪子对社会重新进行排列组合，将它冷漠地吞吃一切阻碍它爬行的事物，包括人。它唯独不吞吃贫穷，它将贫穷留待各个人自己去对付……

我对我不难理解的现象妥协了。我不是牧师。我不能胜任教化的“神职”。尽管我对这一现象感到忧患——但那充其量不过是小说家的忧患，和一个城里人的忧患。设想，如若一个城里人对农民提出这样的问题——你们都来到城里来了，那么谁为我们种地？也太傲慢了吧？我做我认为仁义的事。于是我向朋友极力推荐一位能当小“阿姨”的农村少女。几位很好的朋友对我大摇其头。他们不同意我的思想逻辑，也不接受我的推荐，并且毫不客气地批评指出——这一种“小善良”没有什么特殊的意义。

我亦不同意他们的看法。我认为人不能只做“有特殊意义的事”。何况在绝大多数的情况下绝大多数的时候，绝大多数的人想做“有特殊意义”的事也是做不了的。倘每人都能不失时机地给予别人某些小的帮助，小的支持，小的安慰，小的方便，小的满足，小的成全，用朋友们调侃我的话，一言以蔽之曰“小善良”，则我们中国人目前所处的现实是太不宽松太紧张太无安全感了！互相的利用太多，互相的出卖太多，互相的倾轧太多，互相的心理压迫太多，互相的暗算太多了。这一种现象我称之为“遛狗现象”。在《雪城》下部对这一现象我是这样写的。

……他一向以为，自己的命运是开始攥在自己手里了。其实不然。仍攥在别人手里。归根结底是别人手里。那些人平时好像并不存在。当他的命运影响到他们的命运时，不，哪怕仅仅影响到他们的心理时，他们的嘴脸才显出来。好比蒙上了一层灰尘的镜子。灰尘一擦，什么都照见了。他们平时不过是攥着他的命运，笑呵呵地攥着。一张张面孔都是亲近的，友好的，诚挚的，和善的。无论他怎样努力，怎样变得成熟起来，也只能操纵着自己的一小半命运。他的命运不过像他们养的一只狗。狗脖子上套着许多圈。每个脖圈都连着一结实的绳子。而自己手中只扯着一根。其余的平时看不见。不知都扯在哪些人手中。他的路越平坦，那许多根看不见的绳子便渐渐绷紧。当他行走得较顺利时，那些扯着另外许多根绳子的手，就必然要使暗劲儿朝四面八方拽了。那些人只能容忍他的命运像盲人的引路犬一样，导他往坑坑洼洼肮脏污水遍地乱石成堆处跟头把式踉踉跄跄三步一跤五步一倒地走……

许多人其实并非败于或死于自己的命运，而是被活活勒毙的。难道所谓社会应该是你手中拽着我的“狗”，我手中拽着他的“狗”，他手中拽着你的“狗”，人人手中都拽着别人的“狗”，人人的“狗”都被别人拽的“遛狗图”么？……

我实践我的信条既不动摇也不后悔。

朋友们又向我讲小“阿姨”席卷雇主家的财物溜之大吉的事例。我听起来总觉得多少有些演义的成分。我曾给《人民文学》的编辑王勇军推荐过一个小“阿姨”——我的儿子幼时所雇的安徽小“阿姨”的堂姐——据她讲——在勇军夫妇独子小命垂危的时候。据勇军讲，有的小“阿姨”见了那小家伙直摇头，不敢受雇。而我推荐去的小“阿姨”则表现出一种“见义勇为”的气概，当天便留在了他家。如今勇军的宝贝疙瘩相当之健康。他见了我每每夸奖：“那姑娘真好！和我们处得像一家人一样，救了我们儿子一命。我得感激你啊！”

勇军夫妇和她至今仍有书信往来。她专程来北京探望过他们。他们还借给她钱回农村去开书店。我想，倘她并未在一位《人民文学》的编辑家中当过小“阿姨”，可能未必会产生出回农村去开书店这样的念头吧？这不是很好的一件事么？

终于有朋友被我说服，答应试用一个月。

然而不足半月，朋友便来告诉我：“她走了！”

我问：“怎么走了？”

“因为我说了她一句——你笨得出奇！”

“噢……”

“就因为这么一句话！”

“拐走什么东西了么？”

“没有。那倒没有。”

“不辞而别？”

“嗯。不过也不算不辞而别。台历上留下一句话——城里人刚到乡下，在我们眼里也常常笨得出奇！”“走了就走了吧。也不值得你专程来告诉我。”“我是觉得，怪对不住你一番好意的嘛！我没想到……”“没想到什么？”“她的字倒写得蛮不错的……”“毕竟读到了中学啊，还写过诗呢！”“写过诗？我不信！”为了使朋友信，我拉开抽屉，翻找出那农村少女请我指点的诗。

它以工整的循规蹈矩的笔迹抄在一页田字方格纸上：

轻风抚轻草，黄蜂觅黄花。

春水一塘静，田蛙几声呱。

那一页田字方格纸，也许是从她弟弟的作业本上扯下的吧？而五言绝句的格律练习，是由于怎样的一种启迪又是怎样开始的呢？那一份闲适的恬淡是真实可信的么？如果可信，又为什么逃亡呢？

朋友说："这没什么，顺口溜而已。拆开了，倒是两条小对子。南方的乡下，尤其两湖，多有目不识丁却能口出对联的老农。识几个字的，自然就更有了那么点儿意思。"

朋友说完，匆匆地就走了。面对那张折了一两折的田字方格纸，我又陷入了对于人生非常之宿命的沉思……安定是以安定本身为基础的，社会的安定以民众的安定为基础。民众的安定以民众的心理安定和情绪安定为基础。

这类乎废话。

不算废话的话倒可能是下面的一句——废话是因为说多了而无效才成废话。

达丽之死

达丽是友人的女儿，是友人唯一的女儿。达丽是初中二年级的学生，是一个秀气的少女，也是个文静的少女。友人原是一家大报的编辑，年长我七八岁，那么今年该是五十二三的人了。十年前我们认识的，后来渐渐断了来往。一日我乘坐出租汽车，路遇一个招手截车的男人。那是冬季的一日，风很大，天气很冷。司机跟我商量："问问他去哪儿。如果顺路，就把他捎上，行不?"我说："这么大的风，行啊！"于是司机停了车，摇下车窗问他去哪儿？他回答说去亚运村那边儿。而我回家，正好同路。不待他央求，我就开了车门……他上了车，坐我旁边了，看了我一眼，在我膝上猛拍一掌，友好惊诧地叫出我的名字。于是我不禁扭头注视他，却想不起在哪儿见过他。"唉，唉，当年，你可是以'老师'称我的啊！现在却对面不相识了……"他以批评的口吻说，显出挺感伤的样子。可我还是回忆不起来。他说出了他的姓名。我虚伪地说："是你呀？真巧！……"其实还是没想起他是谁。他将一张名片塞我手里，爽爽快快地对司机说：“快开车吧，我付两份儿车钱就是了！”司机说：“你们各付各的。你上车，是他同意的。你们原先认识，也不能算同路。不图多挣一张，我车上已经载客了，还停下问你去哪儿干什么……”我下车时，他不许我付车钱。说由他付了。回到家里，我细看那张名片，见他的身份是，某某文化广告公司副经理。

不知为什么，我要求自己必须回忆起这位巧逢的“老师”。我一册册地翻阅名片夹，终于又发现了一张印有他姓名的名片。那上面他的身份是报社文艺部副主任，业务级别是副编审……

晚上我给他打了一次电话——因在出租车上没能立刻认出他，尤其是在他已认出了我并说出了他自己的姓名后，居然一时还回忆不起他来，几分不好意思掺杂着几分虚伪地说了些请多原谅之类的话……

他在电话那一端哈哈笑了。仿佛在通过那一种朗朗的笑声，向我证明着他目前对自己的自信，和对自己新职业新身份的良好感觉。以及目前对自己的活法和生活现状的满足……

我问他哪一年离开报社的？

他说九〇年。

我问是辞职还是兼职。

他说当然是辞职。说像他这样的人，一旦想通了，决心下定了，那就破釜沉舟，开弓没有回头箭了。他明白了我的意思。他说这不安上电话了么！说房子住得也宽敞多了。公司为他在亚运村买了三室一厅……我受之无愧！——他说——因为我为公司创收三百余万，这点儿奖励是公司完全应该给的！他特别向我强调——他已经是一个有小车坐的人了，只不过那一天他吩咐司机送客人去了，所以才“打的”……

“我已经两年多没有挤公共汽车和骑自行车的体验了，也两年多没‘打的’了……今天真狼狈，沾了你的光……”听他的口气，似乎还挺留恋当年那种挤公共汽车和骑自行车横穿大半个北京的体验似的。

我忙说哪里哪里，说其实是我沾了他的光。我将我家里的电话号码告诉了他……以后他就常来电话，和我进行一般性的感情联络。如果说也有什么目的性，那也无非是怂恿我去听国内或港台歌星们的什么什么演唱会……

渐渐地，他使我重新认识了他——看来他已经是国内专门组织歌星演唱会的“大腕”了。据他自己说，好几场火爆的演唱会，票价高得令人咂舌的演唱会，都是他策划的。

“现在策划人太多了。阿猫阿狗往往也摇身一变成了策划人。可有名望的策划人是不多的。真的，中国应该产生超级策划人！……”

有一次他在电话里这么对我说。听得出，他以五十多岁的年龄而踌躇满志，仿佛为自己确定了后半生努力奋斗的目标——成为超级歌星演唱会策划人。仿佛他已经接近着那样的目标了。起码给我的印象是如此那样……

终于有一天他光临我家，还领来了宝贝女儿达丽。我也就是在那一天，第一次见到了那秀气的、沉静而又举止斯文的初二女学生。“叫叔叔！”一少女就略显拘谨地叫了我一声叔叔，并且腼腆地羞红了脸。而后依偎地坐在她父亲身旁，低着头翻阅一册画报。

“你看我女儿怎么样？”

我一时没领会他的话是什么意思，怔愣地瞧着他，不知如何回答才好。

“你看我女儿形象如何？”生平第一次，有一位父亲，当着自己初中二年级的女儿的面，那么问我。

我很是愕异，觉得他问得实在唐突。我看了那少女一眼，对她的父亲说：“小达丽形象很清纯嘛！将来也许能当演员呢！”

“是么？你真的这样认为么？”——我的话使他顿时高兴起来。他将女儿往自己身旁搂了搂，使她更亲昵地倚向自己，望着我坦率地说：“其实我来，是有求于你。”

我说：“你讲，只要我能办到，绝不推诿。”他说：“我是为女儿来求你的。要不我也不带她来了。”我又看那少女一眼，沉默着，期待着。而达丽则停止了翻阅那一册画报，分明是在低着头猜测地想象我的表情反应。

“我这个宝贝女儿，是我唯一的安慰。她妈七年前去世了，我当年一门心思在工作方面，生怕评不上副编审。副编审倒是评上了，可孩子自小的学业给耽误了。当年没入一所好小学，我对她的学习关心得又不够，现在也就只能在一所很差的中学里混着读。我不打算培养她考大学了。她自己也没这份儿心劲了。好在我这女儿形象不错，嗓子也挺好……达丽，站起来给叔叔唱支歌儿……”

于是那少女迟疑了一阵，站起来，低着头问父亲：“唱什么呀爸？”

他说：“随便。觉得自己哪首唱得好，就唱哪一首。”

那些日子电视里正播放台湾电视连续剧《新白娘子传奇》，那少女便轻声唱起了“千年等一回”……她唱完，瞧着她父亲，似乎在问——爸，我唱得还好么？还要再唱一首么？而他的父亲则望着我——似乎在同样地问我……我说：“达丽，你坐下吧！”她这才款款重新落座。我望着她父亲说：“唱的真是怪不错的！”其实我并不觉得唱得多么好，也听许多女孩子能唱到那种水平，虚与委蛇地应酬着罢了……她父亲说：“达丽，听到了吧？你在学习方面没了信心，也就算了。一个女孩子家，读到初中，不搞学问，不教书，文化够了……”他说着，吸了一支烟。近些年来，我虽然听到过许多抱怨文化和知识贬值的悲观言论，但还是头一次听到一位曾当过大报社编辑部副主任的父亲当着自己女儿的面，并当着外人的面说这样的话。我暗想，副编审，在中国也可以算是一位高级知识分子了。享受副高级知识分子待遇嘛！尽管那待遇可能不过是空头支票。尽管他已经改行当副经理了……

他又轻轻推着女儿，怂恿道：“既然叔叔给了你公正的评价，那你就再给叔叔唱一首！”那少女刚欲站起，我忙制止：

“不必了不必了，你就直说你到底求我什么事吧！”

他说：“我想朝影视歌这二方面培养我的宝贝女儿。歌这方面嘛，我自己的能力绰绰有余了。影视圈里，我还不太熟。想劳你今后替达丽，当然也是替我多关注关注，操操心，如果有什么合适的角色，给推荐推荐……”

我吞吐地说：“这个……看机会吧！如果正好有合适的角色，又赶上孩子放假……”

“放假不放假的不必太考虑！”他打断了我的话，“只要机会难得，还上的什么学啊！”

达丽这时就站了起来。她说：“爸，我先到叔叔家对面那个花园里去玩会儿行吗？”毕竟是初二的女学生。即使在父亲眼里仍是个孩子，她那自尊心肯定早已变得极其敏感了。我很是体恤她处在我和她父亲之间的窘迫。不待她父亲开口，我抢先对她实行了“放逐”。

我说：“去吧去吧，那花园很美……”她迅速地瞥了我一眼，转身离去了。在那少女的一瞥之中，我破译了许多感激。那是回报给理解的感激……

房门一关上，我瞪着她的父亲，非常郑重地，以批评的口吻说：“你不该当孩子的面说那些话啊！她才初二嘛！我看她不是一个笨孩子。你完全可以替孩子请位家庭教师补补课嘛！离考大学还有四年呐，来得及嘛！……”

他掐灭烟蒂，又吸上了一支。吸两口，慢条斯理地说：“非要读大学的话，当然还来得及。我这女儿又不弱智。”

我说："那为什么……"

他说："为什么不给她请位家庭教师？目前现状明摆着嘛！"

"请不起？"

"那才几个钱，看看我吸的什么烟？'中华'！除了'中华'，别的烟我不吸。一个月少吸两条'中华'，请位赋闲的教授也有人愿意！"

"那究竟还有些什么别的原因呢？"

"什么别的原因也没有。她偏文科，所以将来考也只能考文科。大学文科毕业生，又是个女孩子，会有什么出息？硕士又怎么？博士又怎样？博士后又怎样？当了教授又怎样？每个月最多还不是八九百一千来元么？那得学多少年，还得学八年。八年后才大学毕业啊！读得满腹经纶，学富五车，一直读到博士，那就至少得再读十二年！十二年啊！十二年后中国什么样都不知道啦！可换一种思维，替孩子选择另一种人生，兴许三年后，十五六岁，我就把她培养成一名小歌星了。哪怕三流歌星，一场演出费，就顶大学教授一年的工资了。我这个副编审，没当经理前，不才一百五十多元的基本工资嘛！八年时间，一名三流歌星，玩似的也挣下七八十万了！如果唱红了呢！做一次广告够高级知识分子一辈子享受不完的啦！我为什么那么傻，非鼓励孩子走刻苦读书这一条老路？孩子累，我也累，图的什么？你倒说说究竟图的什么？我还能干几年？再干三五年，别人仍抬举，让干也干不动了。那时如果女儿正读大学，我这几年辛辛苦苦积攒下的钱，全得为她交了学费。等到她毕业，一名一无所有的大学生，或者硕士生博士生，供养一位同样一无所有了的老爸，那将会是一种多么绝望的生活？达丽她若能早出息成一名歌星，我晚年不是也跟着享享福么？我又当爸又当妈，还不就指望晚年享享女儿的福么？……”

我也吸着了一支烟，不知再说什么好，觉得他的话自有一番道理……

“我要从现在起，努力将我宝贝女儿培养成一个影视歌三栖明星！将来这三个行当，竞争肯定激烈，淘汰也快，所以必须朝三方面的全才去培养。又唱歌，又演电影，又演电视剧。这行受挫了，兴许在另外两行还红着……”

他说完凝视着我。

我问：“你怎么给孩子起名叫达丽？”

我是无话找话，总得说句什么。而且暗想“达丽”这个名，太像有些人给喜爱的小狗起的名字了。

“我和她妈，不都是看《钢铁是怎样炼成的》成长起来的一代人嘛！她妈怀她时，我们讨论过，如果是男孩，就叫保尔。如果是女孩，就叫保尔妻子的名。后来时代变了，我们对自己的理想主义情结也就越来越轻蔑了。先是被别人轻蔑，后是觉得被时代轻蔑，最后是自己轻蔑自己，自己嘲弄自己。所以，女儿上小学时，我和她妈讨论，就将女儿的名字由‘丽达’改成‘达丽’了，表示一点儿对理想主义情结的背叛情绪吧！知识分子，也就这点儿能耐，就小小不言地表达点儿背叛情绪……”

我说：“原来是这样……”

他说：“终于理解我这位父亲的良苦用心了？”

我说：“理解了……”

他说：“那，肯帮忙了？……”

我说：“放心，我一定像为自己的女儿操心一样，一定尽力而为……”直至我送他出家门，达丽还没回来……几个月后，我收到他提前寄来的一张票。夹在信纸内。信很短，只有几行字——说他女儿在那一次演出中，和一个什么什么少女合唱团一起，将荣幸地登台为某“天王巨星”级的香港歌星伴唱，请我无论如何要抽时间去听听。

那天晚上我已有安排，没去。我心里挺不安，觉得太辜负人家的一片诚意。对他求我的事，更加铭记不忘了。又几个月后，我替达丽抓住了一个机会。是一部三集电视剧。是一个有几十句台词的串场大群众角色。可是达丽没接那角色，据说嫌戏太短，戏也太少。我很怀疑是达丽本人不愿接，还是她父亲……他再没来过电话……渐渐地，联络又中断了。我也就渐渐地又把他们父女俩从记忆中排挤出去了……

今年春节期间，似乎是初五的晚上，我接到了一次电话。“喂，晓声么？听得出来我是谁么？”声音很低，无精打采的。我没听出来。

“我是……达丽她父亲啊……”

我赶紧说：“听出来了听出来了！故意说没听出来，跟您开玩笑呐……”

他告诉我达丽住院了，是破伤风。很希望有人看望看望她。他想来想去，只有请求我成全他女儿的这一种小心愿。我一向是个最好说话的人。何况对那少女，我内心里其实挺喜爱的。于是满口答应。于是第二天带了礼物到医院去看她……那是我第二次见到她。她脸色极苍白，虚弱得说不出话，一双大眼睛也丝毫没了光彩，没了生动。她得的根本不是什么破伤风而是败血症。这么说也不对。应该说，是由破伤风引起了严重的败血症。

我看过她以后，在病房外问她的父亲——怎么会这样？

他起初不肯说。我一再逼问，才说了——达丽的班上，以达丽为核心，由十几个初二女学生，组成了一个什么“少女追星大家庭”。她是她们那个“大家庭”的“家长”。她的一个女同学，也是她们那个“大家庭”的成员之一，在一块手帕上，绣了大大小小十几颗心，寄给了香港某男歌星。结果她得到了一张他的照片。四寸的，背面有他的亲笔签名。其实究竟是不是亲笔签名，她是无从知道的。她以为是，当然便是了。于是这一张照片，成了她们“大家庭”中的无价之宝似的，引起了另外一些少女们极大的嫉妒。其中最嫉妒的是达丽。她想，她一定要从他那儿得到一件比一张照片更宝贵的东西。其实她究竟要得到什么，连她自己也不十分清楚。这痴情的少女，竟割破自己的手，滴了半小碗血，就沾着自己的血浆，给自己崇拜的偶像写了一封血书——三四千字的一封血写情书，每一句，每一个标点，都是用他唱过的歌的歌词串联写成的。然而信寄出后，仿佛泥牛入海，空谷无音……

她的手却渐渐感染了……

“这孩子，她为什么就不对我讲呢！不就是一张歌星的照片么！十张我也能替她要来呀！为什么要这么傻呢！……”

他哭了。眼泪顺着脸腮往下淌，哭得一塌糊涂……

“破伤风引起败血症的，百分之一还不到，怎么偏偏让我的女儿摊上了呢！……”

我意识到情况严重，去找医生问，医生果然说——她到医院来得太晚了，不但血液，心肌也受到了严重的病毒感染……

她的父亲策划了一场又一场大型港台歌星演唱会，使他们一个个席卷巨款乐滋滋喜洋洋地离开大陆，为公司累计创收五六百万，同时制造了一阵又一阵的“追星热”，直接培养了一批又一批大陆少男少女的“追星族”。

她无疑是她父亲培养得最成功的一个……

却也成了最失败的一个……

破伤风危及生命的百分之一还不到的比例，在这一种成功和这一种失败之间那么荒唐地画了一个等号……

我心中涌起极大的悲哀。为达丽这少女，也为她的父亲。我没话可安慰他……

我第三次见到达丽，已是在火葬场了。那是一个人少得不能再少的哀悼仪式。五六个成年男人，哀悼一个十四岁的少女……

她一只手放在胸前，持着某香港歌星的一张照片。是我从一册画报上剪下来。是我以摹仿的笔体在背面签上了那香港歌星的姓名。我原以为，能在她活着的时候，给她一点儿心理安慰——谁知却成了她死后的陪葬品……

五六个成年男人中，除了她父亲，除了我，再就是他公司里的人了……

哀悼仪式还没完，他们就悄悄谈论起策划下一场演唱会的事儿来……

我听一个人很有把握地说——获利一百多万似乎不成问题……

在西线的列车上

二〇〇五年十一月，我应邀与中国作家协会的几位领导，前往甘肃天水参加一次民间举办的文化活动。但我和他们乘的不是同一车次——家附近就有代理售票处，购票方便。于是我单独踏上了由北京西站始发的，晚上八点多开往西部的列车……

我已经很少乘长途列车了。

二十世纪八十年代初，我曾是前北京电影制片厂组稿组的一名编辑。陕西、甘肃、新疆都在我的组稿范围。所以那两三年内，我每年都是要乘坐几次西线的列车的；那时中国西部的农村人口，乘坐过列车的人还是很少的。成千上万西部农村人口向中国其他省份流动的现象还没出现。那时的中国，还是一个按地理区域相对凝固的中国。西部的农民如果要到外省去“讨生活”，大抵靠的还是他们的双脚。正如西部的一种民歌——“走西口”。

八十年代初曾有一篇口碑极佳的短篇小说《麦客》：描写

当年因天灾收获自家土地上的劳动成果的希望已成泡影的西部农民们，为了挣点儿钱将日子继续过下去，成群结队越省跨界，去往中原和南方帮别的省份的农民收割庄稼的经历。在西部蛮荒的山岭之间，在原本没有路而后来被一代一代走西口的中国农民们的脚踩出的蜿蜒的野路上，他们的身影连绵不绝，越聚越多，终于形成一支浩荡的不见首尾的队伍。他们甚至连行李也不带，很可能有的人家里根本就没有什么可供他带走的行李。除了别在腰间的镰刀和挎在肩上的干粮袋，他们一无所有。

那是中国农民的“长征”，不是为了革命，而是为了糊口。隔年似乎是由兰州电视台将《麦客》拍成了两集的电视剧；在北京，在我的家里，我看得热泪盈眶。记得当年我抑制不住自己的激动，还给电视台写去了一封信，祝贺他们拍出了那么优秀的现实主义风格的电视剧。

当年一个三十岁左右的青年出现在列车的卧铺车厢里，那是会引起一些好奇的目光的。因为当年并不是一切长途列车上都有软卧车厢，硬卧已是某种身份的证明。购票前要经领导批准，购票时要出示单位介绍信。故当年的我，从没觉得从北京到西部是怎样难耐的旅程。恰恰相反，在好奇的目光的注视之下，我常会感到优越。自然，想到西部的“麦客”们，心里边也往往会颇觉不安地暗问自己凭什么？当年我们许多中国人的意识方式真是朴实得可爱啊！

两三年后我调到了编剧组，以后竟再没踏上过西线的列车。屈指算来，已然二十余年了。

天水市委对文化活动极为重视，预先在电话里嘱咐——我们知道您身体不好，请您一定要乘软卧。我想到我是去西部，买了一张硬卧。

严重的颈椎病使我的睡眠的适应性极差。夜里不停地辗转反侧，令下两层铺和对面三层铺的乘客深受其扰。他们抗议的方式是擂铺板、大声咳嗽或小声嘟囔些不中听的话。我猛记起旅行袋里似乎带了一贴膏药，爬起一找，果然。反手歪歪扭扭地贴到后背上；用自己的手无法贴在准确的位置，但那也总算起到了一点儿心理作用，于是不再折腾……

整个车厢我起得最早，盼着到天水。然而中午一点多钟才到。望着车窗外西部铁路沿线的风光从黎明前的黑暗之中逐渐显现得分明了，我似乎觉得那是我所乘过的车速最慢的一次列车，似乎觉得从北京到西部的途程比二十几年前远多了。列车晚点了一个半小时。然而我知道那不是使我觉得途程变远了的真正原因。真正原因是我自己变了。我早已由当年那个坐硬卧很觉得优越并且心生不安的青年，变成了一个不经常乘坐列车的人了。

而中国，也变了。

习惯于乘飞机的中国人与乘列车的中国人相比，尤其是与乘西线列车的中国人相比，在许多方面都发生了大的差别。每一座城市都尽量将机场建得更气派、更现代，因为它意味着也是一座城市面向国际敞开的窗口。而每一座城市的列车站，则空前地人群云集了。特殊的月份，往往满目皆是背井离乡的中国农民的身影。在大都市的机场候机厅里，一些人感受到的是一种关于中国的概念；而在某些时候，在某些城市包括大都市的列车站里，另一些人将感受到关于中国的另一些概念……

沿线西部的乡村，它们为什么一处处那么的小？黄土抹墙的房舍，灰黑的鱼鳞瓦，家门前没有栅栏的平场，房舍后为数不多的苹果树或柿树；坎坡上放着几只羊的老人，在一小块一小块地里干着农活的老妪和孩子……一切仍在诉说着西部的贫困。

八月是萧瑟的季节。西部的景象裸露在萧瑟之中，如同干墨笔触勾勒在生宣纸上的绘画草图。偶见红的瓦和刷了白灰或贴了白瓷砖的墙，竟使我有眼前一亮的感觉。尽管白瓷砖贴在农家房舍的外墙体上是那么不伦不类，然而一想到有西部的农家肯花那一份钱，还是不禁有些感动。西部农民希望过上好日子的那种世代不泯的追求，像杨白劳给喜儿买了并亲手扎在女儿辫上的红头绳——父女俩自是喜悦着；看着那情形的人，倘对人世间的贫富差距还保留着点儿忧患，就会难免地心生愀然……

从西部返回时，我登上了一次特别的列车。因为还要中途到广州去，故我得在咸阳下车，再去机场。

我持的是一张无座号的票，原以为注定是得在列车上站五六个小时了；却幸运得很，偏巧登上了一节空着几排座位的车厢。刚刚落座，列车已经开动。定睛扫视，发现自己置身在民工之间。手往小桌板上一放，觉得黏。细看桌板，遍布油污，显然很久没被人擦过了。于是顾惜起衣袖来，往起抬胳膊时，衣袖和桌板，业已由于油污的缘故，难舍难分了。于是进而顾惜衣服和裤子，往起站时，衣服和裤子也不那么情愿与坐椅分开了，那坐椅也显然早该有人擦擦却很久没被人擦过了。好在布袋里是有些纸的，于是取出来细细地擦。最后一张纸也用了，擦过后却依然是污黑的。

这时我注意到对面有好奇的目光在默默打量我，便有几分不自然了——一个人和某些跟自己有些不一样的人置身在同一环境，他对那环境的敏感，是会令那某些人大不以为然的。这一点，我这个写小说的人是心中有数的。当年我是连队生产一线的知青时，甚至以同样冷的目光默默打量过陪着首长对连队进行视察的团部或师部的机关知青。那一种冷的目光中，具有知青与知青之间的嫌恶意味。何况，在那一节车厢里，我和我周围的人们之间的关系，连大命运相同的知青们之间的关系都不是。我将一堆污黑的纸团用手绢兜着，走过车厢扔入垃圾桶，回来垂着目光又坐下了。原来这一节车厢的绝大部分座位也都有人坐着，只我坐的那地方空着两三排座位而已。座位、桌板、窗子、地面、四壁、厕所、洗漱池——那列车的一切都肮脏极了。

我将手绢铺在桌板上，取出一册杂志来看。偶一抬头，见一个站在过道里的中等身材的青年还在打量我。他脸颊消瘦，十一月份了穿得还那么少，一件T恤衫外加一件摊上买的迷彩服而已。T恤衫的领子和迷彩服的领子都已被汗渍镶上了黑边。

我并没太在意他对我的打量，垂下目光接着看手中的杂志。倏忽后我抬起头来，冲那年轻的民工微微一笑。因为我第一次抬起头时，觉得他的目光并不多么冷。我想，我对一个看我时目光并不多么冷的人，理应做出友好的反应——尤其在这一节车厢里，尤其我以显然的另类的外形而存在于某些同类之间的时候。

是的，他们当然是我的同类，或者反过来说也是一样。而且，还是我的同胞。而我对于他们，却分明是一个另类。我所体会的中国，那是一个概念，一个与从前的中国不能同日而语的概念；他们所体会的中国，乃是另一个概念，一个与从前的中国没什么两样的概念。

我笑后，那年轻的民工也微微一笑。果然，他的眼的深处，非但不怎么冷，还竟有几分柔情。但是，它们太忧郁了。所以，给予我无底之井一样的印象。倘他好好洗个澡，再穿上我的一身衣服，再将他蓬乱的头发剪剪、吹吹，那么，我敢肯定他是一个帅小伙子。尽管我的一身衣服实在是一身普通得很的衣服。

他说："你坐过来吧。"我回头看，身后无人，断定了他是在跟我说话。我犹豫。"你还是坐过来吧！列车从新疆开入甘肃的时候，有一个人喝醉了酒，把那几排座位吐得哪儿都是……"他始终微微地笑着，目光也始终望着我。

我早已嗅到了一股难闻的气味儿，只是不清楚发自于何处罢了。他既给了我个明白，我当然不愿继续在那儿坐下去了。我起身向他走过去时，他用手指着我说：“你的手绢！”而我说：“不要了。”我本打算像他一样站在过道里，但是他请我坐在他的座位上。他一路从新疆坐过来；他说他腿坐肿了，宁肯多站会儿。那儿的人们都在打扑克，没谁注意我们。他又说：“我知道你是谁。我上初中的时候作文挺好的，经常受到老师的称赞。那时候我以为我将来也能……”我小声请求说：“那就当你不知道我是谁，好吗？”他点了点头，又问：“你看的是什么？”我说：“《读者》。”

我看《读者》历来被不少知识分子耻笑。他们认为真正的知识分子是不应看《读者》这么“低”层次的刊物的。但我以我的眼，在中国知识分子们认为是“高”层次的刊物上，越来越看不到对另一半中国的感受了。那另一半，才是中国的大半！并且，每每因而联想到杜甫《茅屋为秋风所破歌》中的诗句：“茅飞渡江洒江郊，高者挂罥长林梢，下者飘转沉塘坳。”挂卷长林梢，虽高，不也还是茅吗？我倒宁愿入塘坳。毕竟和泥和水在一起，可以早点儿沤烂，做大地的肥料。

年轻的民工听了我的话，点了点头。于是我们一个坐着，一个站着，聊了起来。

他说这一车次是“民工车”，也可以说是西北农民工们乘的“专列”，票价极便宜。在高峰运载季节，有时超载百分之一百几十。因为它实际上已经等于是一次民工专列了，不是民工的人们，是不太愿意乘坐这一车次的……

他说这一节车厢有人吐过，有一股难闻的气味，所以才有几排空座，别的车厢里，没票站着的人照例很多……

忽然一阵煤灰飘飞过来，我赶紧闭上眼睛低下头去；抬起头时，身上落了一层。年轻的民工身上也落了一层黑白混杂的煤灰，他却懒得抚一下；笑笑，说车上烧水的不是电炉，仍是大煤炉，显然又有乘务员在捅火了……

他说，他心情很不好——他本在新疆打工来着，同村的人给他传了个信儿，有一个省的煤矿急需采煤工，于是他匆匆前往，去晚了怕就没有缺额了。说一个多小时以前，他透过车厢望见了他的家园——西线铁路旁的一个小小的自然村……

他说，他的父亲几年前死于矿难；几年前死一个采煤的农民工，矿主才补偿一万多元钱。他说他没下车回家去看一看，也是因为怕见了母亲不知该怎么说；他说家里只有母亲、妹妹和爷爷。爷爷已经老得快干不动地里的活儿了；而妹妹，患着精神病……

我，竟寻找不到一句适当的话可以对这个年轻的农民工说。连一句安慰他的话也寻找不到……

“现在，死一个矿工，真的补偿给二十万吗？农民采煤工和正式的矿工，都能一律平等地补偿给二十万吗？……”

我从他的话中，听出了他对平等的极强烈的要求，以及对二十万人民币的极强烈的渴望。

“这……我不是太清楚……也许……是的吧……可是现

在，矿难发生的次数太频繁了，你最好还是不要去……非去……没有比当采煤工挣钱更多的活了吗？……”我语无伦次，反问着不是人话的话。

“还用问吗？对我们，那是肯定没有的喽！”不知何时，玩扑克的都不玩了，都在注意听我和那年轻的农民工的谈话了。

“我记得有一份报上登过赔偿的数额……”“一条农民采煤工的命是赔偿二十万的，这肯定没错！”“你怎么能那么肯定？是法律条文了吗？什么时候公布过了？”“不会二十万那么高吧？现如今车祸撞死一个农民，法院一般不是才判赔偿几万吗？”“那是车祸，和采煤不同的。目前正是国家发展需要煤的时候，所以咱们的命也就比以往值钱多了！……”

“会不会一个省一个价呢？”年轻的农民工说，他和他们是一起的，都是要去同一个省的矿区的。有的是打工时认识的工友，有的是在这一次列车上认识的。他毫不客气地将别人拽了起来，自己坐在腾出的座位上了。接着又说：“但愿我们去的地方，一条命也值二十万元……”

被他拽起来的民工说：“有人倒下去，那就得有人补上去，好比冲锋陷阵，得有下定决心不怕牺牲的精神！”那样子，那语气，很是光荣，还有点儿悲壮。

我听着，心里不禁联想到了两句诗：“风萧萧兮易水寒，壮士一去兮不复还！”我问：“你们要去的是哪个省？”他们相互望着，交换着耐人寻味的眼色，就都不说话了。分明地，他们不愿让我知道。仿佛那是一个他们共同的福音，也是一个需要他们共同保守的大秘密。一旦被旁人所知，尤其是被我这样的旁人所知，大好的机会就会遭到破坏似的。

为了取悦于他们，我说：“啊，我想起来了，有一份文件，规定了哪儿都是二十万,一律平等。”他们都很信我的话，脸上的疑虑一扫而光，就都高兴起来。这个说有文件就好，那个说平等才对。他们一高兴，对我的态度也亲近了，请我嗑瓜子，吃花生、枣子，还向我敬烟。我没吃什么，却极想吸烟，又没有烟了，便很高兴地接过了烟。一只按着打火机的手及时向我伸过来，我刚吸了一口，劣质的烟呛得我几乎咳嗽……

后来玩扑克的人接着玩扑克，那眼神忧郁的年轻的农民工也不再开口了，呆呆地望着窗外想他的心事。没人理睬我了，我低下头仍看我的《读者》。

老茶农和他的女儿

当女儿的手轻轻推开了窗扇，啊——一阵馥郁的气息随之而至。顿时，她几乎醉了。

那是茶乡的早晨的气息。

城市和乡村的最根本的区别乃在于——乡村是有气息的，正如婴儿是浑身散发奶味的。而城市没有。

窗外，山丘波状的曲线近在眼前。一行行修剪过的茶树从山脚至山头，层层叠叠，宛如梯田，使整座山丘成为茶山。

在对面的山腰，有这一户人家的几亩茶树。而房屋的左右两边，也是茶山。后边，是一条河。晚上，汩汩之声彻夜入耳，那是河的永无休止的絮语，也是这茶乡的人们听惯了的。孩子们在家乡河的絮语声中长大成人，于是到城市里去试探人生的前途和世界的深浅。或者，像父母辈一样，成为新一代的茶农。近年，这茶乡的年轻人中，前一种越来越多了，后一种越来越少了。因为种茶也像种庄稼一样，一年到头，辛辛苦苦，也挣不到多少钱了。外出的年轻人们，即使在城市里始终没有获得过什么有保障的人生，也还是不情愿回到这个茶乡的。偶尔回来，往往是由于自己在城市里闯荡得实在是太累了，或者父母病了……

然而芸这一次回到家乡来，却是为了能在一个绝对不受任何干扰的地方潜心完成她的"出站"论文。芸是这个茶乡的骄傲，因为她不但至今仍是这个茶乡唯一考上大学的姑娘，而且现在已经读到博士后了。所以她要完成的论文，也就不是什么一般的毕业论文，而叫"出站"论文。一般听了，是不太明白的。

芸在清明前十几天就回到茶乡了，那时的南方，天气还没怎么转暖。父亲每天起得很早，悄无声息地做好饭，热在锅里，然后便自己背着茶篓上山采茶去了。有时，自己也吃几口饭；有时连口饭也不吃。芸习惯了熬夜。为将论文写到优等的水平，每天睡得很晚，自然起来得也就很晚。一般总是在八点钟以后才醒。散步，洗漱；吃罢早饭，也就快九点了。一回到房间，便又埋头于写作了。等到父亲叫她的时候，肯定便是中午了。那时父亲已采回过一篓茶叶了。无论第二篓茶叶采满还是没采满，父亲都会在中午之前及时赶回家里，为的是能让女儿及时吃到午饭，开饭的时间和大学食堂一样正点。午饭后，父亲刷锅洗碗，闲不住地收拾收拾这儿，打扫打扫那儿。而芸，照例出去散步一小会儿。等芸散步回来，父亲或者盖件衣服在竹躺椅上睡着了，或者又背着茶篓采茶去了。那么，芸也开始午休了。她往往一觉睡到三点钟。那时，父亲已背回了下午采的第一篓茶。父亲总是悄无声息地回来，又悄无声息地离去。那些日子，父亲经常说："茶叶又涨价了。新茶生出得那么快，可是生出的一笔笔钱啊，不采回家里多可惜。"——有时是对芸说，有时是自言自语。对芸说的时候，是在饭桌上的时候；自言自语的时候，是在芸放下碗筷要去散步的时候。那时候，芸并不接话的。怕一接话，父亲就跟她说起来没完。对于父亲的自言自语，芸只当是人老了，很普遍的现象。

在家乡的日子里，确切地说是在回家的日子里，芸的感觉好极了。芸至今还是一个独身女子。她不是一个漂亮女子，当然也不是一个多么丑的学习机器式的女子。她只不过不漂亮而已。那么对于她，在这个世界上目前只有一个家，便是有父母的地方，便是这个茶乡的这一幢两层的老木屋。它留给她的回忆都是那么地温暖。正如她所料想的那样，她写论文的过程没受到过任何干扰。除了在她回到家里的当天，有些乡亲们闻讯来看她，家里就再没人来过。因为父亲和乡亲们打过招呼了。那天父亲往家院外送乡亲们时，芸听到父亲这么说："我女儿这次回来和往年回来不一样，她这次是为了能安心地写好论文才回来的。那对她将来的前途要紧得很哩！大伙互相转告转告，还没来看过她的，先就不要来了吧。等我女儿写好了论文再来看她也不迟。"第二天吃早饭时，芸关心地问父亲为什么夜里咳嗽不止，并表示愿意陪着父亲到镇里的医院去检查检查。父亲笑了笑，说没什么大不了的，老毛病了，春秋两季常犯的，过了季节就好了。她本想到镇里去替父亲买药的，但一离开饭桌，伏到写字桌上去，不一会儿就忘了。晚上，父亲夹着被褥睡到楼下去了，芸也就没听到过父亲的咳嗽声……

芸有一个哥哥。哥哥嫂子有一个女儿，已经七岁了。哥哥嫂子带着女儿到广州打工去了，若从广州回来就和父亲住在一起，他们还没有自己的家。他们带着孩子到广州去打工，为的就是挣够一笔钱，也好早日盖起一处他们自己的家。而芸的母亲五年前去世了，芸竟没能及时赶回家乡和母亲见上最后一面。芸在大学里读的是新闻专业，毕业了通常是要当记者的。省城的一家报社在学校里进行招聘活动时，面试后对芸相当满意，基本上是将她预先聘定了。是她自己后来变卦了。大学快毕业的芸，对自己的人生有了更高的追求，觉得当记者太没意思了。人生的更高的追求，在芸的思想里，肯定是要凭借更高的学历去实现的。于是考研。芸有很好的记忆力，不久便成了本校经济学系的研究生。然而经济学并非是她所喜欢的，也不相信学了经济学自己的人生将来便注定获得优越的经济基础，于是又向比更高还高的人生目标发起冲刺；三年后她成了北京某所大学中文系的博士生，专业方向是中国古典诗词研究。母亲正是在她成为博士生那一年去世的。母亲去世前，哥哥曾给她写过一封信，告诉她母亲是多么想她，而且病了。那时芸正以“头悬梁，锥刺股”般的刻苦精神备考，哪里会接到哥哥的一封信就十万火急地赶回家呢？等她顺利考完，隔了几天回到家乡时，母亲已成土中之人。芸自然是很悲痛的。她埋怨哥哥不该在信中将母亲的病那么轻描淡写。而哥哥，一句话都没说，狠狠瞪她一眼，起身走到外边去了。倒是父亲向她承认，是他不许哥哥在信中写得太明白，怕她着急上火，影响了考博的状态。事实上，芸是幸运的，在获得研究生文凭以后，也曾有多种在省城就业的机会。但已经获得了研究生文凭的芸，觉得自己的就业人生不该是在省城里开始，而应该是在北京实现。既然自己具有那么强的记忆能力，既然自己那么善于考试，既然考博能使自己特别令人羡慕地成为北京人，干吗不呢？而读博的几年里，芸的日子基本上过得挺快活。人生初级阶段的最后竞争业已获胜，满心怀饱涨着不可名状的优越感，芸也有好情绪进行恋爱了。两次恋爱却都未成功。一次因男方多次地也是公然地蔑视她的博士学位而夭折；一次因她自己的虚荣而告终——那个男人对她倒是无限地崇拜，但是个子比她矮了三厘米。如果她不是博士，仅仅是一名普通的大本毕业生，那么那三厘米的身高差距她也许还是可以包涵的。但是自己已经是一位女博士生了啊，于是那三厘米的差距她就无论怎么也跨不过去了。然而她倒也没觉得心灵上留下了多么大的创面。疼还是疼过几天的，仅仅几天之后就结痂了，日子便又渐渐恢复了快活的状态。干吗不快活呢？校园的环境那么美好，两人一间宿舍，博士同学是已婚女子，更多的时候那间宿舍完全属于她自己；如果自己并不向导师请教什么问题，导师是不怎么过问她究竟在干什么的；至于专业呢，古典诗词的背后，有着许许多多或流芳千古或鲜为人知的才子佳人们的爱情故事，对于芸而言，研究那些故事是趣味无穷的；而最主要的心情快活的保障是——她再也不像是大本生和硕士研究生时那么手头拮据了。博士生的生活补助够每月吃饭的了，协助导师编书的报酬也不菲。自己还为某杂志开辟了一个专门介绍古典诗词背后的爱情故事的专栏，颇受好评，杂志社竟给她开出了最高稿酬，每月又是相当稳定的一千来元的入项……

昨天晚上，吃罢饭，芸没有像往日一样立刻起身回到自己的房间去。

她说："爸，我的论文写完了！"——说完，伸了个懒腰，一副大功告成的喜悦模样。她对自己的论文质量很满意，也很自信。

父亲望着她，欣慰地说："好啊。写完了好。"

芸又说："我怎么觉得我没瘦，反而胖了呢！"

父亲就笑了，再没说话。

怎么会瘦了呢？

饭桌上几乎顿顿也没断过鱼汤或鸡汤。老茶农对自己是博士的女儿的爱心，全都煨在汤里了。

"爸，我已经决定了明天下午就回北京去。"

"明天就回去？"

"我想学校的环境了。爸，我们的校园可大了，可美了！有湖，还有假山。湖里有野鸭，我想那些野鸭了……"

"女儿，你是不是还要再往下读好几年的书呢？"

"爸，我再也不必考什么学位了！我想，我已经该算是我这个专业的精英了。"

“什么鹰？”

“爸，你别想错了！好比一座宝塔，我已经是塔尖上的人了。”

“好，好啊。女儿，你终于出息了……”

不知为什么，父亲嘴上这么说着，表情却变得忧郁了。

女儿困惑地问：“爸，你有什么愁事儿吗？”

老茶农微微摇头道：“没有。女儿，你这么出息，爸爸还会有什么愁事呢？就真有，也不愁了。只是，茶叶又涨价了……”

“茶叶涨价了不是好事吗？”

“是啊，是好事。可我一个人，采不过来啊！”

“爸，那就雇人嘛！”

“雇人倒是省事。但四六分钱，一小半被别人得了，不划算啊！”

“爸，采一斤茶叶能卖多少钱？”

“十二三元呢。”

“那您一天采十斤，不才能卖一百二三十元吗？爸，您就别计较划算不划算的了，干脆雇人吧！”

“干脆雇人？”

“干脆雇人！”

临睡前，当女儿的塞给父亲一千元钱，说是早就想寄回家来孝敬父亲的。

父亲却无论如何不肯收下。

父亲说："女儿，我不缺钱。真的不缺。你在北京花销大，还是你留着吧。"

现在，女儿的皮箱已经放在门口了，单等着听到摩托车的喇叭声，拎起来就走了。

她已归心似箭。

可父亲为什么还不回来呢？

女儿望着山上那些采茶的身影，看不出哪一个是自己的父亲。

可自己一会儿就要走了，父亲为什么一早还要上山去采茶呢？不就多采回一斤茶才能卖十二三元钱吗？

女儿心里正这么责备着父亲，却听到了父亲上楼的脚步声。一转身，父亲已在跟前，手拿一只塑料袋，里边装的是刚煮熟的茶叶蛋。就在此时，一个本村的小伙子，在老屋前按响了他的摩托车喇叭。父亲头天晚上求他用摩托车将芸送到镇上去，镇上有去省城的长途公共汽车……

当芸已经坐在直达北京的特快列车上时，认出坐在自己对面的，竟是邻村的一位远房叔叔。

于是二人亲热地聊了起来。

"叔，到北京干什么去？"

"还能干什么去？打工呗！"

"如今一斤茶就能卖十二三元了，还非得背井离乡地去打工？"

"谁说一斤茶叶能卖十二三元了？"

“我父亲啊。”

“他骗你哩！现而今茶叶不稀罕了，种茶的收入也薄多了。清明前的头遍茶，最高价也就以每斤四五元来收！清明一过，一斤才能卖两元钱！”

“可，可……可我爸他骗我干什么呢？”

“我怎么知道！哎，芸啊，你父亲的病轻了重了？”

“我父亲……我父亲得什么病了？”

“你不知道？你不知道，我倒不好说了……”

“叔，快告诉我！……”

“唉，芸啊，你父亲他得的是肺癌啊！他已经是个活一天赚一天的人了啊！……”

车轮隆隆……

列车向北，向北……

直达北京，而且特快，自然向北……

那茶乡，那老屋，那住守着老屋的老父亲，离是博士后的女儿分分秒秒地远着……

车轮隆隆，仿佛在说：“回来！回来！”

当女儿的心里霎时明白了——茶叶的价格已经降到两元钱一斤了，而父亲却骗她说涨到十二三元一斤了；分明的，老父亲多希望她这个是博士后的女儿能留下帮他采几天茶呀！茶叶究竟多少钱一斤哪里还重要呢？……

车轮隆隆，仿佛在说：“分明，分明……”

已是博士后的女儿，顿时省悟了——苦读十四年，年年月月收到过钱，原来是父亲、母亲、哥哥和嫂子，以每采一斤茶叶才挣几元钱的辛勤劳作成全着她的人生追求啊！

如今母亲已是泉下之人，而父亲说不定哪一天也是了……自己心里边所装的却是校园湖里的野鸭们！……

“唉，芸啊，我觉得你是读书读傻了哩！你父亲身体那么单薄了，脸色那么不好了，你怎么就会一点儿都没看出来呢？……”

女博士早已泪流满面！

她在心里对自己说：“我不是读书读傻了呀，我是……我是……”

车轮隆隆……

列车向北，向北……

车厢里忽然响起了哭声……

玉顺嫂的股

九月出头，北方已有些凉。

我在村外的河边散步时，晨雾从对岸铺过来。庄稼地里，割倒的苞谷秸不见了，一节卡车的挂斗车厢也被隐去了轮，像江面上的一条船。

这边的河岸蕤生着狗尾草，草穗的长绒毛吸着显而易见的露珠，刚浇过水似的。四五只红色或黄色的蜻蜓落在上边，翅子低垂，有一只的翅膀几乎是在搂抱着草穗。它们肯定昨晚就那么落着了，一夜的霜露弄湿了翅膀，分明也冻得够呛。不等到太阳出来晒干双翅，大约是飞不起来的。我竟信手捏住了一只的翅膀，指尖感觉到了微微的水湿。可怜的小东西们接近着麻木了，由麻木而极其麻痹。那一只在我手中听天由命地缓缓地转动着玻璃球似的头，我看着这种世界上眼睛最大的昆虫因为秋寒到来而丧失了起码的警觉，一时心生出忧伤来。“穿花蛱蝶深深见，点水蜻蜓款款飞”的季节过去了，它们的好日子已然不多，这是确定无疑的。它们不变得那样还能怎样呢？我轻轻将那只蜻蜓放在草穗上，而小东西随即又垂拢翅膀搂抱着草穗了。河边土地肥沃且水分充足，狗尾草占尽生长优势，草穗粗长，草籽饱满，看去更像狗尾巴了。

“梁先生……”

我一转身，见是个少年。雾已漫过河来，他如在云中，我也是。我在村中见到过他。

我问：“有事？”

他说：“我干妈派我，请您到她家去一次。”

我又问：“你干妈是谁？”

他腼腆了，讷讷地说：“就是……就是……村里的大人都叫她玉顺嫂那个……我干妈说您认识她……”

我立刻就知道他干妈是谁了。

这是个极寻常的小村，才三十几户人家，不起眼。除了村外这条河算是特点，此外再没什么吸引人的方面。我来到这里，是由于盛情难却。我的一位朋友在此出生，他的老父母还生活在村里。村里有一位民间医生善推拿，朋友说治颈椎病是他的“绝招”。我每次回哈尔滨，那朋友是必定得见的。而每次见后，他总是极其热情地陪我回来治疗颈椎病。效果姑且不谈，其盛情却是只有服从的。算这一次，我已来过三次，已认识不少村人了。玉顺嫂是我第二次来时认识的——那是冬季，也在河边。我要过河那边去，她要过河这边来，我俩相遇在桥中间。

“是梁先生吧？”她背一大捆苞谷秸，望着我站住，一脸的虔敬。

我说是。她说要向我请教问题。我说那您放下苞谷秸吧。她说背着没事儿，不太沉，就几句话。

“你们北京人知道的情况多，据你看来，咱们国家的股市，前景到底会怎么样呢？”

我不由一愣，如同鲁迅在听祥林嫂问他：人死后究竟是有灵魂的吗？

她问得我心里咯噔一下。

我是从不炒股的。然每天不想听也会听到几耳，所以也算了解点儿情况。

我说：“不怎么乐观。”

“是么？”她的双眉顿时紧皱起来了。同时，她的身子似乎顿时矮了，仿佛背着的苞谷秸一下子沉了几十斤。那不是由于弯腰所致，事实上她仍尽量在我面前挺直着腰。给我的感觉不是她的腰弯了，而是她的骨架转瞬间缩巴了。

她又说：“是么？”目光牢牢地锁定我，竟有些发直，我一时后悔。

“您……也炒股？”

“是啊，可……你说不怎么乐观是什么意思呢？不怎么好？还是很糟糕？就算暂时不好，以后必定又会好的吧？村里人都说会的。他们说专家们一致是看好的。你的话，使我不知该信谁了……只要沉住气，最终还是会好的吧？”

她一连串的发问，使我根本无言以对，也根本料想不到，在这么一个仅三十几户人家的小村里，会一不小心遇到一名股民，还是农妇！

我明智地又说：“当然，别人的看法肯定是对的……至于专家们，他们比我有眼光。我对股市行情太缺乏研究，完全是外行，您千万别把我的话当回事儿……否极泰来，否极泰来……”

“我不明白……”

“就是……总而言之，要镇定，保持乐观的心态是正确的……”

我敷衍了几句，匆匆走过桥去，接近着逃掉。

在朋友家，他听我讲了经过，颇为不安地说：“肯定是玉顺嫂，你说了不该那么说的话……”

朋友的老父母也不安了，都说那可咋办？那可咋办？

朋友告诉我，村里人家多是王姓，如果从爷爷辈论，皆五服内的亲戚关系，也皆闯关东的山东人后代。祖父辈的人将五服内的亲戚关系带到了东北。排论起来，他得叫玉顺嫂姑。只不过，如今不那么细论了，概以近便的乡亲关系相处。三年前，玉顺嫂的丈夫王玉顺在自家地里起土豆时，一头栽倒死去了。那一年他们的儿子在上技校，他们夫妻已攒下了八万多元钱，是预备翻盖房子的钱。村里大部分人家的房子都翻盖过了，只她家和另外三四家住的还是从前的土坯房。丈夫一死，玉顺嫂没了翻盖房子的心思。偏偏那时，村里人家几乎都炒起股来。村里的炒股热，是由一个叫王仪的人煽乎起来的。

那王仪曾是某大村里的中学的老师，教数学，且教得一向极有水平，培养出了不少尖子生，他们屡屡在全县甚至全省的数学竞赛中取得名次及获奖。他退休后，几名考上了大学的学生表达师恩，凑钱买了一台挺高级的笔记本电脑送给他。不知从何日起，他便靠那台电脑在家炒起股来，逢人每喜滋滋地说：赚了一笔，又赚了一笔。村人们被他的话拨弄得眼红心动，于是有人就将存款委托给他代炒。他则一一爽诺，表示肯定会使乡亲们都富起来。

委托之人渐多，玉顺嫂最终也把持不住欲望，将自家的八万多元钱悉数交付给他全权代理了。起初人们还是相信他经常报告的好消息的。但消息再闭塞的一个小村，还是会有些外界的情况说法挤入的。于是有人起疑了，天天晚上也看起电视里的《财经频道》来。以前，人们是从不看那类频道的，每晚只选电视剧看。开始看那类频道了，疑心难免增大，有天晚上大家便相约了到王仪家郑重“咨询”。王仪倒也态度老实，坦率承认他代每一户人家买的股票全都损失惨重。还承认，其实他自己也将他们两口子多年辛苦挣下的十几万全赔进去了。他煽乎大家参与炒股，是想运用大家的钱将自家损失的钱捞回来……

他这么替自己辩护：我真的赚过！一次没赚过我也不会有那种想法。我利用了大家的钱确实不对，但从理论上讲，我和大家双赢的可能也不是一点儿没有！

愤怒了的大家哪里还愿多听他“从理论上”讲什么呢？就

在他家里，当着他老婆孩子的面，委托给他的钱数大或较大的人，对他采取了暴烈的行动，把他揍得也挺惨。即使对于农民，当今也非仓里有粮，心中不慌的时代，而同样是钱钞为王的时代了。他们是中国挣钱最不容易的人。明知钱钞天天在贬值已够忧心忡忡的，一听说各家的血汗钱几乎等于打了水漂儿，又怎么可能不急眼呢？兹事体大，什么“五服”内“五服”外的关系，当时对于拳脚丝毫不是障碍了。第二天王仪离家出走了，以后就再没在村里出现过。他的家人说，连他们也不知他的下落了。各家惶惶地将所剩无几的股渣清了仓。

从此，这小村的农民们闻股变色，如同真实存在的股市是真真实实的蟒蛇精，专化形成性感异常的美女，生吞活咽幻想“共享富裕”的人。但人们转而一想，也就只有认命。可不嘛，些个农民炒的什么股呢？说到底自己被忽悠了也得怨自己，好比自己割肉喂猛兽了，而且是猛兽并没扑向自己，自己主动割上赶着喂的，疼得要哭叫起来也只能背着人哭到旷野上去叫呀！

有的人，一见到或一想到玉顺嫂，心里还会备受道义的拷问与折磨——大家是都认命清仓了，却唯独玉顺嫂仍蒙在鼓里！仍在做着股票升值的美梦！仍整天沉浸于她当初那八万多元已经涨到了二十多万的幸福感之中。告诉她八万多元已损失到一万多了也赶紧清仓吧，于心不忍，怕死了丈夫不久的她承受不住真话的沉重打击；不告诉呢，又都觉得自己简直不是人了！我的朋友及他的老父母尤其受此折磨，因为他们家与玉顺嫂的关系真的在“五服”之内，是更亲近的。

朋友正讲着，玉顺嫂来了。朋友一反常态，当着玉顺嫂的面一句接一句数落我，极尽讽刺挖苦之能事，无非说我这个人一向不懂装懂，自以为是，由于长期被严重的颈椎病所纠缠，看什么事都变成了不可救药的悲观主义者云云。朋友的老父母也参与演戏，说我也曾炒过股，亏了几次，所以一谈到股市心里就没好气，自然念衰败经。我呢，只有嘿嘿讪笑，尽量表现出承认自己正是那样的。

玉顺嫂是很容易骗的女人。她高兴了，劝我要多住几天。说大冬天的，按摩加上每晚睡热乎乎的火炕，颈椎病会有减轻。

我说是的是的，我感觉痛苦症状减轻多了，这个村简直是我的吉祥地……

玉顺嫂走后，我和朋友互相看看，良久无话。我想苦笑，却连一个苦的笑都没笑成。朋友的老父母则都喃喃自语。一个说：“这算干什么？这算干什么……”另一个说：“往后还咋办？还咋办……”

我跟那礼貌的少年来到玉顺嫂家，见她躺在炕上。她一边坐起来一边说：“还真把你给请来了，我病着，不下炕了，你别见怪啊……”那少年将桌前的一把椅子摆正，我看出那是让我坐的地方，笑笑，坐了下去。我说不知道她病了。如果知道，会主动来探望她的。她叹口气，说她得了风湿性心脏病，一检查出来已很严重，地里的活儿是根本干不了啦，只能慢慢腾腾地自己给自己弄口饭吃了。我心一沉，问她儿子目前在哪儿。她说儿子已从技校毕业，在南方打工。知道家里把钱买成了股票后，跟她吵了一架，赌气走了，连电话也很少打给她。我心不但一沉，竟还疼了一下。她望着少年又说，多亏有他这个干儿子，经常来帮她做点儿事。

接着问少年："是叫的梁先生吗？"我替少年回答是的，夸了他一句。玉顺嫂也夸了他几句，话题一转，说她是请我来写遗嘱的。我一愣，急安慰她不要悲观，不要思虑太多，没必要嘛。玉顺嫂又叹口气，坚决地说：有必要啊！你别安慰我了，安慰我的话我听多了，没一句能对我起作用的。何况你梁先生是一个悲观的人，悲观的人劝别人不要悲观，那更不起作用了！你来都来了，便耽误你点儿时间，这会儿就替我把遗嘱写完吧……

那少年从抽屉里取出纸、笔以及印泥盒，一一摆在桌上。在玉顺嫂那种充满信赖的目光的注视之下，我犹犹豫豫地拿起了笔。按照她的遗嘱，子虚乌有的二十二万多元钱，二十万留给她的儿子，一万元捐给村里的小学，一万元办她的丧事，包括修修她丈夫的坟，余下三千多元，归她的干儿子……

我接着替她给儿子写了封遗书，她嘱咐儿子务必用那二十万元给自己修一处农村的家园，说在农村没有了家园的农民的儿子，人生总归是堪忧的。并嘱咐儿子千万不要也炒股，那份儿提心吊胆的滋味实在不好……我回到朋友家里，将写遗嘱之事一说，朋友长叹道："我的任务总算完成了。希望由你这位作家替她写遗嘱，成了她最大的心愿……”我张张嘴，一个字也没说出来。序、家信、情书、起诉状、辩护书，我都替人写过不少。连悼词，也曾写过几次的。遗嘱却是第一次写，然而是多么不靠谱的一份遗嘱啊！值得欣慰的是，同时代人写了一封语重心长的遗书，一位母亲留给儿子的遗书，一封对得住作家的文字水平的遗书……

这么一想，我心情稍好了点儿。第二天下起了雨。第三天也是雨天。第四天上午，天终于放晴，朋友正欲陪我回哈尔滨，几个村人匆匆来了，他们说玉顺嫂死在炕上。朋友说：“我不能陪你走了……”他眼睛红了。我说：“那我也留下来送玉顺嫂入土吧，我毕竟是替她写过遗嘱的人。”

村人们凑钱将玉顺嫂埋在了她自家的地头她丈夫的坟旁，也凑钱替她丈夫修了坟。她儿子没赶回来，唯一能与之联系的手机号码被告诉停机了。

没人敢做主取出玉顺嫂的股钱来用，怕被她那脾气不好的儿子回来时问责，惹出麻烦。那是一场极简单的丧事，却还是有人哭了。丧事结束，我见那少年悄悄问我的朋友：“叔，干妈留给我的那份儿钱，我该跟谁要呢？”朋友默默看着少年，仿佛聋了，哑了。他求助地将目光望向我。我胸中一大团纠结，郁闷得有些透不过气来，同样不知说什么好。路边草丛之下，遍地死蜻蜓。一场秋雨一场寒……

三平方米的金融海啸

这雨，可说是场大雨了，小街上便不见人影。然而，却还是有人的，都躲到人行道两侧避雨的地方去了。所谓避雨的地方，自然是那些没有门窗竟也叫门面的菜摊或水果摊的屋顶下……

在北京的三环和四环之间，这条小街真是够脏够乱的。路宽不足十米，两侧一辆挨一辆停满了各种卧车、菜农或果农开来的大卡车、小卡车、厢式小货车以及小贩们的三轮平板车，马车也是常见的。今天是星期日，有三辆马车夹在机动辆之间——一辆载满蔬菜，另一辆载满瓜果，还有一辆载的是成袋的大米；幸而已及时罩上了雨布。那情形看去颇为荒诞，仿佛这条街上有处加油站；仿佛这是一个汽油短缺的月份，一概车辆皆在排队加油；马车也不例外……

阿伟坐的地方是雨淋不着的。不但雨淋不着他，夏季的炎日也晒不着他。而且，只要他想坐在那儿，是可以从早到晚一直坐在那儿的。那儿是一个小区的门旁，有台阶。台阶半圆形，为了美观向两边延伸出几米，看上去像有帽翅的古代的官帽。阿伟呢，就坐在左边的“帽翅”上，臀下垫块纸板。那是他合法的蹲坐之处。右边的“帽翅”连着一家美发店的台阶。如果他坐到右边去，就不合法了，美发店的老板是有理由也有权力驱赶他离开的。当然，他若真坐到右边去，美发店也断不至于撵他。他们已很熟。并且，广义言之，阿伟也是老板。

阿伟姓赵，原名赵韦，河南农民，已婚并有一子。他的家庭成员，皆农民。他们祖祖辈辈是农民，已经十几代之久了。到他这一代，按名谱排下来，都逢上了韦字。韦字是没什么讲头的字，几位盼着家庭兴旺的长者一商量，就将他这一代人的韦字加上了单立人。于是他的名，就也从赵韦，改成赵伟了。伟字自然是很有讲头了，但阿伟的人生，还没沾到伟字的什么大光。

阿伟在这条街上收废品。面前，有三平方米的合法地盘，用绿色的、两尺高的硬塑板围着。硬塑板上，白字印着北京某环保部门的名称。除此之外，他还有执照。为这一种合法性，阿伟每年须向有关部门交六千多元管理费，平均每月五百多元。

在那“官帽”的“帽翅”上，阿伟已经坐到第四年了。多垫两块纸板，他便也能够躺下。但腿是伸不开的。“帽翅”没那么长。若他躺下去，只有屈起双膝来。阿伟不常躺下，他对自己的职业形象还是挺在乎的。铁门内，有几幢二十余层的高楼。楼里人家都将废品卖给阿伟。阿伟自然也是有手机的，许多楼里人家知道他的手机号码。倘那些人家积攒的废品多了，一打他的手机，阿伟转眼便会拎着麻袋和秤出现在那些人家的门口。阿伟和小区里的人们关系处得不错……

前三年，阿伟的业务充满光明。起码，他自己是心满意足的。想想吧，一个年轻农民，在北京这一条很脏很乱的小街上，一旦取得了三平方米那么一小块合法坐守的地方，刨去应缴的管理费，一年竟能有两万多元的收入，还不应该谢天谢地么？所以他总是对北京心怀着几分虔诚的感激。并且总是这么想——如果全中国的大小城市都能有北京这么多照顾穷人的挣钱机会，那么中国的农民就几乎算是熬到了共产主义啦！一个中国农民，不论是哪个省的，即使一年到头辛辛苦苦地侍弄了十几亩地，也未必就能有两万多元的回报啊！而他，几乎就是坐守罢了。这钱怎么说也算挣得容易啊！第二年他的妻子带着儿子也来到北京了，他以每月三百元的便宜价格租下了一间地下室，就在背后的小区里……

那时两口子对于生活都开始心生出有点儿伟大的憧憬来——他们盘算过攒下多少钱便足以推倒农村的旧屋盖新房了，也盘算过攒下多少钱就可以在小街上租下一间门面，经营一种什么小生意了。那有点儿伟大的憧憬需要用两个五年计划来实现。两个五年计划不才十年么？他们都年轻着，有那份耐心。

不料好景不长，今年以来，业务每况愈下，都是金融海啸给闹的。

他每日所收的废报和过期刊物的封面上，几乎随时都能扫视到“金融海啸”四个字。那四个字每每作为黑体标题，有时大得离谱，然而他只当那是和自己毫无关系的事。似乎，也和每日出现在这条小街上的人们没什么关系。一切摊位上的蔬菜瓜果并没明显地涨价。理发的价格从八元涨到了十元，然而他并没听到什么抱怨之声。但是不久，“金融海啸”竟啸到了他这一行。虽然不曾见海，其啸却来势汹汹。废品的回收价格都降了一半，而那意味着他们的收入每天，每月，每年便也减少了一半……

某天夜里，妻子轻轻推了他两次。他说：“我没睡着。”躺下以后，他就不曾合过眼睛。而妻子，却是睡着了一阵又醒来的。她已经在两个月前开始做钟点工了，做钟点工不能带着小孩。白天，他们四岁的儿子跟他一起守摊。简直可以说，小小的儿子也开始打工生涯了。

妻子没头没脑地问：“咋办？”但他一听就明白她在问什么。他说：“挺。”妻子沉默一会儿，低声哭了。他摸索到她一只手，握了握，又说：“别哭醒儿子。”儿子不知道有什么金融海啸，当然也不觉得有什么危机正压迫着他们一家三口。儿子挺乐于跟他一块坦然自若守摊的，困了就偎在他怀里睡一觉。第二天，他与妻子统一了意见，妻子当晚将儿子送回老家去了……

雨仍在下，丝毫没有停的迹象。菜摊的主人们也都躲到避雨的地方去了，隔街望着各自的菜摊而已。他们成心不罩他们的菜——萝卜、土豆、柿子、黄瓜、各类青菜，被大雨一淋，红的更红，紫的更紫，白的更白，绿的更绿了，正中摊主们的下怀。他们倒是都有点儿感激金融海啸的。“贵？金融海啸了，不涨价格，我们还有活路吗？”他们每说这一类话。嫌贵的人听他们那么一说，就不好意思讨价还价了。

阿伟羡慕他们，然而并不后悔。毕竟，他所占据的三平方米地面是合法的。二〇〇九年六千多元的管理费，他在年初如数交了。而他们，城管人员一来到这条小街上，便顷刻作鸟兽散。

雨虽然将菜淋得更新鲜了似的，但街面上流淌着的水却那么污浊，各种各样的垃圾顺流而漂。阿伟却一向以极亲切的眼光来看这一条小街，包括此刻。因为，他视自己那三平方米地面为宝地。在过去的三年多里，他靠它挣了六七万元啊！农村里哪儿有这么宝贵的一小块地啊！

“你手机响了。”站在铁门旁的保安对他大声说。他赶紧掏出手机。“响了两次了。”“是吗？谢谢，我没听到。”手机里传出一个小伙子的声音，催他到一幢楼里去收废品。他本想说等雨停了再去，听出小伙子很急，张张嘴没那么说……

给他开门的是个二十六七岁的小女子，看样刚迈出大学校门不久；一个三十多岁的男子在屋里对着手机大声嚷嚷：“那不行！有规定不能随便裁人！我给公司出了多年的力了，凭什么找个借口就想一脚踢开我？少废话！我不管什么金融海啸不海啸，法庭上见！”

想必，便是他以为的小伙子。小女子刚将一纸箱塑料瓶放在门外，那男子一步跨到门口，对他大发其火："你他妈怎么回事儿？拨过你两次手机了！"

他愣了愣，低声说："下雨，没听到。保安告诉我才听到的，对不起。"

"你他妈聋了？"

他又说："对不起。"

小女子默默将那男子推开，催促他："快点，快点儿。"

他数了数瓶子，忍气吞声地说："总共七角。"

"七角?！"那男子又冲到了门口，指着他声色俱厉："多少钱？再说一遍！"

"八个小瓶，每个五分，五八四角。三个大瓶，每个一角，三角。四角加三角，七角。信不过我你亲自再数一遍。"

"你骗谁你?！当我们没卖过瓶子啊？明明小瓶子一角，大瓶子两角，你怎么按五分收？按一角收？"

"那是去年的价。去年就是我收的……今年，你们也知道的，金融海啸了……"

"啸你妈的头啊！你个收破烂儿的，也他妈敢打着金融海啸的幌子呀？你配吗你?！七角钱！老子宁肯扔了也不卖了！"那男子气呼呼地跨将出来，捧起纸箱，几步走到公共垃圾桶前，将纸箱扔入。之后，看也不看他一眼，返入家门，将门呼地关上……

阿伟生气地望着那门。他记得以前也来这一户收过废品，主人并非刚才那一对男女。显然，主人将房子租出去了。为了上门来收废品，他淋得落汤鸡似的。那些瓶子一扔进垃圾桶里，捡它们的权利便属于这幢楼的清洁工了。这是小区里的规定。任何别人捡，等于侵权。侵犯别人权益之事，阿伟是做不来的。尽管，他这会儿将纸箱子从垃圾筒里捧出来，没人会看到。他有点儿想那么做，但也只是一念闪过而已。这幢楼的女清洁工也是从农村出来的。他认识她，他俩常在一起聊农村人进城打工的不容易。他俩同病相怜。他觉得他如果照自己那一闪念去做了，未免太可耻。

他也特想踹开门，将那男子也狗血喷头地骂一顿。如果对方敢跟他动手，他才不怕。打就打，都是高矮胖瘦一般般的男人，谁怕谁？却同样是一闪念而已。听了那男子对着手机嚷嚷的话，他不愿和对方一般见识了。

落汤鸡般的阿伟是在十五层楼。电梯迟迟不上来，他等不及，索性下楼梯。外边，雨终于变小。阿伟出现在楼口台阶上时，天空已经有些见晴。他抬头望望天空，郁闷情绪因之稍释。

“挺。”他喃喃自语，不料脚下一滑，从台阶上跌了下去。他站了几次，没站起来……在医院，妻子见他一条腿上了夹板，立刻就哭了。“咋办？”“挺。”“你都这样了，还怎么挺啊……”“世上从来没有一直不过去的事儿……咱们那三平方米宝地得坚守住！不放弃，绝不放弃！哪怕把以前挣的钱再贴进去，也要守住！守住了那三平方米地方，盖新房子就还有希望，供儿子将来上学的费用就不愁！”这农村年轻人的脸上流下泪来；然而，那话语却说得掷地有声。

“听说，不久这条街要改造了……”

“咱不怕。不管怎么改造，城市人家总还是有废品的。咱那地方，是合法的！”

几天以后，阿伟又出现在他的宝地旁。由于一条腿上了夹板，他只能侧身而坐。那样，他上了夹板的腿就可以平放在水泥台上。那是很累的一种坐法。

在小区的广告板上，新贴了一张纸，上写几行字是：

由于金融海啸的影响，废品收购价格全都下降了百分之五十，请大家理解。又由于本人跌断了腿，一段时期内不能上门收购，也请多多原谅！特殊时期，让我们共渡难关，朝前看。希望在前边！……

落叶赋

我曾写过些短文，或记某事，或忆某人，大抵并非虚构。好比拾一片叶子夹在书中。目的不在于作书笺，而在于长久保存住它。我皆可讲出在什么地方，什么时候，为什么在一片落叶之中偏偏拾起某一片。它们常使我感到，生活原本处处有温馨。哪怕仅仅为了回报生活对我的这一种慷慨赠予，我也应将邪恶剔出灵魂以外。如剔出扎在手指上的刺，或抖落爬到身上的毛虫。

一九七七年我刚从大学毕业分配到北影时，体质很弱，又瘦又憔悴。肝脏病、胃溃疡、心动过速和严重的神经衰弱使我终日无精打采。我心情沮丧之极，仿佛患了忧郁症似的。每每顾影自怂。

友人们劝我必须加强身体锻炼，我自己也这么认为。于是每天清晨跑步。先在厂内跑一圈，后来跑出厂去，跑至“北航”校门前绕回来。祛病心切，结果适得其反。

又有友人建议我学太极拳。

我问："跟谁学？"

他说："这还用专门拜师么？咱们北影院墙外的小树林里，不是有许多天天在那儿打太极拳的老人？"

于是我每天清晨再跑步，开始光顾那一片小树林。那里，柿树的叶子很美的，正值夏末秋初季节，它们的主体依然是绿色的，但分明的，已由翠绿变得墨绿了。那一种墨绿，绿得庄重，绿得深沉。它们的边缘，却已变黄了。黄得鲜艳，黄得烂漫，宛若镀金。墨绿金黄的一枚叶子，简直就像一件小工艺品。如此这般的蔽空一片，令人赏心悦目，胸襟为之顿开，为之清爽。

在那林中徐旋缓转，轻舒猿臂，稳移鹤步的，全是老人。几乎没有一个四十岁以下的人。使二十七八岁的我觉得自卑，觉得窘迫，觉得手足无措，怕笨拙生硬的举动会使自己显得滑稽可笑。

我躲在林子的最边儿，占据了几棵树之间的狭小空地，顾左右而暗效之。我觉得一个瘦小的老头儿最该是我的楷模。他的套数很娴熟，动作姿态极为优美。一举手一投足，好比是在舞蹈，我却很难跟上他的套数。多日后，连"抱球""摸鱼"这样的基本动作，还模仿得不成样子。

一天，那老头儿走向我的"绿地"。瘦小的老头儿一副形销骨立的样子，仿佛衣裤内已没有什么很实在的内容。一阵旋风足以将他裹卷上天空，起码刮到新街口去似的。但他两眼却炯炯有神，目光矍铄，而且透露着近乎冷峻的镇定。他仿佛功夫片的老侠士，面临决死的挑战，毫无惧色，执念一搏。

他本已做完了一套。走到离我四五步远处，站定，转身，重做。

前推后抱，左五右六，很慢很慢，慢得似电影的慢镜头。我不失时机跟着学做了一遍。之后他回身笑问："刚开始学？"我不好意思地说："是的。看别人做得挺容易，自己真学起来却怪难的，都不想学了。"他说："别不想学了啊，今后就跟我学吧！我天天来这儿。""那太好了！"我喜出望外。他上下打量我片刻，又问："你有病？"我已将他视为师傅，如实告诉他我有些什么病。

他说："人往往有病之后，才开始珍惜身体，锻炼身体。年轻的，年老的，大多数人都这样，我自己也是。不过你那几种病，不是什么难治的病。生活要有规律，饮食也要有规律。要遵照医嘱服药，再加上坚持锻炼，我保你半年之后就会健康起来的。你年纪轻轻的，身体这么弱，将来怎么成？一个身体不好的人，会觉得连生活也没意思的。"

他说的这些话，别人也对我说过。我常认为是些廉价的安慰之言。但经由这位"师傅"口中说出，似别有一番说服力，另有一番真诚在内。

我喏喏连声，从内心里对他产生了恭敬。

他说："初学乍练的人，都有些不好意思。尤其你们年轻人，好像一比划起太极拳来，就自己将自己归入老人之列了似的。你跟我学，首先要克服这种心理。太极拳有好几套，不同套数对不同的病有间接的疗效作用。从明天起，我要教你一种适合于你的套数。”

我非常感激这一位素昧平生的老人对我的一份儿真诚和良苦用心。同是体弱人，同病相怜之情油然而生。我犹豫一阵，还是忍不住问：“老人家，那您有什么病呢？”“我么”，他又微笑了，以一种又淡泊又诙谐的口吻说：“我的病和你的病比起来，就大不一样了！甚至可以被医生，被别人，也被我自己认为根本就没有病了。我之所以还天天来这里，是因为除了你，还有不少人希望跟我学，希望得到我的指导啊。”

他颇得意。那是一种什么怪病？大概也就是神经失调之类的病吧？难怪他对自己的病并不太以为然，挺乐观的了。初识，我未再冒昧问什么。第二天我醒晚了，睁开眼看表，已七点半多。慵慵懒懒地不起床，心想那老头儿未必会在小树林里等我。不过几句话的交谈，谁那么认真地当“师傅”？可心里总归有些不安定，万一人家真在等着呐？终于还是起了床，去到了小树林。小树林里已经只有一个人。那位老人，他居然真的在等我。这老头儿！也未免太认真了！我很羞愧，欲编个理由，解释几句！不待我开口，他便说：“跟我学吧！”

于是他在前，我在后，做了一套与昨天完全不同的太极拳。之后，我做，他从旁观看，指点，口述套数，不厌其烦一遍一遍示范，甚至摆布我的腿臂，以达到他所要求的准确性。做得好时还不时鼓励几句，好像我将代表中国去参加亚运会或奥运会，而他是我的教练，希望我一举夺魁，获冠军得金牌。

分手时，他说："练太极拳，讲究呼吸吐纳之功，清晨空气清新，有益于净化脏腑。又讲究心静、眼静、神静、到了现在这时候，满街车水马龙的，噪音大，空气污浊了，练也无益，反而对身体有害，对不对？"

他一点儿也没有批评我的意思，只不过认为，向我讲明白这些，乃是他的责任。我羞愧难当，连说："对，对。"他又说："我这个人哪，有三种事最容易使我伤感：一是我养的花儿死了；二是我养的鱼死了；三是看到年轻人病病弱弱的，却还不注意锻炼，增强体质，也不善于锻炼，不知道如何增强体质。你们年轻人将来是咱们中国的主人啊！这不是空洞的大道理。身体不好，于自己，于家庭，于工作和事业，于民族和国家，都无利。明天见。"

他说完，就头也不回地匆匆走了。以后我特意买了个小闹钟。以后我再也没让他等过我。一个多月后，我已动作很自信，姿势很准确了，有些初学者也开始羡慕地望着我了。每每的，当我停止，便会发现身后有些人在跟着我学。而那老人，到树林深处，去带去教另一批"学生"了。那时气功还没成为"热"，也没像现在这般普及，健身的人们都热衷于太极拳。

柿树的叶子，那一抹金边儿，黄得更深、更烂漫了。实际上，每一片叶子，其主体基本已是金黄色了。仅剩与叶柄相近的那一部分还是墨绿的。倘形容一个月前的叶子，如碧玉，被精工巧匠镶了色彩对比赏心悦目的金黄，那么此时的叶子，仿佛每一片都是用金铂百砸千锤而成，并且嵌上了一颗墨绿的珠宝。这样的万千美丽的叶子，无风时刻，在晴朗天空的衬托下，在阳光的照耀下，如一幅足以使人凝住目光的油画。一幅出自大师之手的点彩派油画。有风抚过，万千叶子抖瑟不止，金黄墨闪耀生辉，涌动成一片奇妙的半空彩波，令人产生诗情思。而雨天里，乳雾笼罩之中，则更是另一番幽寂清郁了……

不久我感到小树林中缺少了什么，缺少了一身褪色的紫红运动衣，那老人每天穿的正是那样一套运动衣。美好的小树林中缺少了那老人的身姿，于我，似乎缺少了美好的一部分，缺少了对美好的体会。一天、两天、三天，接连许多天，他一直没再来到小树林里。我向别人询问，都说认识他，甚至说太熟悉他了。只是没一个人说得出他的名字，家住哪里。人们对于他又几乎一无所知。我也是。然而我想他必定还会来，也不过只是向人们问问而已。大约又过了半个月。树叶全黄了，由金黄而橘黄。那一种泛红的橘黄，证明秋之魅力足以与夏比美。每一个领略到这种美的人，骑车的也罢，步行也罢，常会边望边走；或不禁驻足观赏，翔立冥思。年轻人，尤其年轻的情侣们，开始出现在小树林里，摆出各种美的或自以为美的姿态照相了。

树上，泛红的橘黄的叶隙间，隐约可见一个个绿果——虽长得够大了还没经霜的柿子。一场秋雨后，大部分树叶落了。

我仍每天到小树林去习太极拳。我的坚持不懈，也是为着希望再见到那老人一面。又一天，小树林里出现了一位姑娘，她不像是来锻炼的，分明是来寻找人的。我的年龄最轻，她一发现我，就朝我走来。

“请问。您认识一位穿紫红色运动衣，身材瘦小，以前每天来这里打太极拳的老人么?”待我做完全套动作，收稳脚步，她这么问。我说：“认识呀！我跟他学的。他该算我师傅呢”“我是他女儿。他嘱咐我，一定要将这个亲自交给你。这是他在床上写的画的，希望你今后也能带别人教别人。”

那是一套自己装订的太极拳图。图旁，细小而工整的毛笔字注了行行说明。那当然并非什么秘籍，不过是供人初学的自编“教材”。“你父亲他怎么这么多天没来?这儿除了我，还有许多认识他的人。我们常在一起谈到他，都挺想他的。”“他去世了，前天去世的。他患的是骨癌，检查出已经晚期了，扩散了。”“什么……什么时候?”“半年前。我父亲让我嘱咐你。千万不要告诉认识他的其他人。他知道有些人也患着同样的病，对那些人，精神乐观很重要。他希望你转告其他人，就说他病彻底好了，身体很健朗，回老家住去了。”

望着她离去的背影，我一时呆住了。我照那姑娘的话，照她父亲的嘱咐和希望做了。凡说认识他熟悉他的人，皆从他“康复”的“事实”获得了极大的鼓舞、极大的信念。

如今，在各个地方，练气功的人多了，练太极拳的人少了，每当望见他们，我便想起了那一位瘦小的穿一身褪了色的紫红运动衣的老人。我的记忆中，便又多了一片“叶子”。我写此事时，内心里油然充满了对人对生活的温馨。正是这一点，使我的心灵获得有益滋补，使我的心灵比身体要健康得多。

看自行车的女人

想为那个看自行车的女人写下篇文字的念头，已萌生在我心里很久了。事实上我也一直觉得还会见到她，果而那样，我就不写她了。却再也没见到。北京太大，存自行车的地方太多，她也许又到别处做一个看自行车的女人去了。或者，又受到什么欺辱，憋屈无人可诉，便回家乡去了？总之我没再见到过她……

而我第一次见到她，是在北京一家牙科医院前边的人行道上：一个胖女人企图夺她装钱的书包，书包的带子已从她肩头滑落，搭垂在她手臂上。她双手将书包紧紧搂于胸前，以带着哭腔的声音叫嚷着："你不能这样啊，你不能这样啊，我每天挣点儿钱多不容易啊！……"

那绿色的帆布的书包，看去是新的。我想，她大约是为了她在北京找到的这一份看自行车的工作才买的。从前的年代，小学生们都背着那样的书包上学。现在，城市里的小学生早已不背那样的书包了，偶而可见摆地摊的街头小贩还卖那样的书包，一种赖在大城市消费链上的便宜货。看自行车的女人四十余岁，身材瘦小，脸色灰黄。她穿着一套旧迷彩服，居然的，还戴着一顶也是迷彩的单帽，而足下是一双带扣绊儿的旧布鞋，没穿袜子，脚面晒得很黑。那一套迷彩服，连那一顶帽子，当然都非正规军装。地摊上也有卖的，拾元钱可以都买下来。总之，她那么穿戴，使她的模样看去不伦不类，怪怪的。单帽的帽舌卡得太低，压住了她的双眉。帽舌下，那看自行车的女人的两只眼睛，呈现着莫大而又无助的惊恐。

我从围观者们的议论中听明白了两个女人纠缠不休的原因：那身高马大的胖女人存上自行车离开时，忘了拿放在自行车筐里的手拎袋，匆匆地从医院里跑回来找，却不见了，丢了。她认为看自行车的外地女人应该负责任。并且，怀疑是被看自行车的外地女人藏匿了起来。

“我包里有三百元钱，还有手机，你‘丫挺’的敢说你没看见！难道我讹你不成么？！……”

胖女人理直气壮。

看自行车的女人可怜巴巴地说：“我确实就没看见嘛！我看的是自行车，你丢了包儿也不能全怪我……你还兴许丢别处了呢……”“你再这样说我抽你！”——胖女人一用力，终于将看自行车的女人那书包夺了去，紧接着将一只手伸入包里去掏，却只不过掏出了一把零钱。五六十辆一排自行车而已，一辆收费两毛钱，那书包里钱再怎么多，也多不过十几元啊。

咣的一声，一只小瓷铁碗抛在看自行车的女人脚旁，抢夺者骑上自己的自行车，带着装有十几元零钱的别人的书包，扬长而去。我想，那与其说是经济的补偿，毋宁说更是图一种心理平衡的行为。我居京二十余年，第一次听一个北京的中年妇女口中说出“丫挺”二字。我至今对那二字的意思也不甚了了，但一直觉得，无论男女，无论年龄，口中一出此二字，其形其状，顿近痞邪。

看自行车的女人，追了几步，回头看着一排自行车，情知不能去追，也情知是追不上的，慢慢走到原地，捡起自己的小瓷铁碗，瞧着发愣。忽然，头往身旁的大树上一抵，呜呜哭了。那单帽的帽舌，压折在她的额和树干之间……

我第二次见到她，是在北京的一家书店门外。那家书店前一天在晚报上登了消息，说第二天有一批处理价的书卖。我的手，和一只女人的黑黑瘦瘦的手，不期然地伸向了同一本书——《英汉对照词典》。我一抬头，认出了对方正是那个看自行车的女人，不由得将伸出的手缩了回来。我家小阿姨莲花嘱我替她捎买一本那样的书，不知那看自行车的女人替什么人买。看自行车的女人那天没再穿那套使她的样子不伦不类的迷彩服，也没戴迷彩单帽，而穿了一身洗得干干净净的一蓝布衫裤。我的手刚一缩回，她赶紧地将那一本书拿起在手中，急问卖书人多少钱。人家说二十元，她又问十五元行不行？人家说一本新的要卖四十元呢！你买不买？不买干脆放下，别人还买呢！看自行车的女人就将一种特别无奈的目光望向了我，她的手却仍不放那词典。我默默转身走了。

我听到她在背后央求地说："卖给我吧，卖给我吧，我真的就剩十五元钱了！你看，十五元六角，兜里再一分钱也没有了！我不骗你，你看，我还从你们这儿买了另外几本书那！……"

又听卖书的人好像不情愿似的："行行行，别啰唆了，十五元六拿去吧！"

……

后来，那女人又在一家商场门前看自行车了。一次，我去那家商场买蒸锅，没有大小合适的，带着的一百元钱也就没破开。取自行车时，我没想到看自行车的人会是她，歉意地说："忘带存车的零钱了，一百元你能找得开么？"我那么说时表情挺不自然，以为她会朝不好的方面猜度我。因为一个人从商场出来，居然说自己兜里连几角零钱都没有，不大可信的。她望着我愣了愣，似乎要回忆起在哪儿见过我，又似乎仅仅是由于我的话而发愣。也不知她是否回忆起了什么，总之她一笑，很不好意思地说："那就不用给钱了，走吧走吧！"——她当时那笑，给我留下很深的印象。我们许多人，不是已被猜度惯了么？偶尔有一次竟不被明明有理由猜度我们的人所猜度，于我们自己反倒是很稀奇之事了。每每的，竟至于感激起来。我当时的心情就是那样。应该不好意思的是我，她倒那么的不好意思。仅凭此点，以我的经验判断，在牙科医院前的人行道上发生的那件事中，这外地的看自行车的女人，她是毫无疑问地被欺负了……这世界上有多少事的真相，是在众目睽睽的情况之下被掩盖甚至被颠倒了啊！这么一想，我不禁替她不平……

我第二次去那家商场买到了我要买的那种大小的蒸锅，付存车费时我说：“上次欠你两毛钱，这次付给你。”我之所以如此主动，并非想要证明自己是一个多么多么诚信的人。我当时丝毫也没有这样的意识。倒是相反，认为她肯定记着我欠她两毛钱存车费的事，若由她提醒我，我会尴尬的。不料她又像上次那样愣了一愣。分明的，她既不记得我曾欠她两毛钱存车费的事了，也不记得我和她曾要买下同一本词典的事了。可也是，每天这地方有一二百人存自行车取自行车，她怎么会偏偏记得我呢？对于那个外地的看自行车的女人，这显然是一份比牙科医院门前收入多的工作。我看出她脸上有种心满意足的表情。那套迷彩服和那顶迷彩单帽，仿佛是她看自行车时的工作装，照例穿戴着。依然赤脚穿着那双旧布鞋，依然用一只绿色的帆布小书包装存车费。

“不用啊不用啊”，她又不好意思起来，硬塞还给了我两毛钱。我觉得，她特别希望给在这里存自行车的人一种良好的印象。我将装蒸锅的纸箱夹在车后座上，忍不住问了她一句：“你哪儿人？”

“河南。”她的脸，竟微微红了一下。我于是想到了那是为什么，便说：“我家小阿姨也是河南人。”她默默地，有些不知说什么好地笑着。“来北京多久了？”“还不到半年。”“家乡的日子怎么样呢？”“不容易过啊……再加上我儿子又上了大学……”她将大学两个字说出特别强调的意味，顿时一脸自豪。“唔？在一所什么大学？”她说出了一座我陌生的河南城市的名字。我知近年某些省份的地区级城市的师范类专科学院，也有改挂大学校牌的，就没再问什么。

我推自行车下人行道时，觉得后轮很轻。回头一看，见她的一只手替我提起着后轮呢。骑上自行车刚蹬了几下，纸箱掉了。那看自行车的女人跑了过来，从书包里掏出一截塑料绳……

北京下第一场雪后的一天晚上，北影一位退了休的老同志给我打电话，让我替他写一封表扬信寄给报社。他要表扬的，就是那个河南的看自行车的女人。他说他到那家商场去取照片，遇到熟人聊了一会儿，竟没骑自行车走回了家，拎兜也忘在自行车筐里了……

“拎兜里有几百元钱，钱倒不是我太在乎的。我一共洗了三百多张老照片啊！干了一辈子摄影，那些老照片可都是我的宝呀！吃完晚饭天黑了我才想起来，急急忙忙打的去存车那地方，你猜怎么着？就剩我那一辆自行车了！人家看自行车那女人，冷得受不了，站在商店门里，隔着门玻璃，还在看着我那辆旧自行车那！而且，替我将我的拎兜保管在她的书包里。人心不可以没有了感动呀是不是？人对人也不可以不知感激是不是？……”

北影退了休的摄影师在电话里恳言切切。我满口应承照办照办。然而过后事一多，所诺之事竟彻底忘了。不久前我又去那家商场买东西，见看自行车的人已经换了，是一个外地的男人了。我问原先那个看自行车的女人呢？他说走了。我问为什么她走了呢？他说，还能为什么呢？那就是她不称职呗！我们外地人在北京挣这一份工作，那也是要凭竞争能力的！我心黯然，替那看自行车的女人。并且，也有几分替她那在一所默默无闻的大学里读书的儿子……我想问她到哪里去了？张张嘴，却什么也没有再问。我不知她从农村来到城市，除了看自行车，还能干什么？如果她仍在北京的别处，或别的城市里做一个看自行车的人，我祈祝她永远也不会再碰到什么欺负她的人，比如那个抢夺了她书包的胖女人。

阳光底下，农村人，城市人，应该是平等的。弱者有时对这平等反倒显得诚惶诚恐似的，不是他们不配，而是因为这起码的平等往往太少，太少……

爱与机缘

三十六岁的女人，是妻子已经十一年了。婚后第二年生了个女儿，但丈夫希望她生的却是儿子。于是这女人仿佛有了罪，在丈夫面前逆来顺受，几乎由妻子的身份降低为婢女了。

女儿还未满周岁，丈夫进城打工去了。她所在的村并非一个穷村。人们只要勤劳，每家的小日子都能丰衣足食地过着。丈夫是因为嫌弃她和他们的女儿才离乡的，这一点女人心里十分清楚。女儿一岁半那一年的春节，丈夫回家过一次；女儿四岁那一年，丈夫第二次探家；女儿七岁那一年，丈夫在家里住的日子最短，才十几天。至今丈夫再没回过家。起初还寄信回家，还寄钱回家；后来信写得短了，钱数少了；再后来只能收到钱，收不到信了……终于，连钱也收不到了。

这样的事，在人世间是不少的呀。农村有，城市也有；中国有，外国也有。所以朋友讲给我听时，我并不特别往心里去。女人和朋友沾点儿亲，他对她的生活现状挺关注。他接着讲到的事，竟使我也成了关心那女人的一个人。她是一个省吃俭用的女人，一分也不乱花丈夫寄给她的钱。不仅小有积蓄，还盖了两架塑料棚，种时令菜蔬，每年收入也可以。她雇了一名外省的帮工，曾做过他三年半的女东家。

丈夫第三次探家以后她雇的那帮工，是一个流浪的打工者，有时也从城市流浪到农村，替别的农民种粮种菜。她是在县里的“劳力市场”上见到他的，询问了一番，觉得他怪憨厚老实的。她又是个有心的女人，向劳力资格登记处的人方方面面地详细了解他。人家对她说，只管放心地雇他。说他已经由这个“劳力市场”中介，被雇过数次了。没有雇主对他不满意的。登记表上，写着那小伙子二十七岁，未婚。

“二十七岁了怎么还没成家呢？”

“这话问的，穷地方的人啊！就是为了挣点儿钱娶媳妇才离开家乡的嘛！”于是她将他带回村里，带回了自己家，腾空院子里的仓房让他住。

小伙子是个尽职的人，责任心很强，将她家的两架大棚当成自己家的一样精心侍弄。她每年靠那两架大棚所获的收入自然更值得欣慰了。她也和气地对待他，不当他是外人。当年春节前，小伙子要回家乡去了。她大方地多给了他二百元工钱，还买了些东西送给他。

他临走问她：“东家，今年还雇我不？”

她说：“当然雇呀。不过你可以和老父母多团圆些日子。只要你五月底前能回来，我保证不雇别人。”

他走后，她想——这种关系，雇工哪有讲什么信用的？不可信他一过完春节就回来的话啊。他那么问我，无非因为我多给了他二百元工钱和些东西，他表示满意罢了。

她决定一开春就到“劳力市场”去再雇个人。不料他初八就回到了她家里。她问他为什么回来得这么急呀？他说有点儿信不过她的保证，怕她雇下别人。他说得老实。她听得笑了。那一年菜蔬过剩，很不好卖。卖不是小伙子分内的事。她雇他时双方面讲明确的，他只负责大棚里的菜蔬生长得好坏。但小伙子连他分外的事也主动承担起来了。幸亏有他尽心尽力，那一年她的大棚没亏损……

她更不当他是外人了。遇什么拿不定主意的事便愿与他商议，听听他的看法。他也简直将她的家当成自己的家了，眼里总是有活儿。从早到晚干这干那，使她看着过意不去……

她每每问他为什么不知道累呀？他憨厚地笑笑说，从小就喜欢干活儿。

连她的女儿，也觉得他是除了妈妈外第二可亲的人了。当年十一月份，她一想到往年过春节母女二人的寂寞，不免地忧上心头，怨挂眉梢。有一天她终于忍不住，试探地问他留下来陪她母女过春节行不行？他犹豫片刻，坦率地说，那得允许他先回家乡一次，将老父老母送到至亲家去。他说否则他会觉得愧对父母，怕父母在春节喜庆的日子里倍感冷落。她从他的话里听出，他是一个有孝心的儿子。也认为他的要求合情合理。提前与他结了工钱，放他走了。

春节是一天天地近着了。过去一天，她就不免这么想——

一个有孝心的儿子，怎么会已经回到了家乡，却不与老父老母团团圆圆地过春节，反而千里迢迢地赶回别省异地陪东家母女过春节呢？东家就是东家，雇工就是雇工，双方之间是有利益得失互相算计的呀。关系处得再好那不过也是表面的现象呀。然而他二十八那一天竟回到了她家，还带回了些他家乡的土特产。

多了一个男人，那一年春节，她的家里多了往年春节缺少的、除非男人才能带给一户人家的生气。那一年春节女儿过得很开心，她自己脸上也每每浮现着少有的愉快微笑了。她不是一个感觉粗糙的女人。渐渐地，从小伙子在她面前常常无缘无故地脸红这一点，她看出他是爱上她这位女东家了。而她自己呢，夜里扪心自问，也不得不承认，她也是多么地喜欢上他了啊！

但一想到她名分上是有丈夫的女人；一想到她大他三四岁；一想到两年来他一直是她的雇工，他们之间的关系一直清清白白；一想到他们之间如果有什么不该发生的事发生，即使无人知晓，自己在他面前还能维护住女东家的庄重形象吗？倘若被外人觉察，口舌四播，自己还能在村里抬得起头来吗？

于是她又故意在他面前处处不苟言笑，严肃得十分可以了……而那小伙子，他的身份是雇工，他对女东家的感情——不，让我们照直了说就是对女东家的爱吧，是没资格主动流露的呀。对于一名雇工，那将是多么不明智的事啊！

她对他好，那是抬举他；而她某天上午说辞退他，他是不可以滞留到下午的啊！正因为他爱上她了，他希望自己别被辞退。正因为他怕被辞退，他比刚到她家时话更少了，更循规蹈矩了。

他像一只蚌，将对女主人的爱，严严密密地夹在心壳里。在她那方面，亦如此。她是妇道观念特别强的女人。他是特别本分的小伙子，在乎自己的品行端否，像传统的少女在乎贞操的存失。爱这件事，在这样的两个人之间，注定了是不自然的，极为尴尬的。它明明发生着了，却又被两个人处心积虑地、竭力地掩盖着。尽管他们的心灵与肉体都是那么地渴望彼此亲近，彼此占有。哪怕是偷偷摸摸地，以类似通奸的方式……爱对于那一个男人和那一个女人，成了自己折磨自己也相互折磨之事。

然而他们的关系一直清清白白的，他们从来没想过那一种清清白白对他们各自的意义究竟何在？因为，相对于人性，相对于爱，甚至，仅仅相对于本能的情欲和性的渴望，一对暗暗爱着的男女之间那一种清清白白的意义，是根本不可深思的。一旦深思，便极可疑。一旦质疑，便会如窗上的霜花遭到了蒸蒸热气的喷射，化作微不足道的水滴，并显现它的晶莹所包含的尘粒……

又一年过去了。身为东家的女人首先经受不住那一种爱的非凡的折磨了。那对一个有丈夫而又等于常年守寡的三十余岁的女人，可以想象是一种怎样的煎熬啊！倘若没有一个自己喜欢的男人还则罢了。明明有的呀，明明就同她生活在一个院子里，想要看见一抬头就能近在咫尺地看见的呀！又明明清楚他是爱她的呀！

人有时和自己人性作对的那一种莫名其妙的坚决，大约是连上帝也会大惑不解和吃惊不已的吧？

有一天她对他推心置腹地说：“我非常感激你对我这东家的忠诚呀。我想我再也雇不到比你更好更值得信赖的雇工了。现在呢，我请求你一件事——我希望你到城市里去把我的丈夫找回来。你会明白这件事对我有多么重要。我除了求你，还能求谁呢？”她说完，给了他一处她丈夫早年的通讯地址，和两千元钱。而他却只说了一个字：“行。”说得毫不犹豫。

在那女人，将丈夫找回来，确乎是她多年以来的夙愿。但她偏偏请求于他，还有另外的原因——她想打发他走。打发他走了，她觉得自己被爱所折磨的心就会渐渐平静了。倘若他能替她将丈夫寻找回来不是很好吗？她自信她已经懂得如何拴住她的丈夫，不使他离自己而去了。倘这个目的没达到，她对她的雇工的信赖，不也是打发他走的最温良的方式吗？这个主意是她想了几个夜晚才想出来的。她不愿伤害他。她觉得她替自己替他都考虑得够全面的了……

至于那小伙子当时作何想法，我们就不得而知了。总之他第二天一早就离开了她的家……半年内她没有他的任何音讯，仿佛泥牛入海，无影无踪于城市里了……

女人的心确乎渐渐平静了，然而这绝不等于她能够彻底地忘掉他。事实上她不能，事实上她经常想他。尤其在夜里，在女人的心最容易因孤独而苦闷的那种时候，她想他想得厉害，想得不知拿自己怎么办才好……

那种时候她就对自己说她应该嫌恶他，理由是他辜负了她对他的信赖。她进而认为，他是为了占那两千元的便宜才毫无音讯的。我多傻呀，我怎么可以信赖一名外省的雇工呢？难道女东家是可以信赖雇工的吗？那么还有哪种人是绝不能信赖的呢？所幸自己和他的关系是清清白白的。这么一想，她就又觉得，损失两千元而从此确保了清白，是极其值得的了。

然而半年后的某一天，他竟回到了她的家里，并带回了她的丈夫。那年轻人头发很长，脸上长出了胡子，衣衫不整，还蒙尘吸土的。他避开她的丈夫，抱歉地对她说，按照她给他的地址没找到她的丈夫。他不死心，钱花光了，一边打工一边继续找，找了几个省才终于找到她的丈夫。她的丈夫不肯跟他回来，他打了她丈夫两次，把他打怕了，他才不得不跟回来的……

她听了，一时竟不知对他说什么好。他当天晚上就又离开了她的家。没告别，没留言，悄悄走的。然而他替她找回来的是什么样的丈夫啊！丈夫起先在城市里学会了修理摩托，之后又学会了简单的汽车检修，挣了点钱；与人合伙开了个车辆修理铺。生意渐佳，钱包鼓了，就吃喝嫖赌起来。于是又把钱挥霍光了，把生意也断送了。乞讨过，骗过，抢过，被劳教过，却恶习难改。他本是没脸回家乡面对村人面对妻子女儿的，既然回来了，就收了劣心安居乐业吧？可他已经变成另类人了，不可救药，某夜偷了家中所有现钞，又溜了……

几天后，那做妻的女人将女儿安排在一所学校里寄读，也离开村子到城市里去了。她的目的极为明确——寻找男人。不过，不是寻找是她丈夫的那个男人。寻找一个四处漂泊的打工者不是一件容易之事。她却发誓一定要找到。

她找到了。两年后。在他的家乡。他已是丈夫了，而且刚刚做了父亲。她撒谎说不是去找他的，而是出远门路过他的家乡，一时心血来潮，想见他一面。他知道她撒谎。因为他父母告诉过他，在他漂泊在外的日子，曾是他女东家的那个女人来找过他……但他当时已将后来是他妻子的姑娘带回了家乡……他留她住几天。她自然不会住下的，连杯茶水也没喝完就走了……寻找他的两年里她变老了三四岁。回到村里后又变老了三四岁，而且变得性情乖张，难以相处了……“才三十六岁，看去像四十六岁似的。而且变成个手不离烟的女人了！还经常喝酒，每喝必醉……”朋友这么结束了叙述。

而我，连续几天里，每每思索不止。

最终，我悟到了这么一点——每个人的一生，难免会犯许多种错误。而有些错误，无论对于自己的人生还是他人的人生，往往是无法纠正的。此类错误似乎具有显明的宿命的特征。因而常被索性用“注定”两个字加以解释。其实不然，正是此类似乎无法纠正的错误，最多地包含着理性的误区。

理性强的人并不都是“好人”。俗言的“好人”，却通常都是自设理性樊篱较多的人。“好人”大抵奉行维名立品的人生原则。但是，当“好人”的理性和“好人”的人性相冲突时，“好人”们又是多么可能犯难以纠正的错误啊！

孩子和雁

在北方广袤的大地上，三月像毛头毛脚的小伙子，行色匆匆地奔过去了。几乎没带走任何东西，也几乎没留下明显的足迹。北方的三月总是这样，仿佛是为躲避某种纠缠而来，仿佛是为摆脱被牵挂的情愫而去，仿佛故意不给人留下印象。这使人联想到徐志摩的诗句“我挥一挥衣袖，不带走一片云彩”。北方的三月，天空上一向没有干净的云彩；北方的三月，“衣袖”一挥，西南风逐着西北风。然而大地还是一派融冰残雪处处覆盖的肃杀景象……

现在，四月翩跹而至了。

与三月比起来，四月像一位低调处世的长姐。其实，北方的四月只不过是温情内敛的呀。她把她对大地那份内敛而又庄重的温情，预先储存在她所拥有的每一个日子里。当她的脚步似乎漫不经心地徜徉在北方的大地上，北方的大地就一处处苏醒了。大地嗅着她春意微微的气息，开始了它悄悄的一天比一天生机盎然的变化。天空上仿佛陈旧了整整一年的、三月不爱搭理的、吸灰棉团似的云彩，被四月的风一片一片地抚走了，也不知抚到哪里去了。四月吹送来了崭新的干净的云彩。那可能是四月从南方吹送来的云彩，白而且蓬软似的。又仿佛刚在南方清澈的泉水里洗过，连拧都不曾拧一下就那么松松散散地晾在北方的天空上了。除了山的背阳面，别处的雪是都已经化尽了。凉沁沁亮汩汩的雪水，一汪汪地渗到泥土中去了。河流彻底地解冻了。小草从泥土中钻出来了。柳枝由脆变柔了。树梢变绿了。还有，一队一队的雁，朝飞夕栖，也在四月里不倦地从南方飞回北方来了……

在北方的这一处大地上有一条河，每年的春季都在它折了一个直角弯的地方溢出河床，漫向两岸的草野。于是那河的两岸，在四月里形成了近乎水乡泽国的一景。那儿是北归的雁群喜欢落宿的地方。

离那条河二三里远，有个村子，是普通人家的日子都过得很穷的村子。其中最穷的人家有一个孩子。那孩子特别聪明。那特别聪明的孩子特别爱上学。

他从六七岁起就经常到河边钓鱼。他十四岁那一年，也就是初二的时候，有一天爸爸妈妈又愁又无奈地告诉他——因为家里穷，不能供他继续上学了……

这孩子就也愁起来。他委屈。委屈而又不知该向谁去诉说。于是一个人到他经常去的地方，也就是那条河边去哭。不只大人们愁了委屈了如此，孩子也往往如此。聪明的孩子和刚强的大人一样，只在别人不常去且似乎仅属于自己的地方独自落泪。

那是四月里某一天的傍晚。孩子哭着哭着，被一队雁自晚空徐徐滑翔下来的优美情形吸引住了目光。他想他还不如一只雁，小雁不必上学，不是也可以长成一只双翅丰满的大雁吗？他甚至想，他还不如死了的好……

当然，这聪明的孩子没轻生。他回到家里后，对爸爸妈妈郑重地宣布：他还是要上学读书，争取将来做一个有知识有文化的人。爸爸妈妈就责备他不懂事。而他又说："我的学费，我要自己解决。"爸爸妈妈认为他在说赌气话，并不把他的话放在心上。但那一年，他却真的继续上学了。而且，学费也真的是自己解决的。也是从那一年开始，最近的一座县城里的某些餐馆，菜单上出现了"雁"字。不是徒有其名的一道菜，而的的确确是雁肉在后厨的肉案上被切被剁，被炸被烹……雁都是那孩子提供的。

后来《保护野生动物法》宣传到那座县城里了，唯利是图的餐馆的菜单上不敢公然出现"雁"字了。但狡猾的店主每回悄问顾客："想换换口味儿吗？要是想，我这儿可有雁肉。"倘若顾客反感，板起脸来加以指责，店主就嘻嘻一笑，说开句玩笑嘛，何必当真！倘若顾客闻言眉飞色舞，显出一脸馋相，便有新鲜的或冷冻的雁肉，又在后厨的肉案上被切被剁。四五月间可以吃到新鲜的，以后则只能吃到冷冻的了……

雁仍是那孩子提供的。斯时那孩子已经考上了县里的重点高中。他在与餐馆老板们私下交易的过程中，学会了一些他认为对他来说很必要的狡猾。

他的父母当然知道他是靠什么解决自己的学费的。他们曾私下里担心地告诫他："儿呀，那是违法的啊！"

他却说："违法的事多了。我是一名优秀学生，为解决自己的学费每年春秋两季逮几只雁卖，法律就是追究起来，也会网开一面的。"

"但大雁不是家养的鸡鸭鹅，是天地间的灵禽，儿子你做的事罪过呀！"

"那叫我怎么办呢？我已经读到高中了。我相信我一定能考上大学，难道现在我该退学吗？"见父母被问得哑口无言，又说："我也知道我做的事不对，但以后我会以我的方式赎罪的。"

那些与他进行过交易的餐馆老板们，曾千方百计地企图从他嘴里套出"绝招"——他是如何能逮住雁的？

"你没有枪。再说你送来的雁都是活的，从没有一只带枪伤的。所以你不是用枪打的，这是明摆着的事儿吧？"

"是明摆着的事儿。"

"对雁这东西，我也知道一点儿。如果它们在什么地方被枪打过了，哪怕一只也没死伤，那么它们第二年也不会落在同一个地方了，对不？"

"对。"

"何况，别说你没枪，全县谁家都没枪啊。但凡算支枪，都被收缴了。哪儿一响枪声，其后公安机关肯定详细调查。看来用枪打这种念头，也只能是想想罢了。”

“不错，只能是想想罢了。”

“那么用网罩行不行？”

“不行。雁多灵警啊。不等人张着网挨近它们，它们早飞了。”

“下绳套呢？”

“绳粗了雁就发现了。雁的眼很尖。绳细了，即使套住了它，它也能用嘴把绳啄断。”

“那就下铁夹子！”

“雁喜欢落在水里，铁夹子怎么设呢？碰巧夹住一只，一只惊一群，你也别打算以后再逮住雁了。”

“照你这么说就没法子了？”

“怎么没法子，我不是每年没断了送雁给你吗？”

“就是呀。讲讲，你用的是什么法子？”

“不讲。讲了怕被你学去。”

“咱们索性再做一种交易。告诉我给你五百元钱。”

“不。”

“那……一千！一千还打不动你的心吗？”

“打不动。”

“你自己说个数！”

“谁给我多少钱我也不告诉。如果我为钱告诉了贪心的人，那我不是更罪过了吗？”

他的父母也纳闷地问过，他照例不说。

后来，他自然顺利地考上了大学。而且第一志愿就被录取了——农业大学野生禽类研究专业。是他如愿以偿的专业。

再后来，他大学毕业了，没有理想的对口单位可去，便“下海从商”了。他是中国最早“下海从商”的一批大学毕业生之一。

如今，他带着他凭聪明和机遇赚得的五十三万元回到了家乡。他投资改造了那条河流，使河水在北归的雁群长久以来习惯了中途栖息的地方形成一片面积不小的人工湖。不，对北归的雁群来说，那儿已经不是它们中途栖息的地方了，而是它们乐于度夏的一处环境美好的家园了。

他在那地方立了一座碑——碑上刻的字告诉世人，从初中到高中的五年里，他为了上学，共逮住过五十三只雁，都卖给县城的餐馆被人吃掉了。

他还在那地方建了一幢木结构的简陋的“雁馆”，介绍雁的种类、习性、“集体观念”等等一切关于雁的趣事和知识。在“雁馆”不怎么显眼的地方，摆着几只用铁丝编成的漏斗形状的东西。

如今，那儿已成了一处景点。去赏雁的人渐多。

每当有人参观“雁馆”，最后他总会将人们引到那几只铁丝编成的漏斗形状的东西前，并且怀着几分罪过感坦率地告诉人们——他当年就是用那几种东西逮雁的。他说，他当年观察到，雁和别的野禽有些不同。大多数野禽，降落以后，翅膀还要张开着片刻才缓缓收拢。雁却不是那样。雁双掌降落和翅膀收拢，几乎是同时的。结果，雁的身体就很容易整个儿落入经过伪装的铁丝“漏斗”里。因为没有什么伤痛感，所以中计的雁一般不至于惶扑，雁群也不会受惊。飞了一天精疲力竭的雁，往往将头朝翅下一插，怀着几分奇怪大意地睡去。但它第二天可就伸展不开翅膀了，只能被雁群忽视地遗弃，继而乖乖就擒……

之后，他又总会这么补充一句：“我希望人的聪明，尤其个孩子的聪明，不再被贫穷逼得朝这方面发展。”那时，人们望着他的目光里，便都有着宽恕了……

在四月或十月，在清晨或傍晚，在北方大地上这处景色苍野透着旖旎的地方，常有同一个身影久久伫立于天地之间，仰望长空，看雁队飞来翔去，听雁鸣阵阵入耳，并情不自禁地吟他所喜欢的两句诗：“风翻白浪花千片，雁点青天字一行。”

便是当年那个孩子了。

人们都传说——他将会一辈子驻守那地方的……

羊皮灯罩

此刻，羊皮灯罩拎在女人手里，女人站在灯具店门外，目光温柔地望着马路对面。过街天桥离地不远横跨马路。天桥那端的台阶旁是一家小小的理发铺。理发铺隔壁，是一间更小的板房，也没悬挂什么牌匾，只在窗上贴了四个红字“加工灯罩”。窗子被过街天桥的台阶斜挡了一半，从女人所伫立的地方，其实仅可见“加工”二字。

女人望着的正是那扇窗，目光温柔且有点儿羞赧，还有点儿犹豫不决。她已经驻足相望了一会儿了。她似乎无视马路上的不息车流，耳畔似乎也听不到都市的喧杂之声。分明的，她不但在望着，内心里也在思忖着什么。

这一天是情人节。

女人另一只手拿着一枝玫瑰。

太阳在天空的位置刚刚西偏。一个难得的无风的好天气。春节使过往行人的脚步变得散漫了，样子也都那么悠闲。再过几天，就是这女人二十九岁生日了。在城市里，尤其大都市里，二十九岁的女人，倘容貌标致，倘又是大公司的职员，正充分地挥发着“白领丽人”既妩媚又成熟的魅力。

这二十九岁的来自于乡下的女人，虽算不上容貌标致，但却幸运地有着一张颇经得住端详的脸庞。那脸庞上此刻也呈现着一种乡下水土所养育的先天的妩媚，也隐书着城市生活所造就的后天的成熟。只不过她这一辈子怕是永远与“白领丽人”四字无缘了。因为她在北京这座全中国生存竞争最为激烈的大都市拼打了十余年，刚刚拼打出一小片属于自己的天地——一个雇了两名闯北京的乡下打工妹的小小包子铺。在那两名打工妹心目中，她却是成功人士，是榜样。她的业绩对她们的人生起着她自己意想不到的鼓舞作用。

她今天穿的是她平时舍不得穿的一套衣服，确切地说那是一套咖啡色的西服套装。对于一个二十九岁的女人来说，咖啡色是一种既不至于使她们给人以轻浮印象，也不至于看去显得老气的颜色。而黑色的弹力棉长袜，使她挺拔的两条秀腿格外引人注目。她脚上穿的是一双半高跟的靴子，脸上化着淡淡的妆。总之在北京二月这一个朗日，在知名度越来越高地影响着中国人的情人节的下午，这一个左手拎着一盏羊皮灯罩，右手拿着一枝红玫瑰，目光温柔且羞赧地望着马路对面那扇窗的，开家小小包子铺雇两名乡下打工妹的二十九岁的女人，要踏上离她不远的过街天桥，“解决”一件对女人来说比男人尤其重大的事情。那件事有的人叫作“爱”，有的人叫作“婚姻”。

其实她并不犹豫什么，也对结果抱着感觉特别良好的预期。她不是一个脱离现实的女人。北京对她最有益的教诲那就是——任何时候、任何情况之下，都千万别变成一个脱离现实的人而自己懵懂不悟。她那一种感觉特别良好的预期，是马路对面那扇窗内的一个男人，不，一个青年的眼睛告诉给她的。尽管她比他大五岁，她却深信他们已心心相印。那是一双怎样的眼睛啊！充满自尊，也有点忧郁。对于那样一双眼睛，爱是无须用话语表达的。

灯具店的售货员要将她买了的羊皮灯罩包起时，她说不用。

“拎到马路对面去进行艺术雕刻吧？”

她点了一下头，一时的脸色绯红。

“凡是到我们这儿买这一种羊皮灯罩的，十有六七都拎到马路对面去加工。那小伙子特有艺术水平，不愧是专科艺术院校的学生。唉，可惜了，要不哪会沦落到那种……”

她怕被售货员姑娘看出自己脸红了，拎起羊皮灯罩赶紧离开。

一男一女从那小屋走出，女人所拎和她买的是一模一样的羊皮灯罩。女人将灯罩朝向太阳擎举起来，转动着，欣赏着。男人一会儿站在女人左边，一会儿站在女人右边，一会儿又站在女人背后，也从各个角度欣赏。隔着马路，她望不到人家那羊皮灯罩上究竟刻着什么图案或字。却想象得到，对着太阳的光芒欣赏，一定会给人一种比灯光更美好的效果。艺术加工过的羊皮灯罩，内面是衬了彩纱的，或红、或粉、或紫、或绿，各色俱全，任凭选择。那男人一手搂在女人肩上，当街在女人颊上吻了一下。她想，如果他们不满意，是不会当街有那么情不自禁的举动的。于是她内心替那扇窗里的青年感到欣慰，甚而感到自豪。望着那一对男女坐入出租车，她不再思忖什么，迈着轻快的步子踏上了天桥台阶……

半年前的某日她到工商局去交税，路过马路对面那扇窗。突然的，玻璃从里边被砸碎了，吓了她一大跳，紧接着传出一个男人的叫嚷声：“你算什么东西？你怎么敢不经我们的许可给加了一个‘、’号？！你今天非得用数倍的钱赔我这灯罩不可！因为我的精神也受损失了！……”

于是很多行人停住了脚步。她也停住了脚步，但见小屋内一个衣着讲究的男人，正对一个坐在桌后的青年气势汹汹。男人身旁是一个脂粉气浓的女人，也挑眉瞪眼地煽风点火：“就是，就是，赔！至少得赔五倍的钱……”

坐在桌后的青年镇定地望着他们，语调平静而又不卑不亢地说：“赔是可以的。赔两个灯罩的钱也是可以的。但是赔五个灯罩的钱我委实赔不起，那我这一个月就几乎一分不挣了……”

同是外乡闯北京之人，她不禁地同情起那青年来，也被那青年清秀的脸和脸上镇定的不卑不亢的神情所吸引。在北京，在她看来，许许多多男人的脸，都不同程度地存在着酒色财气浸淫和污染的痕迹，有的更因是权贵是富人而满脸傲慢和骄矜，有的则因身份卑下而连同形象也一块儿猥琐了，或因心术不正欲望邪狞而样子可恶。她的眼前大都市里的形形色色的男人形形色色的脸已极富经验，但那青年的脸是多么地清秀啊！多么地干净啊！是的，清秀又干净。她只有小学五年级文化。清秀和干净四字，是她头脑中所存有的对人的面容的最高评语。她认为她动用了那最高评语是恰如其分的。

人们渐渐地听明白了——那一对男女要求那青年在他们的羊皮灯罩上完完整整地刻下苏轼的一首什么似花非花的词，而那青年把其中一句用标点断错了。一位老者开口为青年讨公道，他说："没错。苏轼这一首词，是和别人词的句式作的。'恨西园、落红难缀'一句，之间自古以来就是断开的。"

那青年说："我就是这么告诉他们的。"语调仍平静得令人肃然起敬。

那男人指着老者说："你在这儿充的什么大瓣蒜，一边儿去。没你说话的份儿！"——他口中朝人们喷过来阵阵酒气。

老者说："我不是大瓣蒜。我是大学里专教古典诗词的教授。教了一辈子了。"

那女人说："我们是他的上帝！上帝跟他说话，他连站都不站起来一下！一个外地乡巴佬，凭点儿雕虫小技在北京混饭吃，还摆的什么臭架子！"

这时，理发铺里走出了理发师傅。理发师傅说："刚才我正理着发，离不开。"说着，他进入小屋，将挡住那青年双腿的桌子移开了。那青年的两条裤筒竟空荡荡的……

理发师傅又说："他能站得起来吗？他每天坐这儿，是靠几位老乡轮流背来背去的！他怕没法上厕所，整天都不敢喝口水！……”

在众人谴责目光的咄咄盯视之下，那一对男女无地自容，拎上灯罩悻悻而去。

有人问：“给钱了吗？”青年摇头。

有人说：“不该这么便宜了他们！”青年笑笑，说跟一个喝醉了的人，有什么可认真的呢？……她从此忘不掉青年那一张清秀而又干净的脸了。后来她就自己给自己制造借口，经常从那扇窗前过往。每次都会不经意似的朝屋里望上一眼……再后来，每天中午，都会有一名打工妹，替她给他送一小笼包子。她亲手包的，亲手摆屉蒸的……再再后来，她亲自送了。并且，在他的小屋里呆的时间越发地长了……终于，他们以姐弟亲昵相称了……

二十九岁的这一个女人，因为迟迟地还没做妻子，已经有点儿缺乏回家乡的勇气了。二十九岁的这一个女人，虽然迟迟地还没做妻子，却有过十几次性的经历了。某种情况之下是自己根本不情愿的；某种情况之下是半推半就的。前种情况之下是为了生意得以继续；后种情况是由于心灵的深度寂寞……

现在，她决定做妻子了。她不在乎他残疾，深信他也不会在乎她比他大五岁。她此刻柔情似水。踏下天桥，站在那小屋门外时，却见里边坐的已不是那青年，而是别的一个青年。

人家告诉她，他“已经不在了”。他在大学三年级时不幸患了骨癌，截去了双腿。他来到北京，就是希望减轻家里的经济负担，靠自己的能力医治自己的病，可癌症还是扩散了……

人家给了她一盏羊皮灯罩，说是他留给她的，说他“走”前，撑持着为她也刻下了那首什么似花非花的词……

二十九岁的这一个外省的乡下女人，顿时泪如泉涌……

不久，她将她的包子铺移交给两名打工妹经营，只身回到乡下去了；很快她就结婚了，嫁给了一个四十多岁的二茬光棍。在她的家乡那个农村，二十九岁快三十岁的女人，谈婚论嫁的资本是大打折扣的。一年后她生了个男孩儿，遂又渐渐变成了农妇。刻了什么似花非花词的羊皮灯罩，从她结婚那一天起一直挂着，却一直未亮过。那村里的人都舍不得钱交电费，电业所把电线绕过村引开去了……

那羊皮灯罩已落满灰尘。

又变成了农妇的这一个女人，与村里所有农妇不同的是，每每低吟一首什么似花非花的词。只吟那一首，也只知道世上有那么一首词。吟时，又多半是在奶着孩子。每吟首尾，即“似花还似非花，也无人惜从教坠”和“细看来，不是杨花，点点是离人泪”二句，必泪潸潸下，滴在自己乳上，滴在孩子小脸上……

玻璃匠和他的儿子

二十世纪八十年代以前，城市里每能见到一类游走匠人——他们背着一个简陋的木架走街串巷；架子上分格装着些尺寸不等，厚薄不同的玻璃。他们一边走一边招徕生意："镶——窗户！……镶——镜框！……镶——相框！……"

他们被叫作"玻璃匠"。

有时，人们甚至直接这么叫他们："哎，镶玻璃的！"

他们一旦被叫住，他们就有点儿钱可挣了。或一角，或几角。总之，除了成本，也就是一块玻璃的原价。他们一次所挣的钱绝不会超过几角去，一次能挣五角钱的活，那就是"大活儿"了。他们一个月遇不上几次大活儿的。一年四季，他们风里来雨里去，冒酷暑，顶严寒，为的是一家人的生活。他们大抵是些由于这样或那样的原因而被拒在"国营"体制以外的人。按今天的说法，是些当年"自谋生路"的人。

有"玻璃匠"的年代，城市百姓的日子都过得很拮据，也特别仔细。不论窗玻璃裂碎了，还是相框玻璃或镜子裂碎了；

那大块儿的，是舍不得扔的，专等玻璃匠来了给切割一番，拼对一番。要知道，那是连破了一只瓷盆都舍不得扔，专等锔匠来了给锔上的穷困年代啊！

玻璃匠开始切割玻璃时，每每吸引不少好奇的孩子围观。孩子们的好奇心主要是由“玻璃匠”那一把玻璃刀引起的。玻璃刀本身当然不是玻璃的。玻璃刀看上去都是样子差不了哪儿去的刃具，像临帖的毛笔。刀头一般长方而扁，其上固定着极小极小的一粒钻石。玻璃刀之所以能切割玻璃，完全靠那一粒钻石。没有了那一粒小之又小的钻石，一把玻璃刀便一钱不值了，玻璃匠也就只得改行，除非他再买一把玻璃刀。而从前一把玻璃刀一百几十元，相当于一辆新自行车的价格，对于靠镶玻璃养家糊口的人，谈何容易！并且，也极难买到。因为在从前，在中国，钻石本身太稀缺了。所以，从前中国的玻璃匠们，用的几乎全是从前的从前，也即解放前的玻璃刀，大抵是外国货。解放前的中国还造不出玻璃刀来。将一粒小之又小的钻石固定在铜或钢的刀头上，是一种特殊的工艺。

可想而知，玻璃匠们是多么爱惜他们的玻璃刀！与侠客对自己的兵器的爱惜程度相比，也是不算夸张的。每一位玻璃匠都一定为他们的玻璃刀做了套子，像从前的中学女生每为自己心爱的钢笔织一个笔套。有的玻璃匠甚至为他们的玻璃刀做了双层的套子，一层保护刀头，另一层连刀身都套进去，再用一条链子系在内衣兜里，像系着一块宝贵的怀表似的。当他们从套中抽出玻璃刀，好奇的孩子们就将一双双眼睛瞪大了。玻璃刀贴着尺在玻璃上轻轻一划，随之出现一道纹，再经玻璃匠的双手有把握地一掰，玻璃就沿纹齐整地分开了，在孩子们看来那是不可思议的……

我的一位中年朋友的父亲，便是从前年代的一名玻璃匠。他的父亲有一把德国造的玻璃刀。那把玻璃刀上的钻石，比许多玻璃刀上的钻石都大，约半个芝麻粒儿那么大。它对于他的父亲和他一家，意味着什么不必细说。

有次，我这一位朋友在我家里望着我父亲的遗像，聊起了自己曾是玻璃匠的父亲，聊起了他父亲那一把视如宝物的玻璃刀。我听他娓娓道来，心中感慨万千：

他说他父亲一向身体不好，脾气也不好。他十岁那一年，他母亲去世了，从此他父亲的脾气就更不好了。而他是长子，下边有一个弟弟一个妹妹。父亲一发脾气，他就首先成了出气筒。年纪小小的他和父亲的关系越来越紧张，也越来越冷漠。他认为他的父亲一点儿也不关爱他和弟弟妹妹。他暗想，自己因而也有理由不爱父亲。他承认，少年时的他，心里竟有点儿恨自己的父亲……

有一年夏季，父亲回老家去办理祖父的丧事。父亲临走，指着一个小木匣严厉地说："谁也不许动那里边的东西！"——他知道父亲的话主要是说给他听的，同时猜到，父亲的玻璃刀放在那个小木匣里了。但他毕竟是个孩子啊！别的孩子感兴趣的东西，他也免不了会对之发生好奇心的呀！何况那东西是自己家里的，就放在一个没有锁的，普普通通的小木匣里！于是父亲走后的第二天他打开了那小木匣，父亲的玻璃刀果然在内。但他只不过将玻璃刀从双层的绒布的套子里抽出来欣赏一番，比划几下而已。

他以为他的好奇心会就此满足。却没有。第三天他又将玻璃刀拿在手中，好奇心更大了。找到块碎玻璃试着在上边划了一下，一掰，碎玻璃分为两半，他就觉得更好玩了。以后的几天里，他也成了一名小玻璃匠，用东捡西拾的碎玻璃，为同学们切割出了一些玻璃的直尺和三角尺，大受欢迎。然而最后一次。那把玻璃刀没能从玻璃上划出纹来，仔细一看。刀头上的钻石不见了！

他这一惊非同小可，心里毛了，手也被玻璃割破了。他怎么也没想到，使用不得法。刀头上那粒小之又小的钻石，是会被弄掉的。他完全搞不清楚是什么时候掉的，可能掉在哪儿了？就算清楚，又哪里会找得到呢？就算找到了，凭他，又如何安到刀头上去呢？他对我说，那是他人生中所面临的第一次重大事件。甚至，是唯一的一次重大事件。以后他所面临过的某些烦恼之事的性质，都不及当年那一件事严峻。他当时可以说是吓傻了……

由于恐惧，那一天夜里，他想出了一个卑劣的方法——第二天他向同学借了一把小镊子。将一小块碎玻璃在石块上仔仔细细捣得粉碎，夹起半个芝麻粒儿那么小的一个玻璃碴儿，用胶水粘在玻璃刀的刀头上了。那一年是一九七二年，他十四岁……

三十余年后，在我家里，想到他的父亲时，他一边回忆一边对我说："当年，我并不觉得我的办法卑劣。甚至，还觉得挺高明。我希望父亲发现玻璃刀上的钻石粒儿掉了时，以为是他自己使用不慎弄掉的。那么小的东西，一旦掉了，满地哪儿去找呢？即使找不到，哪怕怀疑是我搞坏的，也没有什么根据。只能是怀疑啊！……"

他的父亲回到家里后，吃饭时见他手上缠着布条，问他手指怎么了？他搪塞地回答，生火时不小心被烫了一下。父亲没再多问他什么。

翌日，父亲一早背着玻璃箱出门挣钱去，才一个多小时后就回来了。脸上阴云密布。他和他的弟弟妹妹吓得大气儿都不敢出一口。然而父亲并没问玻璃刀的事，只不过仰躺在床上，闷声不响地接连吸烟……

下午，父亲将他和弟弟妹妹叫到跟前，依然阴沉着脸但却语调平静地说："镶玻璃这种营生是越来越不好干了。哪儿哪儿都停产，连玻璃厂都不生产玻璃了。玻璃匠买不到玻璃，给别人家镶什么呢？我要把那玻璃箱连同剩下的几块玻璃都卖了。我以后不做玻璃匠了，我得另找一种活儿挣钱养活你们……"

他的父亲说完，真的背起玻璃箱出门卖去了……

以后，他的父亲就不再是一个靠手艺挣钱的男人了，而是一个靠力气挣钱养活自己儿女的男人了。他说，以后他的父亲做过临时搬运工，做过临时仓库看守员，还做过公共浴堂的临时搓澡人……居然还放弃一个中年男人的自尊，正正式式地拜师为徒，在公共浴堂里学过修脚……

而且，他父亲的暴脾气，不知为什么竟一天天变好了，不管在外边受了多大委屈和欺辱，再也没回到家里冲他和弟弟妹妹宣泄过。那当父亲的，对于自己的儿女们，也很懂得问饥问寒地关爱着了。这一点一直是他和弟弟妹妹们心中的一个谜，虽然都不免奇怪，却并没有哪一个当面问过他们的父亲。

到了我的朋友三十四岁那一年也就是九十年代初，他的父亲因积劳成疾，才六十多岁就患了绝症。在医院里，在曾做过玻璃匠的父亲的生命之烛快燃尽的日子里。我的朋友对他的父亲孝敬倍增。那时。他们父子的关系已变得非常深厚了。一天，趁父亲精神还可以，儿子终于向父亲承认，二十几年前，父亲那一把宝贵的玻璃刀是自己弄坏的，也坦白了自己当时那一种卑劣的想法……

不料他父亲说："当年我就断定是你小子弄坏的！"

儿子惊讶了："为什么父亲？难道你从地上找到了……那么小那么小的东西啊，怎么可能呢？"

他的老父亲微微一笑，语调幽默地说："你以为你那种法子高明啊？你以为你爸就那么容易受骗呀？你又哪里会知道，我每次给人家割玻璃时，总是习惯用大拇指抹抹刀头。那天，我一抹，你粘在刀头上的玻璃碴子，扎进我大拇指肚里去了。我只得把揣进自己兜里的五角钱又掏出来退给人家了。我当时那种难堪的样子就别提了，好些个大人孩子围着我看呢！儿子你就不想想。你那么做，不是等于要成心当众出你爸爸的洋相么？……”

儿子愣了愣，低声又问：“那你，当年怎么没暴打我一顿？”

他那老父亲注视着他，目光一时变得极为温柔，语调缓慢地说：“当年，我是那么想来着。恨不得几步就走回家里，见着你，掀翻就打。可走着走着，似乎有谁在我耳边对我说，你这个当爸的男人啊，你怪谁呢？你的儿子弄坏了你的东西不敢对你说，还不是因为你平日对他太凶么？你如果平日使他感到你对于他是最可亲爱的一个人，他至于那么做吗？一个十四岁的孩子，那么做成是容易的吗？换成大人也不容易啊！不信你回家试试，看你自己把玻璃捣得那么碎，再把那么小那么小的玻璃碴粘在金属上容易不容易？你儿子的做法，是怕你怕的呀！……

“我走着走着，我就流泪了。那一天，是我当父亲以来，第一次知道心疼孩子。以前呢，我的心都被穷日子累糙了，顾不上关怀自己的孩子们了……”

“那，爸你也不是因为镶玻璃的活儿不好干了才……”

“唉，儿子你这话问的！这还用问么？……”我的朋友，一个三十五六岁的儿子，伏在他老父亲身上，无声地哭了。几天后，那父亲在他的两个儿子一个女儿的守护之下，安详而逝……我的朋友对我讲述完了，我和他不约而同地吸起烟来，长久无话。那时，夕照洒进屋里，洒了一地，洒了一墙。我老父亲的遗像，沐浴着夕照，他在对我微笑。他也曾是一位脾气很大的父亲，也曾使我们当儿女的都很惧怕。可是从某一年开始，他忽然似的判若两人，变成了一位性情温良的父亲。

我望着父亲的遗像，陷入默默的回忆——在我们几个儿女和我们的老父亲之间，想必也曾发生过类似的事吧？那究竟是一件什么事呢？可我却没有我的朋友那么幸运，至今也不知道。而且，也不可能知道了，将永远是一个谜了……

木匠哪里去了？

我的“兵团战友”姚伦，是木匠的儿子，也是木匠的孙子。我当知青的七年中，有五年多的时间和他同在一个连队，朝夕相处，友情深焉。

他祖父是那类背着工具箱，游走民间揽活为生的木匠。父亲是哈尔滨市某家具厂的八级师傅。当年那厂里只有一位八级木匠，全哈尔滨市也不会超过五位。有次开“群英会”，各行各业的“英模”现场“大比武”。他的父亲夺得了木工组“全能第一”的奖牌，从此戴上了“木工王”的桂冠，成为木工行业至尊至圣的“权威人物”。

既是“权威”，哪怕是工匠“权威”，“文革”中也是少不了要挨斗的。挨斗之后，被厂里“扫地出门”了。知识分子——科学家、作家、艺术家、学者、教授之类，一斗就“臭”了、就斯文丧失了。他们的学识和所长，仿佛也就贬值了，“英雄无用武之地”了。但有两类人却是越斗越香的，便是医生和木匠。用今天的说法，简直就意味着是“炒”他们的名气了。一位医生，某日一旦被戴上“大权威”“小权威”的纸糊高帽，挂上“业务白专人物”的牌子游街示众，那就等于作广告，全城家喻户晓了。于是从医院到家里，一拨一拨的人点名道姓，非要被游斗过的他们诊病治病不可。老百姓才不傻呢，心里明镜似的，知道在什么情况下应该毫不犹豫地选择什么人、指望什么人拯救自己。包括白天批过“权威”、斗过“权威”的“造反派”，甚至“专案组”的人，晚上也会带着自己患了疑难病症的至爱亲朋，隐至“权威”的家里，请求他们按照毛主席的“最高指示”——“救死扶伤，发扬革命的人道主义”，或用小汽车将“权威”们悄悄接到自己家里……

在这一点上木匠和医生相比，差不多是同等的幸运。当年中国人对一个理想的“家”的设计和要求，是以“腿儿”作标准的。写字台四条腿儿，大立柜四条腿儿，一组沙发十二条腿儿……据说，应有尽有，添置齐全了，大约“四十六条腿儿”。当然，这是一流标准，权势者的标准，是处以上干部们的家的起码水平，是科长们追求和向往之的家的水平，是老百姓们梦寐以求的水平。

一对恋人打算登记结婚了，女方每每问男方——预备下多少条“腿儿”了？倘“腿儿”的数量太少，女方是要噘嘴儿，甚至是要掉眼泪要犯急的，那么婚期就得往后拖。当年哈尔滨的小伙子结婚前，主要是为“腿儿”的多少而操心上火，而大伤脑筋，而四处奔忙。一间新房，怎么也得有二十几条“腿儿”牢立在地，才能向新娘交待得过去，才能将新娘高高兴兴地迎入。“文革”耽误了中国科技的发展，耽误了中国生产的发展，但却从没耽误过中国的男人和女人结婚。

老百姓身上的衣服总是要补的，总是要换的。老百姓家里的家具，总是要修的，总是要更新的。衣服到处都有卖的，全市却仅有两处家具店，而且买家具是要凭票的。当年的一级工二十四元月薪，二级工三十六元，三级工四十二元。当年四十岁以下的中国人，能升到三级工的是极少数。筹备结婚的年轻人，月薪普遍在二十四元，仅够买一张写字台的一条腿儿。所以，打算结婚的年轻人，打算添置新家具的人家，即使是处长之家局长之家，一般也都得千方百计备下些木料，请木匠师傅给做。

被家具厂的“造反派”们“扫地出门”的“木工王”，身价不跌，反而倍增。在人们的广泛的需求意识中，仍是木工行业的“无冕之王”。主动上门央求做家具的人们不计其数，工期排得满满的，天天做也做不完。相求的人们除了付工钱，照例还得要送份儿礼。八级木工的月薪是八十八元。“木工王”反而因为被妒得福，每月收入都在二百元以上，比家具厂的“造反派”们更有权势的“造反派”们也免不了有求他的时候。既求他，当然就得庇护着他点。家具厂的“造反派”们尽管对他妒上加妒，却奈何不得他。他忙不过来，就要儿子做帮手，指导儿子学起木工来。所以我的“战友”在下乡前就是一名好木工了，正所谓名师出高徒。

他下乡不久，主动要求调到了木工班。一年后，手艺超群显示，将连里一些从未受过指导的滥竽充数的木匠的手艺全比下去了，于是名声大噪。老职工，老战士，知青们都纷纷求他做各式各样的桌子、各式各样的柜子、各式各样的箱子，他从不收钱，收钱性质就变了。他很明智，恪守着不收钱的原则，以业余时间帮人忙播种人情。人缘广泛，口碑甚佳。

有一年团政委到我们连“蹲点”，先是发现我们连的知青几乎人人都有木箱，而且工艺都是那么的细致，漆色也涂得那么的棒。接着发现许多老战士老职工家里的桌子柜子都是崭新的，样式又都那么的美观，大为惊诧。于是召开现场会，严厉批判用公家木料做私人家具的不良现象。批判了一通之后，对姚伦的木工手艺却又赞不绝口，说想不到知青中会存在手艺如此高超的木工巧匠！说可惜知青中没有八级。若有，一定特批姚伦为八级木工！

于是从那一天起，姚伦虽然姓名仍在连队的花名册上，但差不多属于半个团里的人了。一年中有半年的时间被抽调到团里去为各办公室，为礼堂，甚至为首长们个人做这做那。他像他父亲一样，成了团里的“木工王”。最多时，手下指挥着二三十名木工。

那是他的人生最辉煌的阶段。

后来他结婚了，妻子是位漂亮又贤惠的当地姑娘。

他家里的家具的“腿儿”，也许是全团人家里最多的。

后来他有儿子了。

后来和大批知青一样，他返城了。

他返城时遇到了棘手的难题。因为妻子不是知青，落不上城市户口，牵连着儿子也落不上城市户口。于是他给各方各面的人白做家具，打通一重重障碍。他的木工手艺在关键时刻帮了他。一年后他妻子儿子的户口全落上了。靠了木工手艺，他为妻子解决了工作，为他们三口之家谋到了住房——一幢新楼的一间半地下室。虽然是地下室，但在当年，相比于返城后一无所有，一切都得从零开始的广大知青，他还是幸运的、令人羡慕的。

但是他自己却不急于谋职。谋职对他并不难，他嫌正式工作工资太低。他成了返城知青中最早的一名个体手艺劳动者。每月一百多元，二百来元。今年干着，同时揽着明年的活儿，仿佛足以一直从容不迫地干下去。

相比而言，在返城知青中，当年他的小日子过得相当滋润。爱妻娇子、和和美美。衣食不愁，每月还有点儿积蓄。

到了八十年代中后期，他的活法开始受到威胁了。涌入城市的大批的民工中，也有不少像他祖父那类背着工具箱游走于民间的木匠。尤其南方来的一些木匠，活儿做得也很细，工艺也很讲究。北方人又天生在许多方面迷信南方。于是南方的木匠们，在北方的这座城市特别吃香了。正如那句话说的——“外来的和尚好念经”。

他妻子就劝他：“活儿少了，只怕干不了几年了，趁早儿找个正式工作吧?”他却不以为然。说几百万人口的一座城市，到什么时候也少不了木匠啊！我就不信南方来的木匠会挤得我有没活儿干的那一天。然而世事的发展变迁远比他所预料的要快得多。第二年市里的某一家具厂与国外合资，引进了一条流水线，市场上出现了样式美观工艺上乘的组合家具，广告做得铺天盖地，迅速成为名牌，也迅速改变了人们的家具需求观念。翌年又有两家合资家具厂诞生，三足鼎立，展开激烈竞争。南方来的木匠们在家具厂的激烈竞争中，从这座城市里消失了，撤退了，他也陷入了失业之境。他当然就不得不急着谋职了。

“会什么?”“木工活儿。我父亲是当年本市的‘木工王’！……”“是么?可我们不需要木匠啊！除了木工活儿你还会什么?”他不得不承认，除了会木工活儿，再无所长。“那，我们缺个勤杂工你干不干?”“勤杂工?”“就是打扫厕所，打扫环境卫生的人。”“这……每月多少钱?”“二百多吧！”“其他呢?”“没什么其他了！”其时已是九十年代初。他已经四十余岁了。物价早已涨了几倍了。下岗的工人一天比一天多了。他倍觉受辱，自然是不肯干的。但是四处碰壁，所遇情况差不多。他在失业之境中闲了两年，早些年的积蓄花光了，每月只能靠妻子的低微收入勉强度日了。那一种闲可不是他情愿的，心情也是非常愁闷的。

城市非但不再需要细木工了，甚至也不再需要车工、钳工、铣工、刨工了……

十年河东，十年河西。彼生此亡，日新月异。对一部分人，一个英雄大有用武之地，机会多多的时代，正微笑着向他们招手示意。对另一部分人，这时代六亲不认地鄙视地板起了面孔，冷冷地宣布他们为多余的人。

今天，你在任何城市里都难得看见背着工具箱走街串巷的木匠了。哪一座城市每年不搞几次家具大联展大甩卖呢？

他曾经朋友介绍在一个室内装修队干了两个月。可室内装修他是生手，也根本无需太高的木工技能，一切也都是流水线上生产的规格化了的材料，往往只需拼贴粘牢就是了。而且其美观程度远非一切能工巧匠的手艺达得到的。规模生产的工艺水平对工匠们的劳动方式的淘汰，竟是那么的铁面无情。二十几岁的小伙子中出了一批又一批装修业的行家里手。他在装修队只配给他们当小工，整日被呼来唤去支使得团团转。收入当然是很低的。他的自尊被瓦解，只干了两个月就不干了。

他也曾背着工具箱到郊县甚至农村去找活儿干。但是郊县和农村的人家也不自备木料请匠人做家具了。到城里收购旧家具，不是更便宜更省事么？何况，城里又兴起了旧家具拍卖业。很新很适用的家具，只因样式过时了，城里人家就卖了。大衣柜才三四十元，写字台才二三十元，一对箱子往往只标价十五元；有些正是他十年前亲手做成的。当然，郊县和农村也还有要修理家具的人家。可单靠挣点儿修理费，他是养不了家口维持不了生活的。

他设油锅炸过油条。炸油条相比于学成一名业熟艺精的木匠，当然是简单容易的。但他每每守着油锅，思想开小差，回忆自己当年是一名好木匠的好日子，并长吁短叹那好日子的不再复返。结果，油条不是炸焦了就是缺火候，不久便干不下去了。

他也摆摊儿卖过菜，但不善吆喝，也吃不了那份儿起早贪黑的苦，尤其耐不住那种一上午或一下午无人问价空守摊位的寂寞。一个月算下来，没亏没挣。白干了。因白干而不干了。

他妻子偏偏那时下岗了。

他心情灰颓，忧上加忧，开始借酒浇愁。渐渐酗酒成性，沦为酒徒。

去年，我有一位朋友组成了一个建筑施工队，干得挺红火。我想到了他，赶紧去信替他联系。朋友回信说，既然大家都是朋友，那就让他来找我吧！不必他干什么活儿，打算让他当个小工长。工资嘛，也保证不会亏待他的。

我正替他高兴着，却有确凿的消息传来——他自杀了。

噫吁呼！

我为他的死难过了许多日子。

在那些日子里，我常因他而思考时代的变迁。觉得“发展”二字，既是一个给许多人带来大机遇大希望大转运的词，也是一个使许多人陷入窘境困境懵懂不知所措的词啊。它包含着相当冷酷的意味儿。

一个这样的时代正逼近我们中国人的面前——它的轮子只管隆隆向前，绝不为任何一个行动迟缓的人减慢速度或停下来稍等片刻。你要么坐在它的车厢里。它的车厢的等级是分得越来越细越多了。你要么跟着它的轮子飞跑疲于奔命，待它到哪一站“加水”时跃身上车。你要么具有根本不理睬它开到哪儿去的经济基础和心理素质，有资格并且自甘做一个时代发展的旁观者局外人。而最不幸的是你对它的多变性冷酷性预见不到估计不足，被碾在了它的轮下……

几乎我们百分之九十的人，都不得不经常想到——今天对于我们已习惯了的活法，可能明天早晨醒来就被彻底扰乱了。并且不得不经常问自己——那时你还怎么活？

也许，从今以后，父母在儿女长到十来岁的时候，就有责任使他们渐渐明白——他们必须为他们以后的人生设想起码三种不同的活法，从好的到糟的。而且使他们渐渐明白，只要人留意关注时代，那么它将要甩掉某些人之前，总是会显出些迹象的。忽略了这些迹象的发生，不再是时代的过错，而只能承认自己对自己没尽到责任了。

当然，也应讲到这一点，对于有所准备的人，从好的活法跌入糟的活法，其实并不意味着处境绝望，也并不真的那么可怕。需要耐心和承受力，经得起摔掷的自尊和从头来过的自信罢了。正如儿童搭积木，一次次倒了再一次次重来时需要耐心和自信一样。

有所准备的人，必能从糟的活法重新过渡向另一种好的活法，避免被时代碾在它的轮下。

它不偿命。

人对待它的最不可取的态度是轻生……

一个陌生女孩的来信

笔耕不辍，久栖文坛，很是收到过一些陌生人写来的信。当弃则弃，应留则留，竟渐渐地由欣然而淡然而漠然。有时，那一种无动于衷，连自己都深觉太愧对认认真真给自己写信的人们了。但是近日收到一个陌生女孩儿的来信，却使我不由得细读数遍，心生出几许说不清楚道不明白的感动。那是一封几经周转的信。信封上的字迹和信纸上的字迹不同，一看就知非是一人所写，然都是很稚拙的笔触。下面便是那一封信的内容：

尊敬的作家先生：

我是一个女孩子，普通得不能再普通、平凡得不能再平凡的女孩子。除了年龄的资本，我再没有任何先天的或者后天的资本。既（当为“即”，她写的是白字，我将一一替她改正）使我的花季，那也不过是很不显眼的花季。好比我的家乡的山上和乡路两旁一年四季常开常谢的小野花，开着没人赏，谢时没人惜。现在，我是深圳的一个打工妹，深圳满街都是我这种年龄的小打工妹。我们外省的打工妹特别感激深圳，这一座和我们年龄差不多的城市对我们很包容，它给我们打工妹的机会似乎也比别的城市多一些。这是我们的认为。它不允许比我们强的人歧视我们，这是我们最感激它的方面。我们小小年龄背井离乡，哪一座城市不歧视我们，我们自然就觉得它比别的城市好。

对不起，我扯得太远了。我给您写信，不是要谈深圳的，我也不是要在这一封信中谈我自己的。关于我自己，我前边已经写得很明白了，实在没什么好谈的。而且呢，我也不是你们作家亲（青）睐的什么文学女青年。我向您老老实实地承认，我没读过您的任何一本书，连一篇小说或者一篇文章也没读过。有一个星期六我和我的三个表姐一个表哥又在我们的小六姨家相聚，一边嗑瓜子一边闲聊。瓜子下边铺着一张旧报纸，那上边有个介绍您的报道，还有您的照片。我们的表哥看了一会儿，指着您的照片说：“哎，咱们就给他写信怎么样？”我们早就想给一位作家写信了。我把那篇报道大声读了一遍，我的二表姐和三表姐就都说：“行！”只有我的大表姐表态表得不那么痛快。她嫌您太老了，而且呢，也看不出一点儿好风度。您真的是照片上那样子吗？还是为您照相的记者成心把您照得那么难看？依我的大表姐，她希望能有一位好风度的作家读到我们的信，还得是男作家。我们就都为您争取她同意。我二表姐说：“已经是男的了，将就点就是他吧！”我三表姐说："有人不上相，也许本人没那么怪模怪样的。"我的表哥说："我主张将就。"结果，就由我给您写这一封信了。相对来说，我比表姐表哥们多读了一二年书，字也比他们写得强点儿。我是学酒店服务的中专毕业生。

梁作家，如果您正在看这一封信，那么现在您应该了解了，这是一封代表五个人写给您的信。我们的关系是表姐妹、兄妹、姐弟的关系。我们的母亲们那当然就是亲姐妹了。她们有一个妹妹，就是我们的小六姨。我们正是为我们的小六姨给您写这一封信的。她已经三十六岁了，还没结婚。不过您千万别误会，我们可不是在替我们的小六姨向您征婚。我们的小六姨是个美人儿，除了肤色不怎么白，哪哪儿都够美人儿的标准。请您注意，是不怎么白，不是黑，那可是有大区别的。再者说了，在外国，美人儿不怎么白才更美。这一点您肯定知道的吧？强调一遍，您千万千万别误会，您和我们的小六姨，哪一点儿都不合适。直说了吧，不般配。您对于事实可别生气啊！何况那报道中说您已经有老婆了。

但您还是没明白我们为什么给您写这一封信是吧？作家不是整天不是写就是看吗？如果您已经在看着了，那就有点儿耐心，接着往下看吧。越看，自然就越明白。连我写的人都不怕白白浪费了时间，您看的人，还不得沉住气，对了，还没说我们的姥爷和姥姥呢。不说说，您是难以明白的。

我们的姥爷和姥姥，一个七十八了，一个七十五了。七十八的姥爷身体仍很棒。七十五的姥姥这几年开始常闹病了。他们是农民，我们的家乡在四川山区。姥爷和姥姥看来在计划生育方面是反面典型了，他们居然生了六个女儿。是不是太能生了？我大表姐的妈妈，也就是我的大姨妈，今年都四十七了。我们的爸爸、妈妈，至今也都是农民。从我们开始，姥爷和姥姥的后代，才是有初等文化的人了。这要感激我们的小六姨。我们都能上得起学，完全是她一个人供的。

我们的小六姨，她生下来不久就送给别人家了。自己家孩子太多了，又都是闺女，干不了重活，姥爷、姥姥感到是负担了。也幸亏小六姨被送给别人家了，那使她初中毕业以后，以全县第一的成绩考上了省卫校。从省卫校毕业后，她分配在省城一所大医院当护士。没几年又当上了一个病区的护士长，是最年轻的一个护士长。那一年她回老家探家，她的养父母就告诉了她一般都尽量隐瞒着的真相。冲这一点，她的养父母也该算是很好的人，是吧？她就去我们那个村子，探望了我们的姥爷和姥姥，也就是她的亲生父母。接着，又一一去探望她的五个姐姐。我们的小六姨，她进一家门哭一次。我们的姥爷、姥姥和我们的母亲，心里就都特别的内疚，净说些女儿、妹妹对不起的话。小六姨却哭着说："爸爸、妈妈、姐姐们啊，我不是怨你们呀！我是怎么也没想到你们的日子会过得这么苦这么难！这可叫我怎么办呢？"我们的小六姨，她离开家乡时，一脸的愁云……

不久，我们的母亲听说小六姨不在那一家省城的大医院当护士长了。她在卫校是学按摩的，自己开了一家按摩诊所。对于她的做法，姥爷、姥姥和我们的母亲们都不敢写信去询问什么。

那一年的春节前，姥爷、姥姥和我们各家，全都收到了小六姨汇来的钱。每家不多，五百元。但是对于农村人家，那可是不少的钱啊！

第二年，她的养母病了，被她接去了省城。半年内姥爷、姥姥和我们各家，没再收到钱，连信也很少收到。第三年上半年，她的养父又病了，也被她接到省城去了。姥爷、姥姥和我们的母亲，全都替她着急上火，可又全都帮不上忙。那一年下半年，小六姨又回到老家了，瘦极了，衣袖上戴着黑纱。姥爷、姥姥和我们的母亲们，一见她那么瘦，全都哭了。她却安慰他们："爸爸、妈妈、姐姐们，别哭。养父母对我的恩情，我已经报答了。现在，我的责任减轻了啊！"她说，按摩诊所那一种行业，虽然挺赚钱的，但几乎每天都要面对一两个心思不正的男人，她不干了。她说她要到深圳去闯闯。那一天，姥爷、姥姥和我们的母亲们，都是从她口中才第一次听说中国有座城市叫深圳，都舍不得让她去，也都不放心她去。可小六姨的决心已经下定了。她还没等自己长胖点儿，就又告别了家乡。姥爷、姥姥和我们的母亲们，一个个都流着泪，一直把她送到乡路的尽头。那一年，我的大表姐十岁；二表姐、三表姐和表哥，一个比一个小一岁；我呢，还在妈妈肚子里。小六姨双手轮流摸着表姐、表哥们的脸蛋，嘱咐我的姨妈们："姐们呀，要让孩子们读书。节可以不过，年可以不过，孩子们绝对不可以不上学！以后，有我呢！”

尊敬的梁作家，为了节省您的宝贵时间，我接下来只能写得特别简单了。总而言之，没有我们的小六姨，我们都是念不起高中和中专的。现在，也绝不会都集中在深圳这一座城市里，也就是在小六姨所在的城市里打工。我们表姐妹、姐弟、兄妹五个，平均受到了十年以上的文化教育，平均年龄二十岁多一点点；平均工资一千元出头。每个星期六、星期日，我们可以全都无拘无束地聚集在我们的小六姨家里，一个个有说有笑的。而她，却总是默默地坐在一旁，默默地瞧着我们，脸上很有成就感的样子，像一位美丽的小母亲。只有她那么欣赏正在花季的我们！该吃饭了，她就默默地起身去做饭炒菜，有时让我们中的一个打下手，有时不用，自己忙。而我们就看录像，甩扑克，或者，轮番上网。那时，我们都觉得幸福极了……

十三四年里，我们的小六姨先后当过深圳市一个区的区委办公室的办事员、接待科副科长；一家区科委所属的公司的秘书、经理助理。后来因为深圳有大学以上文凭的青年越来越多了，小六姨有自知之明，觉得自己有些工作做得难以比别人好了，就主动辞职，“下海”了。小六姨开过花店、书店、时装店。知道我们的小六姨目前在做什么吗？她已经有了一家属于自己的小小的公司。她在经营各类首饰，在深圳一家大商场里有专柜，在另外两座大城市的大商场里也有专柜，效益都挺不错的。在我们心目中，我们的小六姨已经是成功人士了。

说到小六姨的家，六十几平方米，不过才一厅一室，装修得有格有调的。公摊面积大，小六姨的家其实是一个小小的家。最多时，那家里住过十个人！姥爷、姥姥睡她的床，两个姨妈一个睡沙发，一个和她和我们五个孩子睡地上，横七竖八躺一地！

十三四年里，小六姨挣的钱一大半花在我们身上了，寄给姥爷、姥姥和我们各自的家了。因为我们有个小六姨，姥爷、姥姥生病才住得起医院了，才坐过飞机了，到过深圳这么美丽的城市了；因为我们有个小六姨，我们各家的日子才渐渐好过了，我们的父母才不终日愁眉不展的了……

但是我们的小六姨却三十六岁了，还没爱过，还没被爱过。为了我们这一代，为了我们各自的家，也是为了姥爷、姥姥们，也许，还为了她心里边当年默默许下的一个承诺，她无怨无悔地将自己最好的恋爱季节耽误了。她依然美丽着，却始终孤单着……

她经常教育我们，打工妹，第一要自尊；第二要自立；第三要自爱。她说没有自尊，就难以自立。一时自立了，也还是会由于没有自尊而难以长久。她说有些人自立了之后，反而不自爱了，那是坏榜样。她说好榜样应该是，自立了，就更有前提自爱了，也更会懂得自爱是对的了。我们的小六姨，她至今一直生活得朴朴素素，节节俭俭，从不买一件太贵的衣服，从不买什么高级的化妆品，自己从没乱花过一分钱，能乘公共汽车去的地方，宁肯早早出门，也舍不得钱“打的”。她还时常一个一个地询问我们恋爱了没有？起初我们都不好意思跟她讲实话。她却对我们这么说：“如果有朋友了，应该带给我认识认识。只要你们感情好，小六姨不干涉，更不反对。我想告诉你们的是，万一两个人之间发生了那种冲动的事儿，尽量别使自己怀孕，一旦怀孕了，也别你怨我，我怨你的。对于恋爱着的一对年轻人，那根本就不是可耻的。但是得及时让小六姨知道，因为小六姨有责任亲自陪你们去医院……”

小六姨所说的那种“冲动的事儿”，我的大表姐已经悄悄向我们主动承认她经历多次了。说时可得意了，她一次也没怀过孕。她的经历目前对小六姨还是秘密。

小六姨自己前几天却怀孕了！当她声音小小地打电话向医院咨询时，我无意间偷听到了，还偷听到了她第二天要去哪一家医院做“人流”。第二天我请了假，跟踪她。医院挺近，小六姨走着去的。我隐蔽在马路对面，望着小六姨一个人孤零零地走入医院，又一个人孤零零地走出医院，脚步缓慢地往家走，我心里恨死了那一个使她怀孕的男人！但是转而一想，终于有一个人爱我们的三十六岁的小六姨了，我应该替她高兴才对。我气的只不过是——当时他在哪儿？！我也很怕我们的小六姨会爱上一个有妇之夫。女人一旦那样，不是常常都会爱得很苦吗？不过我至今没将小六姨的秘密透露给表哥和表姐们，更没告诉给我们的母亲和姥爷、姥姥。我经常在内心里为小六姨的爱祈祷，祈祷它有一个好结局。我做的对吗？

那一天又是星期六。吃晚饭时，小六姨开了一瓶葡萄酒，给我们每一个人的杯里都倒了一点点。她说："小六姨将咱们的家的贷款终于还清了。从下个月起，它完全属于我们自己了！"

我们一时全都高兴极了，纷纷和小六姨碰杯。各自咽下了一小口酒之后，又都想哭。因为小六姨话中那四个字——"咱们的家"。

小六姨却接着平静地说："想想吧，中国有九亿多农民，哪怕仅仅将三亿农村人口变成城市人口，那也需要建立三百个一百万人口的城市。这太不容易了。你们以后究竟都能不能成为三亿中的几个，我也难估计。但小六姨一定尽力帮你们。你们自己也得要强，不能每天一下了班就贪玩，要自学新的知识和技能……"

陌生女孩儿的来信还有两千多字，她，不，四个女孩儿一个男孩儿，希望我能将他们的小六姨当成原型，创作一部小说或电视剧——这才是她给我写信的真正目的……我给陌生的女孩儿复了一封信。与她的信相比，我的信实在太短……而她那一封信又显然不是一次写完的。

陌生的女孩儿：

感谢你对我的信任。在我看来，你的信有一种诗性，但是我现在的颈椎病实在太严重了，写作等于自我虐待。故我也不能如你所愿，某时去深圳认识你们的小六姨并采访她。那样，只怕我会爱上她。你不是替你们的小六姨怕那样的事情发生吗？我也替自己怕的。对于美丽而又具有牺牲精神的女人，通常我意志很薄弱。依我想来，你们的小六姨，如同上帝差遣给你们的一位天使。上帝并不经常这么好心心眼儿。所以被天使爱着的人，也要反过来关爱天使。小姐们，起码，你们再到小六姨家去时，要学会做饭炒菜。以后吃现成的，应该轮到你们的小六姨了！至于她的那个秘密，只要她自己不说，你须永远守口如瓶。天使也有自己的秘密的。而且天使是最善于爱的。一切爱的麻烦和爱的分寸，天使都会以天使的方式去面对，去把握。所以你尽管继续为她的爱祈祷，却一点儿也不必为她忧虑什么……

最后，我征求她的意见——我们的信可不可以同时发表？我希望她同意，并告诉了我家的电话。那陌生的女孩儿，她用电话通知我——她同意……

老水车旁的风景

其实，那水车一点儿都不老。

它是一处旅游地最显眼的标志，旅游地原本是一个村子。两年前，这地方被房地产开发商发现并相中，于是在盖别墅和豪宅的同时，捎带着将这里开发成了旅游景点，使之成了小型的周庄。

在双休日或节假日，城里人络绎不绝地驾车来到这里。吃喝玩乐，纵情欢娱。于是这里有了算命的、画像的、兜售古玩的；也有了陪酒女、陪游女、卖唱女、按摩女，皆姿容姣好的农家少女。她们终日里耳濡目染，思想迅速地商业化着。

城里人成群结队地到来的时候，必会看到，在那水车旁有一老妪和一少女。老妪七十有几，少女才十六七岁，皆着清朝裳。老妪形容枯瘦憔悴；少女人面桃花，目如秋水，顾盼之际，道是无情却有情。老妪纺线，少女刺绣，成为水车的陪衬，景观中的风景。她们都是景区花钱雇了在那儿摆样给观光客们看的，收入微薄。幸而，若有观光客与她们照相，或可得些小费。

老妪是村里的一位孤寡老人，在村里有一间半祖宅。村子受益于旅游业，有了些公款，每月亦给她五十元。老妪是以感激旅游业，对自己能有那样一种营生甚为满足，终日笑眯眯的。少女是从外地流落到这儿的，像寻蜜的蜂儿一样被这旅游地的兴旺发达吸引来的。她的家在哪里，家境如何，身世怎样，没人知道。曾有好奇的村人问过，少女讳莫如深，每每三缄其口，是以渐无问者。当地人对于外地人，免不了有点儿欺生。可像她那么一个十六七岁的女孩，讨生活的方式并不危害任何当地人的利益，虽然明明是外省人，便借故欺她，却是不忍心的。

不忍相欺归不忍相欺，但对于那来历不明的小姑娘，当地人内心还是有些犯嘀咕。会不会是个小女贼，待人们放松了警惕，待她摸清了各家的情况，抓住对她有利的机会，逐门逐户偷盗个遍，然后逃得无影无踪。据他们所知，省内别的景区发生过这样的事，祸害了当地人的也是个姑娘。只不过是个二十几岁的大姑娘，只不过没有亲自偷盗，而是充当一个偷盗团伙的眼线。那么，她背后也有一个偷盗团伙吗？人们相互提醒着。随后，她的行动便被置于许多双有责任感的眼睛的监视之下。

但她一如既往地对人们有礼貌，还特别感激当地人收留她。难道因为她才十六七岁，还太单纯，看不出别人对她的警惕吗？这么小年龄的女孩儿走南闯北，会单纯才怪！那么，必是伪装的了。于是，在当地人看来，小女孩还很狡猾……

只有老妪觉得她是个好女孩儿。

她们成为“同事”几天以后，老妪曾问少女住在哪儿，少女说住在一家饭店的危房里，每天五元钱，晚上还得帮着干两个多小时的活。饭店里有老鼠，她最怕老鼠。“就是每月一百五十元，也花去了我半个来月的工资，还得看主人两口子的眼色……”

少女说得泪汪汪的。

“闺女，住我家吧。我那儿就我一个人，我也喜欢有你这么个伴儿，不会给你气受。”

老妪说得很诚恳。

少女没想到老妪会那么说，正犹豫着该怎么回答，老妪又说：“我一分钱不收你的。”

……

于是，少女作为老妪所希望的一个伴儿，住到了老妪家里。

于是，少女脸上笑容多了，喜欢和她一块儿照相的观光客多了，小费也多了。最多时，每天能收到五十元。

老妪脸上的皱纹少了。熟悉她那张老面孔的人，发现她脸上几条最深的褶子变浅了，有要舒展开来的迹象了。她脑后的抓髻也好看了，不像以前那么歪歪扭扭的了。她的指甲不再长而不剪，指甲缝也不再黑黢黢的了。她那身“行头”显然洗得勤了。她的好心情让她的小费也多起来了。

有好心人提醒她：“你让那小人精住你那儿去了？千万防着点儿，万一你那点钱被她偷了，临走连件寿衣都穿不上……”

老妪不爱听那样的话。

她说：“走？往哪儿走？人家孩子比我多的钱放那儿都不避我，我那么点儿钱，防人家干吗？”

她爱听少女的话。

少女常对她说：“奶奶，尽量想高兴的事儿，那样您准能活一百多岁。”

经历了二十几年孑然一身、形影相吊的孤寡生活以后，忽然有了一个朝夕相处的小女伴儿，老妪返老还童了似的。有时，一老一少对面坐着，各点各的钱，还相互换零凑整的……

然而有天老妪忽然失明，接着咯血了。村里不得不派人把她送到县医院，一诊断是癌症，早扩散了。那么老的人了，是农村人，还是个孤寡老人，也只有回家挨着。

村里负责的人就对少女说：“她都这样了，你搬走吧，爱住哪儿住哪儿去吧。”少女哭着说：“我不搬走。奶奶对我好，我要服侍服侍她……”非亲非故，来历不明，还口口声声“奶奶，奶奶”叫得挺亲，就是不搬走，图什么呢？村里负责的人想到了老妪的一间半祖屋。这个小人精，不图房子，还图什么？于是，在老妪状态稍好的某日，村里负责的人带着一男一女来到了老妪家里，他介绍那男的是县公证处的，女的是位律师。他开门见山地对老妪说，她应该在临死前作出决定，将一间半祖屋留给村里。那屋子是可以改装成门面房的，稍加改装以后，或卖或租，钱数都很可观。

老妪说："行啊！"村里负责的人又说："那你就在这张纸上按个手印吧！"老妪不高兴了："我觉得，我一时死不了。"村里负责的人急了："所以趁你还明白，才让你按手印嘛！"老妪就不理他们三个男女，把身子一转，背朝他们了……村里负责的人没主意了，找来另外几个有主意的人商议，他们都认为老妪完全有可能被那外省的小妖精迷惑了，已经按手印留下了什么遗嘱，把一间半祖屋"赠给"那小妖精了……口口相传，几个人所担心的事情，一夜之间仿佛成了确凿之事。是可忍，孰不可忍？岂能让不相干的人占了便宜？于是全村男女老少同仇敌忾起来。没人愿意去照顾那糊涂的老妪了，少女就连她那份儿工作也不能干了……

村里人们的心暗中扭成了一股劲儿——你不是哭着闹着要服侍吗？你一个人好好服侍吧！服侍得再好也是枉费心机，企图占房子？法庭上见吧！十几天后，老妪走了。老妪攒下的钱不够发送自己，少女为她买了一套寿衣……又过了几天，那少女也消失了，没跟村里任何人告别，也没留下封信……

村里负责的人竟不知拿老妪那一间半祖屋怎么办才好了。景区内的门面房是在涨价。但他不敢自作主张改造、装修或租或售，因为他怕有一天少女突然出现，手里拿一份什么证明，使村里损失了改造费或装修费，甚至落个非法出售或出租的罪名……

那景区至今依然游人如织。那水车至今还在日夜转动。那一间半老屋子至今还闲置着，越发破败了。再不改造和装修，不久就会倒塌……

离乡

这一个在月夜里蹒行于村间的叫小芹的小女子，从十二岁到十八岁的六年里，先是见惯了女人们离乡，后是见惯了男人们离乡。终于，在这一个寂静的月亮好圆的夜晚，她自己也决定背井离乡了……

九月的这一个夜晚，月亮好圆啊！

村子是静极了。那些在整个夏季里能吟善唱的鸣虫们，这会儿也仿佛集体地“谢幕”了。没有了它们的声音，九月的这一个夜晚，静得似乎休克着了。

偶尔地，只有一种声音，从村子的这个或那个方向传来——是狗们在打哈欠，并用它们的语言嘟哝着几句梦话。

姗姗地，一个身影从村子的那一端向这一端走来。村子的住家很分散，村路也不规则，那人影儿一倏被宅墙隐住了，一倏转现了，像幽灵，在寻认属于它的家门。

村子的这一端有一株柳树，树干很老很粗的一株柳树。然而枝杈却是那么地稀疏了，并且，树干弓似的弯曲着，看去宛若脱发而佝偻的老妪，在九月的这一个夜晚，在夜晚的这一个寂静悄悄的时分，呆立在那儿等着谁来领她回家……

身影走到树旁站住了。月亮从夜空上看出，身影儿是一个小女子，才十七八岁的样子，将将到可以被认为是小女子的年龄。她站住了和老柳树并没什么关系。她恰恰走到那儿站住，只不过是因为她的心思恰恰在那一时刻有了反复。

造物并不只将美好的身材和容貌赐给城市里的女子。它有时也和自己使性子，随心所欲地，甚至是故意地，一甩手就将女人的两种“黄金股”丢向了贫穷的农家，过几十年再看会有怎样富有戏剧性的人生演绎在人世间……

她幸运地有了美好的身材和美好的容貌。

这一个夜晚她决定离家出走。

她站在那儿是在做最后的考虑——走，还是不走？

正如戏剧舞台上的哈姆雷特迷惘地问自己——生，还是死？

这个村子所拥有的年轻女子已经不多了，确切地说，只剩下这个叫小芹的一个了。

如果谁有兴趣统计一下，定会在中国发现这一规律——叫什么什么“qín”的女子千千万万，但城里人家的父母给出生的女儿起名时，大抵是用另一个“qín”字的，亦即钢琴的琴，当然也是提琴或其他琴的琴，尽管那些城里人家的父母也许从不操弓弄弦。

小芹站在那儿想，她还是得离乡出走。而且呢，到了城里以后，找工作时要将她的“芹”字写成“琴”字才好。一有机会，也得将她身份证上的“芹”字改成“琴”字。她想，她得从名字上首先变成一个城里女子。

从她十来岁起，村里年轻又好看的女子便开始一年一个一年几个地离乡出走了。后来连只年轻并不好看的女子也不心甘情愿地留在村里了。最后一个年轻女子离开村子也有两年多了。从那一年起，这个村子就像一个人没有了魂，起初男人们还欣慰于女人们从城市里寄回来的钱。他们高高兴兴地用女人们寄回来的钱盖砖瓦房。所以这个村子基本上实现了砖瓦化。住进了砖瓦房里的男人们，渐渐开始习惯于用女人们寄回来的钱聚赌。起初仅仅在夜晚赌，后来连白天也赌了。

于是村里的地荒芜着了。

荒芜就荒芜吧，反正辛辛苦苦一年，靠种粮食也不能从土地上耙弄到手几个钱——男人们都这么想。

离乡的女人们起初年年回村，或在春节前，或在这个季节，回来过“重阳节”。如果是这个季节回来，那么往往会被男人们强留到第二年开春。男人们强留她们，是因为他们仍需要女人。男人们毕竟还是得放任她们返回到城市里去，是因为他们尤其需要她们继续寄钱给他们。在城市里被“洗礼”过的女人们，特别是年轻的颇为好看的她们，回村时都变得更年轻更好看了，也分明地更具有女人味儿了。这使她们的男人们内心里也很舍不得放任她们走。她们带回来的钱能给家里添令别人家羡慕的大件东西，能给男人们买体面的衣服和好酒喝，这使男人们最终仍是明智地放任她们走……

后来女人们不再寄钱给男人们了——砖瓦房盖起来了，偌大屏幕的彩电看上了，女人们离乡出走的当初使命已经基本完成了；后来女人们甚至也不太回村了，渐渐地与她们的男人们断了音讯，走失的家禽似的消踪灭迹在城市里了。既然男人们又酗酒又赌博，她们还回来看她们那样的男人们干什么呢？她们中有的最后一次回村，编一套男人们能信的话，将儿女接走了；有的寄回最后一封信附带最后一笔钱，便宣布和她们的家没任何关系了……

于是村里的青壮年男人们也纷纷打起行李卷，离乡而去，去往东西南北各大城市，寻找曾是他们的女人的女人。找到了的，他们的女人不肯跟他们回来，他们自己也便无脸回来；找不到的，不甘心不明不白地就没了曾属于自己的女人，继续在城市里一边打工一边找……

连青壮男人也几乎流失光了的这一个村，不但像人没了魂，而且像人没了骨。生气不复存在于那些新的和半新的砖瓦房里，连曾经从原先的泥草房里也传出过的男女调笑声和孩子的玩耍嬉闹声都听不到了。人气也不复存在于这个荒芜了它周围土地的村子里，连人锄牛耕的情形也看不到了。失去了天伦之乐的老太婆和老爷子们不再有心情凑在一起聊家常，渐渐习惯于自囚在砖砌的院墙内，与鸡犬为伴，熬冬混夏，寂寞候死……

这一个在月夜里蹒行于村间的叫小芹的小女子，从十二岁到十八岁的六年里，先是见惯了女人们离乡，后是见惯了男人们离乡。终于，在这一个寂静的月亮好圆的夜晚，她自己也决定背井离乡了……

她没有生得好看的姐姐，因而她家住的仍是村里为数不多的泥草房之一。她的母亲已经四十多岁了，是麻脸，因而从未产生过离开她的父亲到城里去的念头。她的父亲也没指望过。她的父亲患过肺结核，人很瘦，经不起劳累。比她小三岁的妹妹患白内障。全家的生活担子，几乎全压在她母亲一人身上。她母亲也没别的能耐，起早贪黑养几头猪而已。近几年卖掉一口猪是比养肥一口猪还不容易的事了。母亲因而更加地沉默寡言了，父亲因而更经常地莫名其妙地发脾气摔东西了。父亲是全村唯一不酗酒的男人。也是全村唯一不好赌的男人。从前父亲因而受别的男人们的耻笑。他们认为她的父亲不酗酒也不好赌是由于没钱买酒喝没钱赌，这又基本上是一个事实。她的父亲对这个事实的态度是隐恨，觉得她的母亲对不起他。令她百思不得其解的是——母亲分明地也觉得特别对不起父亲……

芹开始意识到自己的身体价值和容貌价值，起初是从那些回村探家的年轻女人们的目光和话语里。其实她们中最年轻的只比她现在大一两岁。

“瞧这两条迷人的长腿！瞧这小腰儿细的！瞧这张瓜子脸儿俊俏的！”

“就是胸脯还没长好……”

“那用不着你替她惋惜呀，我看十七八岁后会长得高高的挺挺的……”

“那时要到城市里去，还不将城市里的男人们一片片地迷倒哇！”

“我说芹呀，快长大吧，快长大吧！长大了姐儿们一定带你到城市里去！城市可需求你这样的可爱人儿啦！”

她们嗑着瓜子，以骡马市上内行者相牲口那一种目光上上下下前后左右地打量她，端详她，仿佛她是一匹将来准能长成高头大马的小马驹。她们的目光充满了羡慕，甚至不无嫉妒的成分。她们的话语既使她飘飘然的，也使她害羞极了。六年前的她，还不大明白“需求”二字的意思。但是她们却使她明白了这样一点——将来如果她到城市里去，她对城市有一定的征服性……

明白了这一点以后，那些她从来也没去过的大城市，似乎不再是梦里才能去到的地方了。有朝一日穿着时髦的衣裙，臂上搭着美观的小包包，小包包里装着厚厚的一叠钱，高跟鞋咯噔咯噔地走在城市最繁华的街上，似乎也不再是什么异想天开之事了。

于是她每天数次地照镜子自我欣赏了。

于是她偷了母亲十几元钱，买了香皂、洗发液和润肤霜，藏在只有自己知道的地方，为了保养她的头发她的皮肤而独自使用，虽然挨了母亲一顿打骂，却一点儿都不后悔，觉得很值得。

于是她再干活儿时，想到应该戴上一双破手套了。为了更具备将来征服城市的资本，她认为她的双手也应该白白的，细皮嫩肉的了。

于是城市对于她意味着这样一种地方了——那里有属于她的一大笔钱，有属于她的好房子，甚至有属于她的名牌小汽车，以及不少整天围着她转，处处讨她欢心的有身份有地位的男人。

于是她对自己的人生不再迷惘，也不再沮丧和苦闷，更不再委屈了。好比一个实际上是百万富翁的流浪汉，知道落魄只不过是眼前之事，几年后定当结束，而一旦结束了，人生的每一个日子便都是无比幸福的好日子了……

十五六岁那一年起，父母对她的态度也与以前不同了。

先是母亲看她的目光发生了变化。母亲的目光温柔了，流露着依依不舍的眷恋了，还流露着淡淡的忧郁。母亲似乎总在以那一种特殊的目光默默无言地问她：我的女儿呀，你是不是打算离开妈妈了？像别人家的女儿们一样？你一旦离开了家还稀罕回到这个破家吗？妈妈多怕你忘了这个家，多怕失去你呀……

父亲对她的态度也发生了变化。似乎的，在父亲看来，他的女儿每长一岁，决定家庭命运的能力也便随之显示，因而必得他时不时地巴结着才对了。的确，父亲跟她说话时，都有那么点儿低三下四的样子了。仿佛他已不是她的父亲，而只不过是她的一名家仆。仿佛他如果不巴结着她一点儿，她的人生一朝富贵了，并且嫌恶他，那么他的人生就将一路滑向无法自拔的泥淖没任何指望了……

十七岁那一年起，父母对她的态度又发生了变化之后的变化。

母亲开始常在她面前叹着气说："不小了，明年就十八了，心里边究竟怎么想的，也该及早有个决定了……"

她从母亲的话中听出了这样的弦外之音——我是有点儿舍不得你离家远去，可是你也不能不考虑你对家庭的义务呀！

而父亲则越发地怨天咒地了："这破泥草房，住到哪一天是个头儿？我今年秋天是不收拾它了。塌了才好。塌了一家人一块儿砸死，穷日子倒也是个了断！"

她能听出父亲的话是冲她说的。仿佛家里至今还住泥草房，完全是由于她的不争和她的不语。

分明的，父母期待着她有一天主动说："爸，妈，我得到城市里去了！"

在期待的日子里，骨血亲情不显山不露水地变质着，转化为一种没有了耐性的，难以启齿言明的，因而特别屈辱又特别迫切的要求。

十七岁的芹一经感觉到了这一点，开始怀疑父母究竟是不是她最亲的人了。她心里对父母的爱减少到了最低的程度。她心里只剩下了对父母的可怜。与可怜某些不幸而又陌生的人没什么两样了。

有一天连双眼接近于全瞎的妹妹也突然大声问她："姐你还打算在家里待到哪一天是个头哇？你就忍心看着我没钱治眼

一辈子是瞎女呀?”听妹妹那话，好像她有很多钱却又极其吝啬似的。她被问得一愣，随即扇了妹妹一耳光。结果妹妹大哭大闹了一场。她在妹妹的哭闹声中跑出家门，跑到村外，坐在河边也哭了一场……

月亮真大真圆啊!

在九月的这一个夜晚，十八岁的芹决定离乡了。

父亲母亲和妹妹都在酣睡着。他们不知道明天早上将见不到她这个女儿和姐姐了。她没跟他们说，故意不跟他们说。她甚至也没留下一页纸，在纸上写几句话，连件换洗的衣服都没带。

这会儿，她离乡的决心稍微动摇了一下立刻又坚定了以后——不，事实上那非是动摇；她离乡的意念随着年龄一岁岁增长而明确为决心以后从未动摇过。也非是犹豫，而只不过是倏然间产生的一缕留恋之情。仅仅一缕而已。

她想，除了兜里的二百多元钱，她没从家里、没从村里带走任何东西，那么是不是应该留下什么呢?哪怕是留下别人对自己的某种回忆也好呀!不与父母和妹妹打声招呼，是否也应该与某一个和自己关系较为亲近的村人告别呢?自己可不是村外那条河里的水呀，淌过去就没谁牵挂地淌过去了。自己是一个人啊，自己决心一去不返了呀!那些消失在城市里的女人们，以及去寻找她们的男人们，就除了她们自囚在砖瓦房里不愿出门的老弱病残的家人，再不被任何别人牵挂了。仿佛她们只曾属于过她们的家，从未属于过这个村子似的。

而不知为什么，她却希望除了父母和妹妹外，起码被一个村人所牵挂。

这一希望对她有什么意义，她是不愿进一步多想的，但它一经萌生在她心里，她的脚步竟不能轻快地继续向前了，它也在她头脑中挥之不去了。

于是她的目光不禁地向那株老柳树的左前方望去。那儿，山坡下，有一幢孤零零的泥草房，比她一家住的泥草房还低矮，还破败，与村里那些举架很高的砖瓦房相距半里左右。那泥草房里住着三十来岁的叫“二憨”的本村男人。他是近年以来村里最年轻的男人了。他没到城市里去乃因城市里没有曾属于他的女人。确切地说他由于穷而未结过婚。他穷是由于他有一个从他十几岁起就全身瘫痪拖累着他的人生的哥哥。自从他二十岁那年父母先后去世了，他的人生就和他的哥哥系在一起无法解开了。

有一年他的哥哥患了很重的胃病，一口饭都咽不下去了。许多村人都暗中替他庆幸，都私下里议论说这下可好了，他哥哥饿也活活饿死了。那么好端端的一个小伙子的拖累不就解脱了吗？然而他却用一辆手推车来回五六十里三天一次两天一次推着他的哥哥去县城里看病，并为了治好哥哥的病多次卖血。如今他哥哥的胃病治好了，看样子起码还会在他的照料之下活二三十年。故而村人们都认为他傻。哪家的女儿肯嫁给一个有兄长拖累的傻子呢？没有女人嫁给他，也就没有女人从城市里寄钱给他。因而他和他的哥哥一直住低矮破败的泥草房也就那么地自然而然。他们原先也是住在村里的，且曾与她家是近邻，后来他为了种甘蔗才住到山坡下的。住到山坡下引水灌地方便。

芹与村人们对他的看法不同。她一向认为他一点儿也不傻，恰恰相反，她认为他很善良，是个好男人。父亲每年修房子都找他帮工。在这个村子里，除了找他帮工还能找谁呢？并且，从未付过他报酬。只不过春节期间，母亲让芹请他到家里来吃顿饺子而已。近年芹是大姑娘了，他一见到芹脸就红，就低垂下他的头，抬了头目光也不知朝哪儿望才好。去年她家修房子，她从房顶上滚了下来，幸亏被他从房下张开双臂接抱住了，否则她一定会摔坏的。当时她的父母都不在眼前。他没立即将她放落于地。他双臂托着她，像托一件易碎的器皿。他俯视着她，目光竟是那么的温柔，并且，他在她眉心迅速地亲了一下……

她并没生他的气。

不过她以后再见到他，自己的脸也会红起来……

芹的目光一望向山坡下那幢低矮破败的泥草房，就再也不能转移向别处了。她对自己说，就让我去与那个亲过我一下的男人作别吧！让他代表这个村子记住我吧！在这个村子里，除了我的父亲母亲，还应该有另外的人记住我。她这么对自己说时，越发地在乎起这一点来，却不能明白自己为什么特别地在乎这一点。她如此思想着，抬头望月亮，仿佛月亮是她最知心的一个密友，仿佛要征求月亮的意见。斯时月亮升高了，似乎也在俯瞰着她，并以它温柔的沉默，向她传达着一种支持……

于是她信步向那幢低矮破败的泥草房走去。那一时刻，她看去像一个夜游者。在月辉下，泥草房的轮廓特别清晰。它完全地黑暗着，如一块长方形的巨石，没有一丝光线从门窗泄出来……

从老柳树到泥草房，芹不快不慢地大约走了六七分钟。当她走到泥草房门前，一个新的决定已在她心里一意孤行地形成了。它不复再是起先那种希望。它比起先那种希望强烈得多，而且充满了大胆放纵惊世骇俗的成分。她要留下她最宝贵的东西给那个被村人们认为傻、绰号叫“二憨”的男人。不因为什么特殊的缘故。仅仅因为他是本村目前唯一年轻强壮的男人，还因为她觉得他是一个好人。确信他喜欢自己，确信他做梦都不敢妄想自己肯给予他什么。她被自己的新的决定深深感动。她的决定里包含着对他的可怜，也包含着对城市的，某种性质不确定的抵牾……

“是小芹吧？”——歪斜的木板门吱扭开了。叫“二憨”的，全村唯一没到城市里去的，也是唯一年轻强壮的男人，还没迈出门来，就已经在屋里很有把握地问着了。

她说：“是我……”

声音悄悄的。

“有事？”

“嗯……”

“等会儿，我披件衣服……”

自然地，她并不想在外边等。她一步跨过门槛，进到屋里去了。借着从外边照进屋里的月光，看见他刚将一件上衣披在肩上。显然地，他不愿赤裸着上身面对她。见她已然进到屋里已然站在跟前了，他一时有点儿不知所措，后退一步，主动与她本能地离开着。她明白，在他，是为了避免瓜田李下之嫌。

他那样，使她不禁在心里嘲笑地对他说：你这个娶不起媳妇的男人啊，装的什么样儿给我看呢？难道你就不想女人吗？难道你没亲过我一次吗？难道那还不能证明你喜欢我吗？

不待他开口再说什么，她问："你怎么知道是我？"

他低了头回答："深更半夜的，除了你家有事会来找我，村里还会有谁来敲我的门呢？你家出什么事儿？"

"没出什么事儿。"

她低声答着，在他那张破床的床边儿坐下了。

分明的，她的话使他奇怪。他抬起头，见她竟坐着了，张张嘴想说什么，又不知说什么话好，一时地愣住了。在二人无言对视的片刻间，里屋传出来鼾声。"你愣在那儿干吗？把门关上呀！"他没动。她抬起手臂指了指门。他还没动。"你聋啦？"她的语调急躁了。他这才走过去关门。"插上。"她没听到落闩声。"我叫你把门插上！"她的话近乎命令。之后她听到落闩声了。她扭头看他，借着从窗子照进屋里的月光，见他的影子呆呆地站立正门旁。她的一只小手，轻轻在床沿上拍了两下，示意他坐过去，坐在她身旁。他的影子仍呆呆地站立在门旁。

她不禁叹了口气，暗想也许村人们是对的，他果然傻。如果不傻，一个从未被女人亲近过的男人，难道此时此刻还不明白自己该怎么做吗？还要她怎样他才能明白呢？她又叹了口气，以惆怅的语调说：“我要走了。”很久，才听到他低声问：“到哪里去？”在那段沉默中，她反复要求自己，不达目的，誓不罢休。“我要到城市里去了。”“哪天？”“今天。”“今天？”“对。一会儿，跨出你家门槛，就走了。”“可你……什么都不带？”“带了二百多元钱，三四年里我到镇上做小工积攒的……”“深更半夜的，你爸妈知道？”

“不想让他们知道。你明天替我去告诉他们吧。就说我在城市里混得好，会给他们按月地寄钱。混不好，就永不回来了……”

“你不对……”

“我怎么不对？！”

她双眉一挑，嚷了一句。之后便后悔，怕惊醒里屋熟睡着的人。听鼾声依旧，才又定下心来。

“小芹，你听我说……”

“你别说，先听我说……”

“那，我就先听你说……”

于是她急急切切地说了起来，语无伦次，越说越快。她的话语所表达的心理相当芜杂，而且前后矛盾。她说她感激城市，因为城市使村里许多人家都住上了砖瓦房；她说她憎恨城市，因为城市将村里年轻的女子一个不剩地全都吸引了去，还迫使男人们也纷纷背井离乡；她说她多么多么地向往城市，确信属于她的好运气正在城市里期待着她；她说她多么多么地嫌恶城市，所以并不愿用干净完整的自己去与城市进行交易……她说呀说呀，直说得口干舌燥。

“明白了？”

“不明白……”

“你装傻！”

她几乎叫喊起来了。

接着，她开始不管不顾地脱衣服。顷刻将自己脱得赤身裸体一丝不挂。随即，她往他的破床上仰躺下去……

“我才上到小学五年级，没文化，没知识，没技能。城市需要我有什么用？城市里的男人纵使对我好，还不是由于我的年龄，我的身子，我的脸！我懂这个。所以我的身子首先要给咱们本村男人！也就是首先给你这个男人！我才不让城市里的男人第一次占有我呢！所以你得成全我的想法。你不要，我会恨你。你成全了我，日后我在城市里混出了好光景，我会想着你，也寄些钱给你……”

她终于不再说话了，闭上了双眼。

斯时从窗子洒在破床上的月光，将她本就白皙的女儿身，照得像玉雕雪塑的一般。

她闭着双眼朝他伸出了一只手……

她又说：“你不要我，我就不起来！”

一会儿，他的手握住了她的手。她感觉到了自己的手被男人的唇温柔地亲着，感觉到了男人的脸偎在了她胸脯上，感觉到了男人的嘴急切地吻住了她的嘴……

随后，她感觉到了男人的身子扑压在自己的身子上……

疼痛……

男人急促地喘息……

一连串被近乎粗暴地摆布的过程……

终于，男人精疲力竭地软在她身上，发出了压抑的哭声。

听着他的哭声，她的心里感到非常满足。

她的双手怜悯地抚摸着他汗淋淋的肩、颈、脊背，回味着刚刚发生过的事，困惑男人和女人们一谈起那种事便津津乐道或讳莫如深，似乎那是足以使一切男人和女人在那一时刻都变成神仙的快活无比的事……而她除了疼痛和被近乎粗暴地摆布的过程，就什么美妙的体验都没享受到啊！没有爱意在内心里弥漫……甚至也没有纯粹的情欲一阵阵波涛般汹涌……连官能的快感都没产生……但是，她认为她毕竟达到了目的——她“破坏”了她自己。

这目的之实现，使她觉得自己暗中报复了她又向往又嫌恶的城市——替砖瓦房舍里那些没了年轻女人也没了壮实汉子的农家；替她的没了人气也没了生气的村子……将以自己被“破坏”了的身子去满足某些城市里男人们的需求，让他们当她是玉洁冰清的，那么显得愚不可及的不就是他们了吗？

这一目的之实现，也使她心理上对城市的潜伏的嫌恶烟消云散了，仿佛互相扯平了种种恩怨，仿佛以后可以在完全友好的关系中彼此建立好感……

一个小时以后，她又走在路上了。低矮的破败的泥草房在她身后了；村子在她身后了；家在她身后了……她大步朝前走，头也不再回一次。走得义无反顾，破釜沉舟。

她衣兜里少了二十元钱。离开他的家时，悄悄压在他那散发着汗味和烟味的枕下了……她肩上多了一根甘蔗，又长又粗的一根甘蔗，扛在肩上，竟觉沉甸甸的。他从他的甘蔗田里替她砍下了那一棵甘蔗。他对她说："带着。渴了解渴，饿了充饥，遇到狗拦路打狗，走累了当手杖拄着，就是碰上坏人了，也可用来防一会儿身啊……"那是他唯一能送给她的东西。也是她唯一从村里带走的东西。

她给一个本村男人留下了他必将终生难忘的回忆……她带走了一棵想必很甜很甜，也许同样使她终生难忘的甘蔗……她很熟悉的家乡离她越来越远……她向往又很陌生的某一座城市，在九月的这一个夜晚，在更其遥远的地方，冷漠地感觉着她的脚步正接近着它……月亮走，芹也走……月亮照耀着她走……她觉得自己走着走着，不再是"芹"，而已然地是"琴"了……

瘦老头

A 君是我朋友，一位“环保”专家。九十年代初，他以博士身份从国外甫一归来，便为国内的“环保”问题四处奔走，大声疾呼。可以说，他是中国最早的一位能以专业头脑传播“环保”思想的人。现在，他任职于某大学，成为博士生导师，已桃李满天下矣。中国之“环保”领域中，其弟子多多，皆是有贡献者。他也经常飞往国外参加各种“环保”会议，向世界宣讲中国之“环保”现状……

我第一次见到他，是在区“人大”组织的代表学习活动中。屈指算来，六七年前的事了。他作为专家，向二十几名区人大代表介绍世界“环保”经验。中午吃饭时，我恰坐于他的旁边。主食是米饭，也有面条。他要了一碗米饭，持箸端碗之际，叫住服务员姑娘，望着一桌羹肴小声问：“有榨菜么？”

服务员姑娘摇头后说，有泡菜，有食堂自腌的小咸菜，有南方辣菜，还有腐乳，就是没有榨菜。他却说：“怎么可以没有榨菜呢？榨菜，必然应该有的啊！”服务员姑娘说：“那，就只能为您现去买一小袋了。”众人都看得分明，人家服务员姑娘那么说，显然等于软软地“将”了他一“军”，使他认清形势，能在没有榨菜的特殊情况下，顺利地将一碗米饭吃下去。

不料他赶紧说：“那多谢了，那多谢了！”服务员姑娘愣了愣，不乐意地离去。他见众人都在费解地望他，神色颇不自然，连道：“见笑见笑，对我来说，米饭还是就着榨菜才香。毛病，毛病……”众人都未接言，默默赔笑而已。我心里暗想，当然是毛病！觉得众人心里，肯定与我同感。他呢，则干脆垂手而坐，直等到人家服务员姑娘为他买来了一小袋榨菜；于是撕开，全部抖在碗中，拌几拌，大快朵颐。

后来，我又在别的场合见到过他几次，竟成朋友。对于他的经历，尤其他与榨菜的亲密关系，渐渐了解：

A君原本是北方林区的一个孩子，他上小学四年级时，逢“文革”年代。“文革”对于中国当年的中小学生们，大抵也留下过某些愉快的回忆。比之于今天皆被逼迫成了分数的奴婢的中小学生，当年的中小学生们简直可以说“幸福”无比了。逃学之事，蔚然成风。在那样的年代，全中国的中小学生没多少真的“以学为主”，绝大多数以玩为主。尤其像A君那样一些当年的北方林区的孩子，用A君的话说，是“从早到晚，一心只想着怎么玩儿”。

“对于孩子，我们林区有意思的事儿太多了呀！那个年代，我们快玩疯了。我的四年级同学中，居然有识字不足一百个的，还居然有背不下乘法口诀的。别说我们些个孩子认为读书无用了，连我们的父母差不多也都这么认为啊！我们的小学校在林场的场部。我们结伴从家里走到场部去，得走一个来小时。即使离开家门时都是打算不逃课的，但半路一发现吸引我们的事儿，比如一个马蜂窝，一个鸟巢，一只大个儿的青蛙或一只蜻蜓王，便又集体逃课没商量了。因为坚持上学的学生越来越少，老师们都找借口调离了学校。我四年级还没读完，学校合并到县城去了。这么一来，我们上学更远，便都索性辍学了。家长们懒得管我们，不是家长的大人们对我们的种种玩法、淘法也早已司空见惯，我们仿佛成了林区的一群小野生动物，整天纠结在一起东游西逛，为了满足心理快感，也干点儿坏事。比如偷几串张家院子里晒的蘑菇，悄悄挂到李家的院子里去，看两家的人因此吵起来了，我们大为开心。又比如见谁家院子里的花啦菜啦的长得好，没招虫，我们就活捉一罐头瓶毛虫，隔着板障子将罐头瓶扔进谁家院子……”

在三十多年后，在冬季的一个下午，在我家里，A君将臂肘架在窗台上，缓缓地吸着烟，不动声色地向我讲着他小时候所干的种种坏事。虽然是在冬季，那一个下午的阳光却很好，照进屋里一大片，也照在我和他的身上。是的，他起初是不动声色的，开始讲到“瘦老头儿”的时候，表情和语调，才使我觉得有了忏悔的意味……

“某天，我们五六个最野的小伙伴的视野中出现了一个陌生的瘦老头。连大人们也不知道他从前是干什么的，只互相传说他是从南方被发配到我们那处北方林场的，姓张。还传说，连他的姓也是有关方面按在他头上的，并非他的真姓。家长们嘱咐我们，千万不要做什么辱害他的事，因为他已经患了晚期癌症，活不了多少日子了。有些话，即使家长们千叮万嘱，我们也还是会当成耳旁风。但是那一回，我们都把家长们的话记在心里了。辱害将死之人，是必会受到老天惩罚的，林区的大人孩子都深信这一点。何况，瘦老头确实瘦得令人可怜，又高又瘦。他的脸，几乎是一张皮包骨的脸，所以就显得眼睛挺大的。但是他的背，却挺得很直，起码我们每次见到他时他是那样子。他被指定住在一处路口的小木板房里，从林区往外运原木的卡车必然经过那个路口，他的工作就是负责登记车牌号、驾驶证号、运出的是何种原木。他一在那小木板房住下，便开始清理周围的垃圾，铲平土堆，围小园子。当时是春季，他在小园子里翻地，培垅，埋种。我们远远地望着，都困惑不已。依我们看来，他肯定活不过夏季的，大人们也都这样认为。那么，他所做的一切，不是毫无意义吗？夏天来临了，他竟没死。而那小园子在他的精心侍弄之下，茄子豆角黄瓜柿子西葫芦什么的，结得喜人。那破败的小木板房的前后，也有各种各样美丽的花开着了。某次我们经过他那园子，他在园子里唤住了我们，手拿着松土的小铲子问我们：‘听说你们几个很淘，是吗？’

“我们相互看看，都不知道该怎么回答他。

“他又说：‘男孩儿不淘气的少。咱们订一条君子协议好不？请你们不要祸害我这园子里的菜秧。如果你们能做到，而我不到秋天就死了，那么园子里的菜由你们收获，全归你们。如果我活到了那一天，我只留少部分，大部分还是归你们。这个协议，你们现在愿意和我订下来吗？

“我们又互相看着，都不由自主地点头。

“而他，望一眼小木板房，又说：‘要是我真的活不到秋季，拜托你们几个，替我把那些花的籽撸下来，用纸包好，交给接我工作的人。就说我希望他年年种花。那些花多美啊，不论自己看着还是别人看着，心情都愉快嘛，是吧？’

“我们又不由自主地点头。

“‘那么，你们算是答应我了？’

“我们除了点头，仍不知该说什么。彼此使使眼色，一转身都脚步快快地走了……”

A 君按灭烟，喝了一口茶，问我小时候想到过死没有？

我说我七八岁时的一天，在无任何人暗示的情况下，不知怎么一来，忽然就想到了死，于是害怕得独自流泪，感到很绝望，很无助。

“大部分人小时候都经历过那么一个时期吧？”

“我想是的。”

“我们当时就正经历着那样的时期。别看我们整天疯啊野啊的，似乎天不怕地不怕，其实个个心里有一怕，就是怕死，只不过谁都不愿承认罢了。所以，我们对瘦老头都有几分佩服起来，因为他是一个不怕死的人。一个怕死的人，在活过今天不知明天还活不活得成的情况下，哪儿还有心思管什么菜啦花啦的呀！从那一天以后，我们再经过那小木板房和那小园子时，都一反常态，不吵不闹了。

“那一年的秋天来得早，立秋不久，发生一次山火；许多人家怕遭殃，离开林场，四处投亲靠友，我和几个小伙伴的家人也将我们分别转移了。我们的父母并没随我们一起走，他们身负扑火的义务。等我们从四面八方回到林场，已经是一个多月以后的事了。山火早已扑灭，也没有哪一户人家被火烧到。我们都以为瘦老头肯定死了，各自回到家里才知道，他非但没死，还将园子里的菜收了，一篮一篮地送到了我们各自的家里。大人们都说，为了打听清楚我们都是谁家的孩子，他真是费了不少口舌。还说，他夸我们都是守信誉的孩子。

“从没有谁夸过我们那几个淘小子，明明是他自己一言九鼎，却反过来夸我们守信，使我们都惭愧极了。难道没忍心糟蹋他的园子也能算守信誉吗？那么，做守信誉的人也太容易了呀！于是我们一起去谢他，他园子里的菜秧已经拔起来，堆在一角；小木板房前后的花，也显然被撸过籽了；而他正在吃饭，不过就是喝着碗里的玉米面糊糊，就着小盘里的一点儿什么咸菜条而已。屋里这儿那儿，却不见有什么菜的影子。我们问他为什么不给自己也留些菜呢？他说他不愿吃菜，只愿吃小盘里那种咸菜。

“我们一时便都失语，由我替大家吭吭哧哧说了两句谢他的话，皆转身想走。他不让我们立刻离去，放下碗筷，从一个纸盒邮包里取出些小塑料袋一一塞在我们手中，告诉我们那是榨菜。从小在北方林场长大的我们头一次听说‘榨菜’两个字。我们走在回家的路上时就都撕开小塑料袋尝起来，这一尝不要紧，哪个都管不住自己了。榨菜真好吃呀，嫩嫩的，脆脆的，微酸微咸微辣，与我们北方的任何一种咸菜的滋味都不同，也比我们所吃过的任何一种北方咸菜都爽口。在当年，我们北方人家腌的咸菜无非就是疙瘩头、咸萝卜什么的，我们早都吃烦了。蒜茄子固然是好吃的，但一般人家是舍不得把茄子也腌了的。纵使舍得腌点，往往也要留着待客，或春节才吃。你可想而知，榨菜对于我们，不啻是种美食。我们一会儿就都把各自的一小袋榨菜吃光了，一个个却还想吃。当然的，一进家门，就都喝水。

“过了几天，我们聚在一起，一商议，一块儿捡了些干枝子给瘦老头送去当柴烧。其实个个都明白，那是借口，还不是希望能得到那么一小袋榨菜么！瘦老头见了我们特别高兴，也十分感动于我们的好意。但是，却没再给我们榨菜。他问，为什么总不见我们背着书包去上学？还是由我替大家回答他：因为小学校合并到县里了，去上学路太远了。又问，那你们还想不想学文化知识了呢？我们就一时的你看我，我看他，都有心诚实地回答：不想，学了又有什么用呢？就是学得再强，长大了想当正式伐木工人，那还得托关系走后门呢！可谁好意思这么诚实地回答啊，正在应该上学的年龄，自己却说根本不想上学，那话太羞臊了，说不出口。便都违心地说，其实都可想上学呢。

“瘦老头他沉吟片刻，问如果我教你们学，你们愿意不？这一问，我们又都装聋作哑了。小伙伴中有一个反问，如果我们让你教，对我们有什么好处？瘦老头摸了摸小伙伴的头，问榨菜好吃吗？这下，我们才齐刷刷地回答——好吃！他便接着说，只要同意他每天教我们两个小时，我们将会经常吃到好吃的榨菜。就这样，我们几个才上小学四五年级的孩子，以后竟成了那么一个身患绝症的瘦老头的学生。

“我们确实以后又吃到了好吃的榨菜，但却并不是每人每次一袋。他只给学习有进步的那个，一次照例只一袋，比现在飞机上有时候发的那种小袋大不到哪儿去，他说是奖励。这么一来，起初只不过由于太馋才到他那里去当学生的我们，都被激发起了好强心理。渐渐地，连自己也说不清甘愿当他的学生所为何由了。

“瘦老头很会教学生，比如他每教我们识一个新字，都会从那个字一千多年以前是怎么写的讲起。他说每一个中国字都是长寿佬，都有婴儿时期和童年、少年、青年、中年阶段。每经过一个阶段几乎都要变一次，到再也不变的时候就是固定在最美妙的时候了。我知道你想说什么，当然，今天由我们这样的人听来，那话毫无独到之处。可你别忘了，我们是三十多年前出生在林场的一些孩子，连县城还没去过呢！教我们的小学老师大抵也不过具有初中文化程度而已，并且有的还是林场‘革委会’头头脑脑的子女。当老师对于他们，只不过是混一份工资罢了，他们从没那么教过我们新字。如果他们也像瘦老头讲得那么有趣味，兴许我们都是爱学习的好学生了。

“瘦老头讲算术也讲得特有意思。他说这世界基本上是数字的世界，比如水是由水分子组成的；而一个水分子，是由两个氢原子一个氧原子组成的，二比一这种数字关系永远包含在不受污染的水中。眼睛看着一碗水，也可以想象是看着万万亿亿的数学比例式。几乎人眼所见的每一种东西，将它们用化学的方法化解到最小单位时，便都是些数学式的关系了。那些数学式一变，某种东西就开始发生质变了。甚至，连世界也开始发生某一方面的变化了。

“我们虽然小学四五年级就辍学了，可他竟将算术、代数和几何连在一起讲给我们听，而且还每每将物理和化学知识包含在内。没多久，他开始频频表扬我们都是些聪明的孩子，我们自己也开始觉得，原来我们并不像自己和我们的爸爸妈妈所以为的那样，是笨头笨脑的孩子，‘根本不是读书的料’。当年的课本，你也知道的，语文也罢，算术也罢，都没意思到了极点。幸而瘦老头根本不是手拿当年的课本教我们，他要是也那样教，即使榨菜再好吃，那我们当了几天他的学生，还是会逃之夭夭的。

“总而言之，瘦老头他渐渐将我们迷住了。不管知识有没有用，他将知识变得非常有趣是一个事实。他讲课时腰板挺得尤其直，一只手背在后边，一只拿粉笔的手自然而然地举胸前，目光几乎一刻也不离开我们的脸，一忽儿凝视这个，一忽儿凝视那个。有时，他的目光明明在凝视这个，却会将拿粉笔那只手忽然一伸，叫起另外某个回答问题。另外那个一时回答不上来，他也从不急，一向耐心地说：‘想想，再想想，上次我讲过的。’于是将自己的目光望向窗外，耐心地期待。如果他对于回答半满意不满意，就会很认真地问我们另外几个：‘咱们民主一下，你们认为该奖给他榨菜吗？’通常情况下，大家必会异口同声地说：‘应该。’因为我们心里有数，奖给了谁都等于奖给了大家，谁都不会独吞的。我们分吃具有奖励意味的榨菜时，不但口中的感觉好极了，心里的感觉也好极了。

“对于我们而言，仿佛瘦老头的课也讲出了和好吃的榨菜一样的滋味。每当他的手伸入纸板邮盒往外拿榨菜时，也照例要说一句：‘多乎哉，不多也。’我们呢，就都开心又都有些不好意思地笑。自从我们成了他的学生，他几乎每个月都要去邮局取包裹了。而以前，隔两三个月才会有包裹从南方寄给他。他住的小木板房也因为我们而变了，他将一张破桌子重新摆放，使一面墙壁一览无余；又不知从哪儿搞到半瓶墨，涂黑墙壁，于是成了黑板……你听烦了吧？”

阳光照在“环保”专家的脸上；他微眯着眼，目光凝注地望着窗外某处，仿佛要看清什么。问我话，居然也不转一下脸。窗外是元大都城墙遗址，覆盖着冬季的第一场雪。北京的冬季是很少下那么大的雪的，这使北京多少有点儿东北冬季的景象了。然而，窗外毕竟没有了记忆中的林场，没有住着一个瘦老头的小木板房……

我说："讲下去。"

他说："那一年的冬季，小木板房成了我们几个孩子的阳光房……其实那小木板房并不朝阳，再加上一面墙涂成了黑色……但是你能明白我的意思吧？"

我说："明白。"

"我们那时已经不叫他瘦老头了。我们已经开始当面叫他张大爷了，背后却都叫他'咱们老师'。"

"为什么不是反过来，当面叫他老师，背后叫他张大爷？"

"我们中有一个当面叫过他老师的。他正要提问，一下子被叫愣了。愣了几秒钟，走到窗口那儿去了。背着一只手，腰挺得笔直，一动不动地在窗口那儿站了很久，我们全都呆望他背影，不知他是怎么了。终于我们听到他低声说：'今天的课就讲到这儿，我有点儿不舒服，孩子们你们可以走了……'我们一个个悄没声地离开，我走在最后，忍不住轻轻将门推开一道缝，往内偷窥，结果我看到他双手捂在了脸上。对于他的身高，那小木板房的屋顶实在是太低了。如果他脚下垫两三块砖，那么他的头差不多就触到屋顶了。我看得出来，他是在无声地哭，尽管我窥到的只不过是他的背影。我们当然都无法理解那是为什么，却互相告诫，以后都不许当面叫他老师了……大人们说，他活不到开春的。可春天来临了，他仍活着。我们帮他修小园子的篱笆，帮他翻地、培垄，帮他搭菜架和花架……"

“等等……”

A君缓缓地将脸转向了我。他已半天没看我一眼了，似乎只不过在自言自语。

我说：“晚期癌症有时是很疼痛的。”

他说：“是啊。可我们那样一些孩子，当年也不懂许多事啊，也不知道怎么心疼大人啊。我们是见到他疼痛难耐过的，某天他讲着讲着课，忽然一手捂胃，接着额上渗出汗来；再接着，弯下了他那一向笔直着的腰。那是他第一次在讲课时弯下腰去。很快他又直起腰来，说他去茅房，还不许我们离开屋子。我们只当他是忽然肚子疼了；我们也都忽然肚子疼过啊！着凉、岔气儿、吃了什么不干净的东西，都会肚子疼的呀，谁还没肚子疼过呢？他半天没回来，我们就都有点儿不安了，都出去了，见他蹲在门旁，双手握成拳，一上一下抵压着胃腹。他脸上滴落的汗，湿了鞋尖前的地面儿。

“我们将他搀进屋，他说没什么，疼痛一会儿就会过去的。他撕开一袋榨菜，一条接一条全吃光了。之后倒了半碗开水，吹一口喝一口，转眼喝尽。我们当年真傻，虽然都亲眼看到了他疼痛的样子，却没有一个往癌症那方面去联想。也可以说，那时的我们，其实是很排斥他患了不治之症这一个事实的，也特别讨厌大人们判断他活不了多久的话。我们宁愿相信，他能那么干瘦干瘦地活很久，很久，等我们都长成了大人，还活着。我们已经看顺眼了他的瘦，反而都觉得，如果他不那么瘦，就不符合‘咱们老师’应该怎样的条件了。

“两年半以后，他还活着。一天他对我们说，我们不可以再是他的学生了，而应该到县里去读中学。并说，他已经分别和我们的父母谈过了，我们的父母都是同意的。可我们却有点儿不情愿，我们对当年的学校还是难以产生好感，长大以后争取当上伐木工人是我们一致的想法。他却这么问我们：‘一个国家的森林是有限的，有限的森林会越伐越少。到那时，国家就不需要很多伐木工了，你们拿自己怎么办呢？’他的话使我们都忧虑起来。

“见我们个个低头不语，他又夸我们全都如何如何聪明，说中国的将来，究竟会产生多少新的行业，需要多少文化高、知识广、能力棒的人才，是他难以想象到的，更是我们这样一些孩子不可能想象到的，所以我们只由着性子在年龄这么好的时候虚度时光，高兴怎样就怎样，不高兴怎样就不怎样，那是不对的。人有时候更应该明白应该怎样不应该怎样的道理。

“从没有人对我们说过那样的话，我们的家长也没说过。但当时他的话并没说到我们内心里去，我们也不是太理解他的话，却看得出来，他完全是为了我们好。我们心生感动，然而其实并没被说服。他的话对我们父母的影响，比对我们的影响大得多。于是我们的父母都严厉地命令我们，几天后必须跟他们到县里那所中学去。

“县中学的校长听说我们都没读完小学，指示要对我们进行考试，还要亲自一个一个地面试我们。如果面试没通过，那连考也不必考了，还是再去读小学吧。我被面试过以后，在操场发现了瘦老头。我问他为什么也来了，他说他忘了让我们每人带上一袋榨菜，所以亲自给我们送来；说如果对着卷子一时发懵，嚼一条榨菜能使心情稳定下来，还能清脑，使精力集中。他将几袋榨菜交给我，一转身蹒跚而去，为的是赶上一趟林区的小火车。

“校长面试过我们之后决定不对我们进行考试了，当即就将我们分了年级和班级。我们一一被插入初二各班，有一个还直接被插入了初三的某班。校长显得很高兴，当着几位老师的面指着我们说：‘像他们这样的孩子，来多少收多少，都不必经过考试！’

“我们成了县中的学生以后都得住在学校了。县城距离林场三十多里，到了林场也不等于到了家门口，到家还得走上十来里，不住校是不行的。我们连星期日也很少回家了，因为要是搭不上便车，就得坐小火车，那年月，我们怎么会舍得花五角钱买一张车票呢？往返要花一元钱呢，根本舍不得。

“我们一块儿回家是在放寒假后。到家当天，吃午饭时，我父亲一时想起地告诉我——‘你们应该感谢的那个瘦老头，他死了，才几天前的事儿。’大人们虽然知道了姓张，但背后普遍地都叫他瘦老头，当面则叫他‘哎你’，因为连他的姓叫，反而不好叫了。他的政治问题使大人们都尽量避免和他接触。何况，都认为他并不真的姓张。我搁下饭碗便往外跑，挨家将小伙伴们叫上，一块儿跑到了小木板房那儿。几场大雪将小木板房的门埋住了半截，门上贴的封条已被风撕得残缺不全。我们想从窗子往里看，窗玻璃结着厚厚的霜。园子里，雪被下刺出参差不齐的搭菜架的木条和树枝。几只绒球似的麻雀在雪上蹦来蹦去的……”

“环保”专家又吸着一支烟。

我问：“他埋在你们林区了？”

他说：“不。他被火化之后，骨灰寄给了他南方的什么亲人……估计，就是往常从南方寄给他榨菜的亲人吧。这也只是我们的估计而已。凭我们几个初中生，当年打听不清关于他的什么真实情况。也根本不知道向谁们去打听……”

“那，后来你们几个……”

“‘文革’一结束，我们先后都考上了大学。现在，除了我，我们中还出了两位大学教授、一位林业局副局长。还有两个成了外国人，一个在美国，一个在法国。他俩起先也在大学里任教，近年失去联系了。啊对了，现在县中的校长，也是我们中的一个。县中现在是地区的重点中学了。我早已将父母接到京来住，在林区没亲戚。前年我回去了一次，没什么事儿，就是很想回去看看。一切都今非昔比了，大多数伐木工人都转行了，少部分伐木工人成了护林队员或育林工人。我们那个当县中校长的发小告诉我——据他后来了解，我们的恩师……他算得上是我们的恩师吧？”

我说：“当然。”

“他五七年大鸣大放中，因为批评乱砍乱伐的现象成了右派，从一所大学被扫地出门，成了一名扫街人。‘文革’中，又被收集整理了几句‘反动言论’，判刑入狱。出狱后，被押送到东北进行改造。因为七十来岁了，没地方愿意改造他了，阴错阳差地，像破麻袋似的被甩弃在我们那个林场。我们当县中校长的发小也就了解到这么多，还不知确凿不确凿。我们恩师患的是晚期胃癌，这一点倒是可以肯定的。当年给了他一份工资，只有二十几元，仅够他吃饭活着的，哪里能挤出买药的钱呢？当年在林区，又能买到什么药呢！所以胃疼起来，也只能忍着。现在想来，榨菜是唯一能帮他每天喝得下两碗玉米面糊糊的东西。他连自己园子里收的菜都一点儿不留，证明除了榨菜和玉米面糊糊，他的胃已经不接受任何其他食物了。也许，榨菜对于他的胃，还有匪夷所思的止疼药作用吧，你认为呢？”

我说：“这我很难回答你。”

他转动着手中的半截烟，看着，语调缓慢地又说：“如果真是那样，当年我们还馋他的榨菜，那可太罪过了。我的大学生活是在哈尔滨度过的，一到哈尔滨，我就到处买榨菜。可当年的哈尔滨哪哪都买不到榨菜。直到我大三了，哈尔滨的某些副食店里才出现南方的榨菜。我一买到手，就吃零嘴儿似的吃掉了一袋儿。我们中还有一位，第一次乘飞机时，飞机上发的盒饭中有一小袋榨菜。一小袋对于他是不够的，居然厚着脸又向空姐要了一小袋。我们那两个在国外的，隔三差五地就要跑到唐人街去吃碗榨菜面什么的，说否则胃里就像有馋虫在蹿动……你明白我为什么那么喜欢吃榨菜了吧？”

我说：“明白了。”

“我们当县中校长那位，专门咨询过医生，问他那么喜欢吃榨菜，算不算一种病？你猜医生怎么回答他？”

“怎么回答？”

“医生说：‘我也喜欢吃榨菜啊！只要每餐吃得清淡点儿，一天一小袋儿，多喝开水，对身体不会有什么危害的。’医生还说自己犯烟瘾时就吃一条榨菜，竟然把烟戒了，但愿我也能那样。一位又瘦又病的高个儿老人改变了我的人生，而榨菜使我每天的日子有种别人咀嚼不出的特殊滋味……”

我的“环保”专家朋友接着又说了些什么，我已不再注意听了。似乎，他说到了贵人、缘分之类的话，还说到了哪一首歌……

但我的目光已经望向我家的一面墙壁；墙上的小相框中，镶着一幅西方肖像派油画，印刷品——米开朗基罗的《先知耶利米》；那先知沉郁而苍老，低着头，垂着眼皮，右手撑着下巴，实际上是严严地捂住了自己的嘴。他在思想着什么事，表情苦闷而忧伤。我觉得，那先知若瘦一些，大概就有点儿像我朋友记忆中的瘦老头了吧？……

“你在想什么？”

朋友不知何时站到了我身旁。

我说没想什么。

他说：“你对良知和责任怎么理解？”

我说："一回事吧？"

"一回事？难道是一回事吗？有良知只不过意味着不做坏事，有责任的人却是要大声疾呼的！在我这一行里，我是有责任的人。在你那一行里，你只不过还有点儿良知罢了！知道我为什么今天到你家来吗？知道我为什么向你讲那些吗？不是因为我讲述的愿望太强烈了，而是为了你！因为你我已经是朋友了，因为我觉得，你这样的作家只保留住了点儿所谓良知，却一点儿都不承担社会责任了那是不对的！估计这年头没什么人会跟你说这种话了。你我既有缘成为朋友，那么我认为我应该成为你人生中的瘦老头！尽管我比你小七八岁！"

我惊愕，我呆住，那一时刻我双耳失聪，听不到他接下去所说的话了。

我的眼又一次望向《先知耶利米》……

清名

倘非子诚的缘故，我断不会识得徐阿婆的。

子诚是我的学生，然细说么，也不过算是吧。有段时期，我在北京语言大学开“写作与欣赏”课，别的大学的学子也有来听的，子诚便是其中的一个。他爱写散文，偶作诗，每请我看。而我，也每在课上点评之。由是，关系近好。

子诚的家，在西南某山区的茶村。他已于去年本科毕业，当了京郊一名“村官”。今年清明后，他有几天假，约我去他的老家玩。我总听他说那里风光旖旎，禁不住动员，成行。斯时茶村，远近山廓，美轮多姿。树、竹、茶垄，浑然而不失层次，绿如滴翠。

翌日傍晚，我见到了徐阿婆。那会儿茶农们都背着竹篓或拎着塑料袋前往茶站交茶。大叶茶装在竹篓，一元一斤；芽茶装在塑料袋里，二十元一斤。一路皆五六十岁男女，络绎不绝。七十岁以上长者约半数，中年男子或妇女委实不多。尽管勤劳地采茶，好手一年是可以挣下五六千元的，但年轻人还是更愿到大城市去打工。

子诚与一老妪驻足交谈。我见那老妪，一米六七八的个子，腰板挺直，满头白发，不矜而庄。老妪离后，我问子诚她的岁数。

“八十三了。”

“八十三还采茶？！”我不禁向那老妪背影望去，敬意油然而生。

子诚告诉我——新中国成立前，老人家是出了名的美人儿。及嫁龄，镇上乃至县里的富户争娶，或为儿子，或欲纳妾；皆拒，嫁给了镇上一名小学教师。后来，丈夫因为成分问题回村务农。然知识化了的男人，比不上普通农民那么能耐得住山村的寂寞生活，每年清明前，换长衫游走于各村“说春”。当年当地，农村人都是文盲，连黄历也看不懂的。她丈夫有超强记忆，一部黄历倒背如流。“说春”就是按照黄历的记载，预告一些节气与所谓凶吉日的关系而已。但一般告诉，则不能算是“说春”。“说春人”之“说春”，基本上是以唱代说。不仅要记忆好，还要嗓子好。她的丈夫嗓子也好。还有另一本事，便是脱口成秀。“说”得兴浓，别人随意指点什么，竟能就什么唱出一套套合辙押韵的掌故来，百指而难不倒，像是现今的“RAP 歌手”。于是，使人们开心之余，自己也获得一碗小米。在人们，那是享受了娱乐的回报。在他自己，是一种个人价值体现的满足。所谓与人乐，其乐无穷。

不久农村开展“破除迷信”运动，原本皆大开心之事，遂成罪过。丈夫进了学习班，“说春人娘子”一急之下，将他们的家卖到了仅剩自己穿着的一身衣服的地步，买了两袋小米，用竹篓一袋袋背着，挨家挨户一碗碗地还。乡亲们过意不去，都批评她未免太过认真。她却说——我丈夫是“学知人”，我是“学知人”的妻子。对我们，清名重要。若失清名，家便也没什么要紧了。理解我的，就请都将小米收回了吧！

工作组长了解到那一情况，愕然，继而肃然。对其丈夫谆谆教诲了几句，亲自送回家，并对当年的阿婆好言安抚……

我问：“现在她家状况如何？为什么还让八十三岁的老人家采茶卖茶呢？”

子诚说：“阿婆得子晚，六十几岁时，三十几岁的独生儿子病故了。媳妇改嫁，带着孙子远走高飞，早已断了音讯。从那以后，她一直一个人过活。七八年前，将名下分的一亩多茶地也退给村里了……”

“这么大岁数，又是孤独一人，连地都没了，可怎么活呢？”

“县里有政策，要求县镇两级领导班子的干部，每人认养一位老村的鳏寡孤独高龄老人，保障后者的一般生活需求，同时两级政府给予一定补贴……”

我不禁感慨：“多好的举措……”

不料子诚却说：“办法是很好，多数干部也算做得比较负责任。只是，阿婆的命太不好，偏偏承担保障她生活责任的县里的一副县长，明面是爱民的典范，背地里贪污受贿，酒色财赌黑，五毒俱全，原来不是个东西，三年前被判了重刑……”

我一时失语，良久才问出一句话是：“黑指什么？”

“就是黑恶势力呀。”

我又失语，不想再问什么，只默默听子诚在说：“阿婆知道后，竟连自己的名誉也受了玷污，一下子病倒了。病好后，她开始替茶地多的人家采茶，一天采了多少斤，按当日茶价的五五分成。老人家眼力不济了，手指也没了准头，根本采不了芽茶了，只能采大叶茶了，早出晚归，平均下来，一天也就只能挣到五六元钱而已。她一心想要用自己挣的钱，把那副县长助济她的钱给退还清了……

“可……这……难道就没有人认为应该告诉老人家，她完全不必那样做吗？”方才仿佛被割掉了舌的我，终于又能说出话来。而且，说得激动。

“许多人都这么劝过的，可老人家她听不进去啊。”子诚的话，却说得异常平静。不待我再说什么，问什么，子诚的一句话，使我顿时又失语了。

他说：“今年年初，老人家患了癌症。”我极愕。“几乎村里所有人都知道了。她自己也知道了。不过，她装作自己一点儿也不知道的样子，就靠自己腌的咸菜，每日喝三四碗糙米粥，仍然早出晚归地采大叶茶。有人说，那是因为她岁数大脏器都老化了，所以不觉得多么疼了……他们的说法有道理么？”

“我……不太清楚……”我的确不太清楚。我心愀然，进而，怆然。那天晚上，我要求子诚转告老人家，有人愿意替她退还尚未“还”清的一千二三百元钱。子诚说：“转告也是白转告……”我恼了，训道：“明天，你必须那么对她说！”第二天，还是傍晚时，我站在村道旁，望着子诚和老人家说话。

才一两分钟后，他二人的谈话便结束了。老人背着竹篓，尽量，不，是竭力挺直身板，从我眼前默默走过。子诚也沮丧地走到了我跟前，嗫嚅道：“我就料到根本没用的嘛……”“我要听的是她的原话！”“她说，谢了。还说，人的一生好比流水。可以干，不可以浊……”我不仅失语，竟至于羞愧了。以后几日的傍晚，我一再看见徐阿婆往返于送茶路上，背着编补过的竹篓，竭力挺直单薄的身板。然而其步态是那么的蹒跚，使我联想到衰老又顽强的朝圣者，去向我所不晓的什么圣地。有一天傍晚下雨，她戴顶破了边沿的草帽，用塑料罩住竹篓，却任雨淋湿衣服……那曾经的草根族群中的美女；那八十三岁的，身患癌症的，竭力挺直身板的茶村老妪，又使我联想到古代的，镇定地赴往生命末端的独行侠……

似乎，我倾听到了那老妪的心音：清名、清名……反反复复，二字而已。不久前，子诚从他当“村官”的那个村子打来电话，告诉我徐阿婆死了。“她，那个……我的意思是……明白我在问什么吗?”我这个一向要求学生对人说话起码表意明白的教师，那一时刻语无伦次。

“听家里人说，她死前几天才还清那笔钱……老人家认真到极点，还央求村支书为她从县里请去了一名公证员……现在，有关方面都因为那一笔钱而尴尬……”

我不复能说出话来，也不知自己是什么时候放下电话的。想到我和子诚口中，都分明地说过“还”这个字，顿觉对那看重自己清名的老人家，无疑已构成了人格的侮辱。

清名、清名……这不实惠反而累人自讨苦吃的“东西”呀，难怪今人都避得远远的，唯恐沾上了它！我之羞惭，因我亦如此……

乘客和黑车司机

我有一位朋友，家乡人，经商的。业务主项在北京，每个月都要往南方去一两次。

一次又往，目的地是常去的一座大城市。从机场到市里，约四十几分钟车路。拎着包刚一出现在机场大厅里，便被一个小伙子迎住了，问要不要乘便宜车之类的话。一听就知道是黑车司机，不理睬。

然而小伙子却彬彬有礼，恭敬之至。说可以少收二十元钱；说有什么特许证，可以免交设在半路的高速公路费；说可以抄近路，保证至少提前十分钟进入市区。最后，特别强调地说，他的车可是一辆奥迪。

我的朋友竟被说动了心，跟着那小伙子去坐那辆黑车了。黑车果然是奥迪。而且，是黑的。但那辆奥迪是八十年代的老款，里里外外已经旧到不能再旧的程度了。

黑车司机将车开走以后，得意洋洋地说："是奥迪吧？我开的是黑车不假，但是我不骗人。"

我的朋友就问："早知道你开的是这么一辆奥迪，我根本不会上你的车。"

小伙子一笑，说已经坐上了，后悔的话就别说了呀。你不是还能省下二三十元钱嘛，不是还能提前十来分钟进入市区嘛……

我的朋友一想，可也是的，也就不再说什么非常不满的话。这事儿，在我的朋友那儿，其实图的不是能省下二三十元钱。他的生意做得不错，每年入项颇丰，根本不在乎能否省下二三十元钱。早十来分钟进入市区，对他也没有什么吸引力，他是直接坐到宾馆去，早不早那十来分钟，对他没什么特殊的意义。我的这一位朋友，本身有两大问题——第一是烟瘾很大，第二是难耐寂寞。但飞机上是不允许吸烟的，这一次坐在他旁边的又是一位年轻女士，人家不和陌生人说话。所以他一下飞机，便立刻想要满足两大急迫而又强烈的要求。一是生理的，赶紧吸上一支烟才舒服；二是心理的，三个多小时没主动和人说话了，急迫而又强烈地想和人说说话。

该市是他常去的。该市偏偏又对出租车行业规范严格——"请勿在车内吸烟""请勿与司机交谈"。这样两行文字，醒目地印在"敬告乘客"之宣传卡片上，卡面用透明胶条粘在车里。故我的这一位朋友每次乘坐该市的出租车，反而倍觉约束。对他这一类乘客，那两条"警告"很不人性化似的。主要是由于这种原因，我的朋友才坐上了那小伙子的黑车。

但他毕竟也是一个懂得起码的文明礼貌的人，试探地问：

“我可以吸支烟吗？”

小伙子爽快地说：“可以。太可以了！您想吸多少支就吸多少支，想怎么吸就怎么吸。”

我的朋友一听，高兴了。掏出烟来，急不可待地吞云吐雾。生理的要求获得满足的同时，心理的要求也开始蠢蠢欲动了，于是没话找话地跟司机搭讪：

“看你的样子还不到三十吧？”

“老板您眼力真准，我二十九。”

“结婚了？”

“都有孩子了。”

“男孩儿，女孩儿？”

“女孩儿。”

“女孩儿好，将来往外一嫁，也就省心了。”

“老板，咱俩想一块儿去了。”

“这车是你的？”

“也不是我自己的，三个哥们儿合买的一辆二手车。”

“这车开不了几年了呀，该淘汰了啊！”

“能开几年开几年呗，得养家糊口哇。”

“那，为什么不争取当一名正式的出租车司机呢？”

“那太受剥削了呀！辛辛苦苦一个月，差不多三分之二的钱让出租车公司搂去了！”

于是我的朋友大发感慨。对出租车公司进行谴责，对开黑车的小伙子表示同情……忽然他觉得不对，问：“怎么还没过收费站啊？”过了收费站，离市区就只剩一半路了。

小伙子说：“咱们绕过收费站去。我不是有言在先，要为您省下十元公路费嘛！”

“那，咱们现在绕过去了吗？”

“还没有。一会儿就绕过去了。”

“可，我坐到你的车上已经二十多分钟了。你保证了的，提前十分钟进入市区……”

“放心，没问题，没问题……”那时车开在一条我的朋友完全陌生的路上，坑坑洼洼，颠颠簸簸；路两旁，看不见一处他曾熟悉过的标识性建筑。他开始怀疑再过十分钟怎么会进得了市区呢？开始有点儿后悔坐上那一辆黑车了。心理满足了一下，话也不多了……

路上的车渐多起来。一会儿，那辆老旧的奥迪被堵在了一处十字路口。

“你看，现在都半小时过去了，这儿是市区吗？”

“这儿当然不是市区啦！我怎么能料到会在这儿被堵住呢？”

“那你偏往这么一条路上开？”

“不是要为你省下十元过路费嘛！我得讲诚信啊！”

“你居然还说什么诚信！我就那么在乎能省下十元钱啊？”

“你不在乎你上我的车？你不在乎你一开始就声明啊！”

“你、你还这么跟我说话！”

“那我该怎么跟你说话？”

由于堵车，二人的情绪都变糟了，你有来言我有去语的，几乎吵了起来。

堵车是因为前边出车祸了。他们的车一堵就被堵了半个多小时。等终于又能往前开了，我的朋友已是满肚子的气了啊。但，生气也白生气。而且，只有生自己的气啊！车里的气氛，当然也就不像他吸第一支烟时那么友好了。

又半个多小时，汽车才进入市区。其时天已黑了。我的朋友却还是看不到一幢标识性建筑，忍不住气呼呼地问："你是在往我住的宾馆开吗？"

黑车司机反问："那你以为我是在往哪儿开？"

他说："那我怎么看着道两旁一点儿都不熟悉？"

黑车司机说："咱们不是从别的路开入市区的吗？"

那时候，偏偏又是市区里堵车的时候……

简单说，又过了四十多分钟，我的朋友还坐在那一辆黑车上。黑车下了这一条封闭马路，驶上另一条封闭马路。往复不已，似乎完全失去了方向感。不是小伙子成心要多跑冤枉路，耽误他的时间坑他的钱，而是根本不清楚我的朋友要去的宾馆在一条什么街上。

"你他妈的不清楚，你还敢诓我上你的黑车！""老板你别骂人行不行？你不是说你常住那家宾馆，你熟悉路嘛！""我当然熟悉啦！""那你说咱们该怎么走？""我怎么知道？""你刚刚还说你熟悉！"二人终于大声吵了起来。开黑车的小伙子也急得怪可怜的，淌下满脸的汗来。但我的朋友已不同情对方也要养家糊口的难处，只觉得对方实在太可恶可恨了。

当黑车又一次从封闭公路上驶下来，小伙子打算向停在人行道边的一辆正式的出租汽车的司机打听路时，我的朋友反应迅速，在几秒钟内便拎着包下了车，坐入正式的出租车里了。

正式的出租车毕竟是正式的出租车。他刚一说出要去什么宾馆，人家司机已经把车开走了，并说："不太远，二十分钟就到。"那开黑车的小伙子，开着黑车尾随出租车，时时与出租车并行。一并行着了，便从车里伸出手臂向我的朋友讨要乘车钱。我的朋友正在气头上，怎么会让出租车停下来给他钱呢？非但不给，还恶语相骂。出租车司机对开黑车的小伙子用当地话说了几句什么，那辆黑车才不尾随了。

出租车司机又问我的朋友怎么回事？他据实相告，末了理直气壮地说："我不是想赖他那几十元乘车钱，给了他我自己心里的气如何消？"出租车司机沉默良久，低声说出几句话是："那您老板在本市的日子里可要多加小心了。据我所知，他们那些黑车司机都不是单干，也是有组织的，跟黑社会差不多。您须提防他们报复您。何况他已经知道您住在哪一家宾馆了。"

我的朋友心中大为不安起来。

宾馆离他换车的地方确乎已不甚远。那时已不堵车了，没用二十分钟就到了。然其办完了手续，进入了房间，冲过了澡，定下心来一想那开黑车的小伙子自然令人恼火，但也就是不对，分明并非成心，何必非惹对方记恨自己呢？再联想到那小伙子对自己做的那一种手势，以及出租车司机对自己说的那一番话，越发不安，进而疑神疑鬼。

一个多小时以后，他到前台去退房。从迈出房间那一步到迈入电梯到退罢了房迈出宾馆站立在人行道上，左顾右盼，神情惴惴，仿佛前后左右都会冷不丁冒出一个或几个仇人，以夺其性命为快事。

好在很快就拦住了出租汽车，于是转往别家宾馆去住了。因在前一家宾馆是预定的房间，已超过退房规定时间，白交了一天三百多元的房钱。但他那时已顾不上计较经济的损失，悠悠万事，唯保性命安全为大了。

虽然顺利地住入了另一家宾馆，一颗心却还是终日忐忑，草木皆兵，出入诡秘，不安并未稍减。业务之事，但凡能请对方到宾馆来谈，则便不离开宾馆。心里的害怕，又不便向对方解释。结果那一次给对方的印象就特别不佳，使对方误以为他架子大了，摆谱了，对他也就不怎么待见起来。这年头，相互达到的商机多着呢，都是商道上见过世面的人了，谁离开了谁不行呢？谁又非得把谁格外地放在眼里不可呢？

几天内双方在宾馆里见了几次面，来前原本有把握谈成的几桩买卖，到头来竟一桩也没落实，这令他大为失望。对方觉得他架子大了，对他的印象不好了，也感到不爽。

离开那座城市的前一天，他要求对方派人派车送他到机场。买卖没谈成，架子又变大了，对方本已不爽；便将他的要求又误解为摆架子了，惹得对方更加不爽。随便地找了个借口，把他的要求挡回去了。

心隐悸惧的他，为了安全起见，买的是最早的一次航班，六点来钟就离开宾馆去往机场了。唯恐在机场遭遇到那黑车司机及其同伙，一下出租车，那样子几近逃入了机场……

回到北京后他才安稳下一颗惊恐万状的心来。然而此后，一打算要去 A 市，立刻便会联想到那名开黑车的司机对他所做的那一种威胁的手势，以及那名正式的出租汽车司机对他的忠告，于是畏缩不愿成行。半年后，连在 A 市的业务，也都荒废了……

唉，我早已听惯了许多人对社会险恶的抱怨和切身感受。但大抵是以自己的优点说事的。比如先言自己的怀才不遇，接着批评别人的有眼无珠；先言自己的卓越能力，接着感叹别人的妒贤嫉能；先言自己的大公无私，接着谴责别人的私欲膨胀；先言自己的与人为善，接着抨击别人的小人勾当和伪善行径种种……

却很少听到有人承认，是由于自己身上的某些毛病恰巧与社会的某些毛病发生了大大小小的惯性撞击，于是才使自己在某些时候陷于狼狈之境的。

发生在我朋友身上的事，便是后种情况之一例。

而依我的眼看来，对于并非处在弱势群体中的人，后一种情况比前一种情况多得多。

是以自诫。

画之廊

那是一座文化底蕴深厚的南方古城，雅致而美丽，近代以来产生过几位绘画界人物，皆有开风创派之作，令它引以为荣。九十年代后，本市各届官员对于文化和文艺界人士予以特别重视。文化局、作家协会、美术家协会、摄影家协会、地方剧团等一个省该有的文化单位，都集中在古城的一条街上，此街于是更名为“文化街”。每个单位曾各有各的小楼，皆从前富人家的别墅。

时下，旧城翻新，摩登建筑林立，文艺人士们的“协会”，搬入文化局新建的机关大楼里去了。名分还在，却各有一两间小小办公室而已，没了独门独栋的往日风光。腾出的小别墅，不是卖给了新贵或新富，成为标榜地位的私宅，便是租作酒楼、歌舞厅、洗浴中心什么的了。街名也由“文化街”而改为“文化商业街”了，估计是中国街名最长的一条街。

只有美术家协会——诸别墅中最大的一幢，仍归在该协会名下，由五十余岁的副主席承包，改造成画廊了。这位副主席姓谭，于水粉画方面很有点儿名气。谭副主席头脑灵光，交友甚广，在美术市场中左右逢源，如鱼得水，使古城的书画市场大沾其光，相当活跃，潜力十足。谭副主席留髯，每穿唐装，布鞋，风度颇雅，人称“谭先生”，透着敬意。

某日，画廊茶聚，些个丹青妙手文人墨客到场，品茗、赏画、鉴字，一如既往凑趣清谈。一隅，有白公翁抚琴，仙风道骨，其调袅宛。翁乃道观主持，与谭先生挚交，非谭先生亲自礼接，绝不肯与俗流之辈混迹一堂的。

座间一人说：“几次经过遗址，但见门庭若市，可见生意大好。”

谭先生浅浅一笑，矜持答道：“承蒙诸兄抬爱，不少人才慕名前来。”

斯时琴音幽婉绵长，回荡室间。

谭先生神情忽怛，轻叹一声，欲言又止。

于是有人问：“谭先生莫不是又想起那穆小小了？”

谭先生这才又说：“琴音虽美，操琴人却不是轻易就能请得动一次的。而且现在，一切按经济规律办事，老主持的出场费，一般人也是付不起的。随便用个乐手来弄出点儿乐声，又怕损了我画廊的面子。哪儿那么容易再聘到一位穆小小，人也安分，箫也吹得好，佣金嘛，现在看来更是便宜极了，教我如何不想她？”言罢，再叹，且摇其头。众人一时默然……那日上午，我应邀在古城进行了一堂文化讲座，被朋友勉强，亦跻身座中。我是小说家，对有些事本能的敏感。朋友送我回宾馆后，我忍不住问起穆小小来。

以下诸事，乃朋友相告：

先是画廊创办之初，谭先生曾登广告，公开招聘善箫者。依他想来，画廊箫声连绵，定能烘托气氛。音乐多多，播放一张碟本也是可以的，为什么非得现场演奏呢？要的就是那一种格调啊！凡事必讲格调，谭先生才是谭先生嘛！

广告吸引了近百名应聘者，形色百态，以起哄者居多。而今，洋乐器才能使人名利双收，还有几多学箫之人啊。虽也不乏能马马虎虎吹几段曲子的，但马马虎虎的水平，焉能令谭先生满意？

他还收到了一封信——信上说，我是哑巴，只哑不聋，后天失语的那一类哑巴，您能给我个应试的机会吗？那信写得言简意赅，不卑不亢。谭先生并没有认真地对待，权当取闹。失望情况下，他忽而想到了那封信，命秘书按信中留下的手机号码发了一条短信——给予应聘资格，过时不候。

感谢手机时代，即日下午，一名面容清秀的小青年出现在谭先生面前。谭先生给他一支笔、两页纸，心怀几分好奇亲自与之“笔谈”。“你姓甚名谁？家住何方？”青年写下了自己的名字——“穆小小”，接着写出“保密”二字。其字娟小，笔画拘敛，然工整。

“师从何人？”

笔答：“父亲。”

“令尊艺从何来？”

他怅怅然悱悱然似有所讳。

谭先生认真起来，睇视以待。青年只得又在纸上写出“自学”二字。

半页纸未写满，谭先生已无心多问，命他发挥所学吹奏一曲。青年便从墨色绸套中缓缓抽出一管青褐色长箫，以帕稍拭吹孔，唇触之际，箫音顿起。吹的是苏轼词《水龙吟·似花还似非花》之曲，但觉五声妙曼，缠绵低回，似怨似愁，如泣如诉，诉而有韵，怨而不悲。有道是“一曲听初彻，几年愁暂开”。谭先生本是善赏古乐之人，听出那箫音不凡，遂大喜，不鄙其哑，欣录之。

他拍拍青年的肩道：“穆小小这个名字太女气，你一个青年叫这么个名字实在不妥，若你愿意，我愿为你改个更合适的名字。”

青年点头。

谭先生思忖片刻，试探而问：“穆清风这个名字你觉得怎么样呢？”

那青年稍一沉吟，又点头。

谭先生创业伊始，投资颇多，急欲收回钱钞，不免处处精打细算。对于穆清风之薪水也不例外，仅月酬七百，且要求不论早晚，随传随到，还无公休日。如若紧急传唤，另补些许小费。但是就连为他定做一身行头的支出，也要从月薪里照单扣去。

哑巴青年穆清风一一点头认可。

自从画廊聘了他，渐显特点，遂成沙龙。

谭先生为穆清风定做的是白绸衫裤，领口和襟摆，黑绸翻边。穿在那穆清风身上，人配衣裳，衣裳衬人，端的好看。那穆清风吹起箫来，神情专注，修长十指在一管青褐色长箫上信然起落，姿态优美。画家与画商们凡见过的听过的，没有不称赞谭先生有眼光的。穆清风也似乎很知足，似乎以能获得画家们、画商们的赏识为荣。

几日后，不知打何处来了个修鞋的老头儿，在画廊门旁摆开了摊位。谭先生心底生厌，命人撵之。老头儿作揖打躬，可怜兮兮地说："请老板发慈悲，赐给穷苦人一小块儿挣钱糊口的地方吧！"

手下人不忍恶色相向，谭先生只得亲自出马。老头儿照样苦苦哀求，搞得谭先生赶也不是，不赶也不是，左右为难。正这当儿，穆清风应召而至，老头儿转向哑青年说："这位少先生，您也是身在文艺行当的人，面子大，替我求个情吧！"

穆清风自是没有开口，只是凝视着谭先生，眼光中流露着不知名的忧伤，谭先生经不住那样的凝视，愈发不忍，说道："好吧好吧，老人家的话也真是让人难受，大千世界，的确该让每个人都有一口饭吃。这么着吧，我允许你在这儿摆摊修鞋，但是你得免费为我和到这儿来的人擦鞋。如果你愿意，我还可以赠你一柄遮阳避雨的大伞。"老头儿诺诺连声，千恩万谢……

于是画廊门前多了一道奇特的“风景”。修鞋摊与画廊自是很不和谐的，但不论是谁，只要走进画廊，就可免费擦鞋。人们在享受这项便利的同时，也不知不觉地习惯了修鞋摊的存在。这个修鞋摊似乎更加提升了画廊的人气——某些人为了免费擦一次皮鞋，都高兴走入画廊看看，谭先生也乐于见到这么一个良好的发展。

只是那老头儿有点怪。穆清风不在的时候，不见他人影。穆清风一来，他也会出现。穆清风每每晚上才来，老头儿也会不知从哪儿颠颠地肩着修鞋的破箱子赶至。穆清风去得迟了，老头儿也离开得晚。通常是穆清风换下衣服，骑上自行车消失在夜幕中后，老头儿也随之不见。

有一天傍晚，谭先生发现画廊外老头儿用自己的破箱子垫着脚，将脸贴在玻璃窗上专注地往画廊里看。谭先生斥道：“哎，你这老人家，何苦的呢？该回哪儿回哪儿吧！别在这儿惹人注意了。”老头儿从破箱子上下来，嘿嘿地笑着说：“好听。”又怕谭先生来气，赶紧自我解嘲：“我们到处流浪的苦命人，租住的地方也就只能算是个窝，大伏天的，回去早了也热得睡不着，还不如在这儿听听箫。”谭先生虽觉老头儿的话奇怪，却没再说什么……

此时的穆清风在这附近已经小有名气了。些个豆蔻年华的少女慕名前来睹其风采，却又都因他的清俊冷淡而不敢贸然上前搭讪。转眼到了冬季。有天晚上，这南方古城居然飘起了大雪，格外稀罕也格外寒冷。画廊里有着与屋外相迥的温暖，画家与诗人们在画廊里相聚，以雪为题，大呈赋诗作画、笔走龙蛇之风雅能事。穆清风自然到场，为一室文人们助兴，唇不离箫，一曲方罢又接一曲。雪落无声，箫音悠远，给人以无尽畅想。

门口那修鞋的老头儿袖着双手，缩着颈子，蹲在两道门之间狭窄的地方，冻得直打哆嗦，还自说自话："雪正下着呢，我可不走，我可不走……"谭先生虽瞥见了，也只有睁一只眼闭一只眼地视而不见。这时穆清风悄悄塞给他一张纸条，上面写着一行字："老板，我可以给那大爷一杯热茶吗？"谭先生愣了愣，动了恻隐之心，将穆清风扯到一旁，附耳道："再给他几块点心，怪可怜的。也许神经有什么毛病……"那刻，穆清风眼里饱含温情。不知是因了谭先生的话，还是因了自己的善良……

元旦前某日，有画商陪一位韩国的中年富孀来到画廊预定了一批画。富孀临辞，提出要带走穆清风，想单独听他吹箫。谭先生示意穆清风跟去，而穆清风不愿。富孀带来的两个保镖，一左一右地将穆清风架到了外边，哑巴青年奋力挣扎，难敌两个彪悍保镖的蛮力。那修鞋老头儿见状，从旁大声道："人家孩子不愿意，何必勉强人家！"其中一个保镖听了即恼，走过去踹了老头儿一脚："老家伙，别多管闲事！"另一个保镖拉开车门就想把穆清风朝里推……

谭先生终于看不下眼了，上前正色制止，说不让穆清风去了。

那韩国富孀通过画商告诉他，如果连她那么一点儿心愿都不能顺遂于她，那么双方的订单就白签了。

那会儿穆清风已是泪流满面，而那修鞋的老头儿，捂着被踹的腹部，蹲缩在旁呻吟不止……

谭先生胸中倏然生起一股正义之感，火了，骂道：“他妈的当你们在哪儿啊！这是在中国！当我姓谭的是什么人了？我也是中国人啊！我还是一位中国艺术家啊！”

他怒冲冲大步进入画廊，将订单拿在手，出来撕得粉碎，扔在富孀脸上……

那订单签的是十几幅画二十来万元的一笔大买卖。那时刻谭先生真是称得上见义忘利了。

穆清风却未领情，冲入了画廊。

倒是那修鞋的老头儿，双膝一屈，就要给谭先生跪下。画商也自觉羞愧了，没容老头儿真跪在雪地，及时一扶……

画商和谭先生都顾不得寻思那修鞋的老头儿为什么有那么一种举动，也双双进了画廊，但见穆清风手握一杆毛笔，正往一整张宣纸上写字。他刷刷写出的六个大字是：“结账，我不干了！”

谭先生自觉无地自容，只有掏出烟来，一口接一口猛吸。

他的画商朋友替他劝穆清风别不干，穆清风转身跑出去了……

一笔板上钉钉的大买卖居然几分钟后即如泡影破灭，完全是由于自己所雇的小哑巴一时犯倔，而且他还百分之百占尽了道理似的，说不干就不干了——冷静下来的谭先生未免又有些后悔。自己可是何苦的呢？当着那韩国富孀的面将穆清风解雇不更是一种好办法吗？那么一来，自己和富孀都不失面子，最重要的是，订单保住了。至于那吹箫的小哑巴，在尊严和饭碗之间，他若选择前者，那也纯粹是他自己的决定嘛！

谭先生越想越窝火，迁怒于画商朋友。他的画商朋友亦觉窝火，二人互相指责，差点儿翻脸……

出乎谭先生意料的是，过了元旦，穆清风竟又来到了画廊，见了谭先生，深鞠一躬，不待谭先生有所表示，径自走向自己吹箫的座位，坐下之后，无须吩咐，一如既往那般，神情专注地吹起箫来……谭先生本欲训斥他的，一想到几日后将有一位从这座古城走出去的美籍华人画家在自己的画廊举办画展，忍几忍，没有发作。因为对方亲自选定了几首古代箫曲，要求穆清风在画展开幕日发挥技能，认真吹奏……

是日，剪过彩，箫音悄起，古调悠悠，气氛妙曼。人人轻移脚步，自觉低声细语，有那么点儿“不敢高声语，恐惊天上人”的意境，画家甚是满意，在休息室里不停地称赞，说这才像画展。

突然马路上传来刺耳的急刹车声和一片惊呼。谁都听得分明——有人喊：“修鞋的老头被轧了！”

箫声顿止，穆清风的脸色霎时苍白如纸，他张开口，尖叫了一声：“爹！”不顾一切地冲出了画廊。人们一时呆若木鸡，继而也纷纷跑出门外。穆清风已站在马路中央，冲一辆疾驰而去的车继续哭喊："爹！爹呀！"那嗓音分明是个少女。

这时，墙根儿有一个苍老的声音也喊："闺女！那不是我呀！我在这儿呢，好好的。小心你自己别被车撞了呀！"众人眼睁睁地看着穆清风又不顾一切地跑回画廊前，一下子扑在了修鞋的老头儿怀里，抱紧了他痛哭，手中，仍握着箫……

几分钟后，父女二人在众人百样目光的注视下，一个背着修鞋的破箱子，一个抹着眼泪，相携而去……

谭先生愤怒极了，觉得自己丢尽了脸面，遗落笑柄，口中恨恨说出两个字是——"骗子！"

两日后，谭先生收到了穆清风的一封信。她在信中承认自己不姓穆，也根本不叫"小小"；承认剪短发束了胸伪装性别更是一种欺骗，因为以女孩儿容貌漂泊卖艺的日子里，数次险遭邪狞男人强暴；说吹箫是拜民间艺人所学，而不是父亲；说她母亲去世了；说她处在农村的家里还有一个姐姐，不幸患了肾癌，她和父亲背井离乡四处闯荡，就是希望能够挣到一笔替姐姐换肾的钱；说她已经意识到，以他们的方式要想挣到那么一大笔钱简直是做梦……最后请求原谅。

谭先生不相信那内容的真实性，撕了。

仅隔一夜，却又信了。再隔一夜，自我谴责起来：后悔有时月入数万元的自己，怎么就对一个如此可敬的女孩儿那等小气！他经常拨穆清风的手机，发了几十条短信，却再也联系不上了……画廊日复一日地开着，仍然会有音乐伴随着人们观赏。古筝、古琴、琵琶，甚至萨克斯，却再也听不到箫音了。

因为无论谁来吹箫，谭先生都觉得不如穆清风吹得好。尽管有几位画家和画商朋友都曾肯定地作出结论——试用者中，有人的水平比穆清风高多了……

还有他的朋友这么劝他：塞翁失马，焉知非福？说不定那父女俩果真是骗子——这年月，什么样的骗子什么样的骗术没有哇？他们所以一直没下手，那是由于对他们而言，机会还未成熟。一旦机会成熟，谭先生的损失那就惨重了……

对于这样的劝说，谭先生时而也有点儿信，时而又根本不信了。

谭先生背后竟也生出闲话来，还有人猜疑他是因为“穆清风”暴露了女儿身，自己患了单相思，陷入了“中年性幻境”，就如同《红楼梦》里的贾瑞对凤姐所患的那一种心理的病。

对于闲话，谭先生也有些知晓，一笑置之而已……

我的朋友讲罢，黠笑着问我：“你有何高见？”

我反问：“指什么？”

朋友说：“关于谭先生的那些闲话。”

我想了想，回答：“不好说。我对心理学缺少研究。”

朋友鼓励道：“那也说说嘛，聊着玩嘛。”

我又想了想，还是回答：“不好说。”

朋友又问：“那，你对那父女俩怎么看？你认为他们是暴露了真实关系的骗子，抑或不是？”我沉默了足有一分钟，只能仍以“不好说”作答。朋友不满意了：“你怎么翻过来调过去就那么三个字啊？有什么不好说的嘛！”我也被问急了，来了这么一句：“不好说就是不好说嘛！”于是他我二人互瞪着发愣。大千世界，假或作真，真或作假，假作真时真是假，真为假时假即真——有许多事，确实令人不好说了呀……

演员与看客

此刻，他出现在舞台右侧，坐高脚凳上，酒吧里常见的那种。高脚凳在前一名演员的表演中当成过道具。他一足踏地，一足踏在凳撑上，特悠闲的样子，微眯双眼，漠漠然地望着台下的看客，如同厌倦的牧羊人漠漠然地望着羊群。牧羊人对羊群大抵持两种态度——倘是自己的，望着时目光往往是欣慰的，甚或是喜悦的；若只不过是替雇主在放牧，通常便是漠然的。

我觉得，对于他，台下包括我在内的看客，似乎只不过是二百几十只品种特殊的羊而已，不值得多么尊重，正如看客们也不可能多么尊重他。而此点，乃是这一处也叫做剧场的地方，与其他剧场里的情形完全不同的方面。显然的，他对此点心知肚明并习以为常，处之泰然。

这是台上台下互无敬意的一个所在。一个心照不宣的营造低俗乐子的空间。台上的靠表演，台下的靠掌声。某些人观看低俗的渴望，能在这里获得较大的满足。某些一向因太过正经而疲劳了的人，在这里完全可以显现其实并不怎么正经的原形。在这里，台上的表演者拿台下的看客搞笑一通是家常便饭，台下的男性看客用语言挑逗台上的女表演者亦在允许范围。

羊群的常态是安静的，但台下的看客时而呼嗷乱叫，时而将手中的“掌拍”弄出大的响声。“现代”无孔不入，现代人连拍手也懒得拍了，于是商家发明了观赏演出时用的那种手形的塑料东西，免费提供，体现着人性化的周到。那东西该怎么确切地称呼呢？我竟不知。也许可叫“义手”的吧？既然假肢的另一种叫法是“义肢”，那东西为什么不可以叫“义手”呢？如此说来，不用“义手”鼓掌，确实意味着是“亲自鼓掌”了吧？

对于他，以及所有在这一空间进行表演的艺人，我本是不打算称为“演员”的。但若叫“艺人”，依我看来，又都没什么艺可言，那就还是称他们为“演员”吧。毕竟，他们皆在使出浑身解数，不遗余力，简直也可以说是亢奋地、鞠躬尽瘁般地进行着表演。他们的表演状态毫无疑问地体现着一种敬业精神。尽管场地有天壤之别，舞台有天壤之别，表演品质有天壤之别，但是论到敬业精神，我这一个看客不得不发乎真心地承认，他们与某些明星们、大腕们乃至大师们是不分高低的。这一点当时深深地感动了我。

该剧场是很封闭的空间，处处旧陋，近于破败：在一条老街上，门面算是那条街上有特点的，乍看像老北京的牌楼，却是水泥的，灰色的。一灰到底，除了红色匾字，再无别色。即使红色的匾字也早已褪尽了鲜艳，看去泛着隐黑了。简陋的座椅，简陋的舞台。紫色幕布相当旧了，在舞台的顶灯光下浮尘可见。而舞台的木质边沿，这儿那儿的油漆剥落了。舞台左边是厕所，右边是安全出口。厕所也罢，安全出口也罢，门楣皆低，门框皆窄，地势明显下陷。所谓剧场，空气凝滞，似乎没有通风系统，整体给我以处处不洁的印象。

在如此这般的场所，如此这般的舞台上，一些是所谓“二人转”演员的人极投入、极敬业地各自表演低俗甚至下流的节目，给二百几十位形形色色身份混杂的男女看。

我在着实被感动了的同时，也着实地心生出了一种难以名状的忧伤。

简直不能不被感动。

也简直不能不忧伤。

那名坐在舞台右侧的演员，他大约有三十二三岁，一米七五或七六的身高，国字脸，五官端正，眉清目朗，宽肩，细腰。对于男子而言，称得上一表人才了。舞台上灯光明亮，我坐第二排，对他的一举一动，乃至他表情的细微变化，看得清清楚楚。他换了一件短袖的白衬衫，浅蓝色西服裤，衬衫下襟扎在裤腰里。衣裤合体，使他看去很精神。他脚上那双皮鞋分明还新着，似乎是名牌。他稳重地坐在那儿，姿势未曾怎么改变过，脸上的表情也没什么变化，闲定平静，仿佛足以做到泰山崩于前而不色变，猛虎啸于后而不心惊，目光也仍那么的漠然。这与他方才生猛异常、亢奋且厚颜无耻地表演着的那个自己截然相反，判若两人。这会儿的他，如同一位资深的铁匠、木匠、石匠，或面包师傅、裁缝师傅、园林修剪师傅，忙碌劳累了一大通之后，终于可以歇会儿了，于是坐下呆望街景。那时，寒碜的舞台似乎便是他的铺子，而台口是他的铺子门口，或公园里的一处亭子；台下的看客们，则如同集体歇脚的行人、商帮。方才是他在台上表演，众人看他。现在他也可以闲定又漠然地看众人了，虽然众人并不表演，但他却如同能不动声色地看出什么微相表演来，目光中投出研究的意味，觉得挺耐看似的。

在他之前，舞台右侧已坐着两个人了，一个是司鼓者，一个是操控电子音响的。司鼓者四十余岁，肤黑且瘦，穿一套二十世纪八十年代的蓝制服，上衣有两个外兜，叫“中山装”的那一种，也是毛泽东特别喜欢穿的那一种。事实上不仅毛泽东喜欢穿，大多数老一代无产阶级革命家几乎都喜欢穿。不晓得司鼓者为什么也穿那么一套衣服，是为了勾起看客们的怀旧心理吗？也许吧。而操控电子音响的青年刚二十岁出头。以我的眼看来，他和司鼓者容貌有相似之处，说不定是父子或者叔侄。三十几岁的那名演员坐在青年旁边。青年面向舞台左侧，而他面向台下。他并不与青年说话，仿佛身旁无人。我不知他为什么演完了节目却还要坐在台上那么显眼的地方，但是猜测到一会儿台上准还有需要他的时候，我得承认，他出现在那儿引起了我强烈的好奇心。

我对一九四九年以前的东北“二人转”艺人们的演艺人生一直颇感兴趣，写一部那样的长篇小说也一直是我的打算。春季我回哈尔滨，请朋友带我看一场当下的“二人转”，为的是补充一些感性的印象。身为东北人，我此前还从没看过在舞台上表演的传统“二人转”。

朋友说：传统的吗？那早过气了，现而今哪儿还有人那么演？有人那么演也没人稀罕看啊！现代人嘛，想看也要看现代的“二人转”！

我问怎么个现代法呢？

他说他也没看过，只听说特“另类”。

于是，在他的陪同下，我俩坐在了这么一处地方。他说他打听了，这里每晚上演的“二人转”比一般性的“另类”更“另类”。

第一位上场的是小伙子，二十五六岁，挺帅气。嗓音颇高，唱了几句歌，“小沈阳”飙高音的那种唱法，以证明嗓音所能达到的高度，分明还自认为在此点上并不逊于“小沈阳”。他飙唱时获得了一阵“义手”的掌声。掌声中他明智地收了高音，不再唱下去。飙唱几句高音歌词是一回事，气量充沛饱满地唱完一首高音歌曲完全是另一回事，所以我认为他收声收得明智。接着，他开始说了。上海的周立波自诩说的是“清口”，他说的却几乎是成段成段的“荤口”。看着听着形象那么帅气那么阳光的青年不住嘴地说出一句比一句“荤”的“荤口”，如同看着听着一个长着可爱的模样像是极有教养的孩子一句句说脏话，给人以愕然不已的印象，令我大不适应。我想我背后的一排看客也未必就多么适应，因为并无掌声，亦无喝彩。甚至，也没人起哄。

我入场时留意地扫视过，看客们的年龄多在30至50岁之间，十之八九是男人，极少数女人觉察出我的扫视，一个个颇不自在，或低下头去，或侧转了脸。而我，在那天晚上，是年龄最大的一个看客。坐在第二排的票价是80元。朋友悄悄告诉我，第一排的票价100元，他居然没买到。而坐在第一排的，多是有本地人相陪的外地看客。和我一样，好奇心使他们到这种地方来的。我在北京就已经听说时下的“二人转”挺火，那时我明白了，心照不宣地坐在这一处猥亵场所的看客，对“黄”和“荤”的好奇心比满足欣赏的欲念要强烈得多。然而来是来了，坐是稳坐下去了，但一听到下流“段子”就大鼓其掌或冲口喝彩，毕竟不太好意思，忌讳着原形毕露之嫌，纵然正中下怀，大觉过瘾，也还是放不太开的。于是，我认为台上台下之间的一种误会，不可避免地产生了。我看出小伙子迷惘了，困惑了。甚至，有几分恓惶了。他大概是刚出道的新手，没怎么经历过台下看客们那种矜持地沉默，沉默地矜持。怎么都不呼应啊，这是些什么来路的观众啊？怎么全都跟冷面大爷似的呢？出于对演员的同情心也该多少给点儿掌声啊！花钱不就是专冲着听这个来的吗？爷们儿想听的我说了呀！还要多“黄”多“荤”才合你们的胃口呢？

显然的小伙子想不明白了，暗自焦急了。于是他又讲了一段更“荤”的“段子”。看客们依然暧昧地沉默。

“拿酒来！”——他以好汉临刑般的悲壮气概吼了一嗓子，也坐在第一排的一位白衣白裙的姑娘应声而起，将五瓶啤酒一瓶接一瓶摆在了舞台上。我落座之前注意到了她，她面前的桌上放着十几瓶啤酒，还有爆米花。谁家的姑娘竟到这里来，而且花100元买一排的票！难道她要一边看一边喝光那十几瓶啤酒么？那不是将上吉尼斯纪录了吗？莫非舞台上将出现她所倾慕的白马王子？当时她也令我大生疑惑，并生腹诽。倾慕尽管倾慕，献花也可，犯不着边看边酗酒啊！又没人相陪，倘烂醉如泥，那会是多么丢人现眼的结果呢？她总不至于是酗而不醉的酒神之化身吧。及至她起身往台上摆酒，我才恍然大悟——原来是演出团队的一员，专为伺酒坐在那儿的。

小伙子牙口有力，咬掉瓶盖，高仰起头，众目睽睽之下一饮而尽。他将空瓶往舞台左侧一扔，倏转身，开始用语言作践起肯定与他父亲同辈的司鼓者来。无非还是“荤”“黄”的“段子”，连司鼓者的父亲也一并捎带着作践了一通。之后又喝光了一瓶啤酒，转而作践操控音响的青年，同样连对方的父亲的人格尊严也不放过。而那两位，默默听着罢了，只不过偶尔面呈怒色，算是一种配合性的表情反应。事实上，音响并没怎么用，鼓也没敲过几下。也显然的，他俩坐在那儿，分明是专供被作践的，那大约才是他们的“角色定位”。至于音响设备和鼓，作用倒在其次了。那种语言作践，倘非是在舞台上，而是在日常情况之下，往往一两句就会导致恼羞成怒，大打出手的……

操控音响的青年脸上那股子浑不在乎听之任之的表情越来越挂不住了，他嘟哝了一句。后排肯定是听不到的，但坐在第二排的我听得真切。他是这么骂了一句：“你小子嘴上搂着点儿啊！”

一味儿以作践他为能事的小伙子一愣，随即大声训斥：“怎么，受不了啦？受不了也得受！这是咱们这一行的规矩你不懂？入了这一行，那就得习惯了受着！台下的三老四少，人家花钱来听的就是这种段子！”

他的话说得真中有假，假中有真，真假参半。

我听得心上顿时一疼。

我也是“三老四少”之一，不由得感觉罪过起来。

他灌下了第三瓶啤酒，突然往台口一跪，像信徒祈祷般举起双手，大声乞求：“老少爷们儿行行好，多少给点儿掌声吧！怎么要你们点儿掌声就那么难啊？老板雇人监视着台上呢，掌声多少决定分我多少钱啊！一点儿掌声没有，我明天晚上没脸还来这儿了，后天不知道去哪儿挣钱解决吃住问题了……”

是表演风格？还是真情告白？

我竟难以判断了。

“好！”

后排响起一嗓子瓮声瓮气的喝彩。

这怎么就好呢？好在哪儿呢？

我不解，却没回头看，径自困惑罢了。

然而，终究是起了掌声。不怎么齐，也不多，但总归有了。“义手”拍出的那种掌声。

小伙子获得激励，一跃而起，又大声说：“感谢爷们儿，太难得了，太难得了！冲刚才的掌声，现在我要拿出看家本领……”

他灌下去了第四瓶啤酒。

他腾空翻了两个斤斗，一个大劈叉，双腿笔直地叉开在台上。

“好！”

台下齐发一阵喝彩。

我也赶紧举起“义手”弄出疑似的掌声，放下“手”时，顿觉罪过感被自己作为看客的热情抵消了些。

小伙子脸上呈现大为满足的表情了。他站到了一把椅子上，将一条腿搬起，呈金鸡独立的姿势，随即身体一倒，一足椅上，一足着地，来了一次悬空大劈叉！

“好！”

许多嗓子齐声喝彩。

响起一片疑似的“掌声”。

他一口气喝光最后一瓶酒，又站在一张桌子上，重复了一次刚才的动作。那自然是极危险的动作，倒也算不上有什么高难的含量，但确乎的极危险。若有闪失，轻则伤筋，重则必定当场断骨。

小伙子脸已彤红，并且淌下汗来。最终，他带着颇有征服成就感的表情，在掌声中跑下台去。他在台上坚持了半小时左右的表演，跪了三次，一饮而尽地接连喝光了五瓶啤酒，打出了六七个响亮的酒嗝……

朋友小声对我说，他们每人都有“看家本领”，或曰“绝活儿”。而所谓“绝活儿”，一律在最后时段才奉献的，为的是能在掌声中结束。

我问：为什么还喝酒呢？

朋友说，为了忘却羞耻感啊！如果艺技有限，那么只能靠“荤”的“黄”的“段子”撑台。他们都那么年轻，在台上一味儿当众说那些，你以为他们就完全没有羞耻感吗？有的！怎么办呢？开始时说“黄”的，“黄”的越来越冷场，那就只能来“荤”的了。而几瓶啤酒灌下去，多“荤”的“段子”说起来，也只不过像是在自言自语地说着些无意识的醉话了，没想到吧……

我说：没想到……

又觉心上一疼。

坐在舞台右侧那个三十二三岁的人是第二个登台的演员，他化了妆，涂了白鼻梁，双唇正中抹得血红，戴蓝帽子，上穿白色无领半袖背心，下穿肥腰肥腿的蓝色吊带工作裤，有前胸兜兜的那一种。二十世纪八十年代以前的机床车间里，男女工人大抵穿那种工作裤，现而今早已归于“戏装”了。那一套穿戴，肯定是他每次登台演出的行头无疑。他是企图在形象上唤起人们对卓别林的亲切记忆，也唤起人们对早年中国工人阶级的良好情愫。但是呢，又不愿太像卓别林，还要体现出点儿“中国特色”，看去便不伦不类。但不伦不类也许正是他的追求、他的创意、他的“专利”，更是他所依赖的形象看点。

这人对自己的舞台造型是颇动了一番心思的。我一这么想，不得不承认，他是多么敬业啊！

此时的我已不记得他表演了些什么了。只记得他一上台就说，说来说去都是“荤口”，比“黄色”更“黄”的，赤裸裸的与性事有关的“段子”。自然，他也一瓶接一瓶地灌啤酒。我知道，在东北，那么一种喝法叫“吹喇叭”，酒桌上每简言之为“吹一个”。

他也作践那司鼓的和操弄音响的。

因为他说的是比“黄色”更黄的“荤口”，所以那司鼓的和操弄音响的，表现出了更加巨大的涵养。

朋友说：当然。

我说：他们那么大的涵养我做不到。

朋友说：他们靠这一行生存，解决吃住的现实问题，成家了的也靠这一行养家糊口。你从未面临如此现实的问题，当然做不到。

我倒羞耻了。因为自己的话，更因为朋友的话。

我这一个看客，坐在第二排的看客，心情不由得不忧伤。

我说：那，咱们走吧？

朋友说：你给我老老实实地坐着看，该鼓掌就鼓掌。这是另类人生，你要多接地气！

是的，我真的已不记得他究竟表演了些什么。

“二人转”变成了当下这样，是我不身临其境怎么也想不到的。

但是台上那位说的几句话给我留下了深刻印象。

他说：“我才不像刚才那位跪着要掌声！干吗那么下贱？爷始终站着也要让你们鼓掌！”

果然起了掌声。

他傲然地又说：“听，要到了吧？”

那是小丑扮相的一个人的傲然，一位敬业的低俗“节目”表演者的傲然。正因为是那样，他的话让我挺震撼。

“你们花钱不就是来寻开心的吗？平均下来一张票才二三十元，看高雅的能这个价吗？我在台上逗呗，疯呗，胡闹呗，哄你们开心不就对得起你们那二三十元了嘛！我们是什么人？演员？甭抬举我们了！我们都是在台上耍狗蹦子呢！但看我们耍狗蹦子那也不能白看呀！谁都得挣钱过生活是不是？就算助人为乐你们也得给点儿掌声吧……”

于是掌声又起。

在掌声中，我的心疼。

他居然把话说得那么实在。仅仅那么几句实在话，居然还获得了掌声，更是出我预料。

难道对于看客们，几句实在话是具有艺术欣赏性的吗？

我迷惘了，就像第一个登台表演的小伙子遭遇冷场时也迷惘了。

他醉意醺醺地学“小沈阳”出场时的步态，走一步说一句：“10万、20万、30万……大家好，哼嗯……讨厌……”

学得惟妙惟肖，神形兼备。

于是引发了笑声。

他重走一遍，边说：“我们这样的呢，10元、20元，30元……60元！没往死了挣你们的呀！”

便又引发了笑声。

我想那时，可能不少人心上都疼了一下。也许，只生出快意，并不疼的。

我问朋友：他们每场只挣60元吗？

朋友说：那肯定不止。看起来他出道时间不短了，每场怎么也挣二三百块吧……

我替他感到了极大的慰藉，心情却还是没法不忧郁。

文艺在这个空间里变质了，表演在这个空间里意味着下流。然而，同时却也体现着敬业精神。而此点，正是使人连厌恶都于心不忍的一点。人头脑中的理性在这种地方发生扭曲了，如同巧克力、糖浆和臭酱搅在一起了。

我不记得他是怎样离开舞台的了，似乎是被他的一位女搭档拖下台去的。也似乎，他真的有几分醉了。

真的吗？

我不能肯定。

或许，那醉态只不过是表演。

他的女搭档堪称一位美丽的女郎。高挑的个子，亭亭玉立，穿得相当暴露，灯光之下皮肤白皙得发亮。东北三省，即使在农村，也往往会生出那类美人。正如时下人们惯说的，“一不小心”，不知哪家就出现了一个。她们的美丽，一点儿也不逊于某些女明星或名模。然而，她们的命运，则往往另当别论了。

朋友认为他和她是夫妻。

这使我又不由得替他感到幸运、幸福……

现在，他显出了他性情的本真——一个天生喜欢安静的、内向的、沉默寡言的男人。甚至，竟还是一个彬彬有礼的人。

我以小说家观察人的经验看出了这一点。

我想，如果我们在社交场合面对他那样一个人，他会给我们以极绅士的印象。如果我们给他名片，他会是那种用双手来接的男人。如果不主动给，他会是那种绝不至于主动开口要的男人，不管我们是谁。

他的舞台经历，似乎已使他将人世及人性的真相参透。即使不是完全参透了，肯定也参得半透了。

他安安静静，稳稳重重地坐在那儿，漠然地望着台下的看客。漠然而却又具有研究的意味，似乎在望着低于人的一群动物。

是的，确实那样——我觉得他望着台下包括我在内的些个看客，真的像是在望着二百几十只疑似人的猴子。如许多疑是人的猴子精神饥渴地希望台上的表演者喂给东西。笑声也罢，掌声也罢，都体现着精神之口一口接住囫囵吞下的快感。他刚才是“喂”过我们了，他的任务已完成了，可以坐于一侧歇会儿，看别人接着怎么“喂”我们，以及我们接着呈现的种种“吃”相了。

刚才是别人花了钱在看他。

现在是他不花钱在看别人。看得饶有兴趣似的，漠然且有耐性。

他发现了我在观察他，微微眯了一下眼睛，也定定地看了我几秒钟。之后，目光滑转，望向别人了。那时他仿佛是一只猫，显示出猫的宠辱不惊和淡定自若。

那会儿在台上表演着的是一个瘦高青年。也照例唱了几句歌，飙出几声高音，之后便说出“段子”来。他的“绝活儿”是坐于地，将双腿扳起，置于肩上，像只大娃般地在台上蹦了一圈儿……

又上台的也是个瘦高青年，其“绝活儿”难得一见——他掏出一只橡胶手套，使劲撑开后套在头上。手套五指竖立着了，像白色的冠。他却没将嘴也套入进去，嘴在外边，大口吸气，鼻孔出气。一吸一出，手套渐渐被气充大，胀薄。大如轮时，薄至透明，可见其内面目。表演者似乎已气力不济，仰倒台上，磨转翻滚，似受苦刑，状态可怜。有几秒钟，竟一动不动。

坐在舞台右侧那个人站了起来，面有不安，欲上前去。

鸦雀无声的看客间一阵骚动，我的左右也有人站了起来，踮足引颈向台上呆望。

猝然一声爆响，碎片四飞，有一片落于台下，表演者同时一跃而起。

“好！”

一声喝彩，喊出特江湖的意味，听来很古代。

于是一阵“义手”拍出掌声。

掌声中，我的观察对象退回原处，重新坐下。那时我见他微微摇一下头，面呈一丝苦笑。

他的举动，增加了我对他的好感。他的苦笑，在我看来挺沧桑。

依次上台的是一对搭档。女子矮胖，扎羊角冲天辮儿，穿花衣裤，擦红了脸蛋，一副阿福的模样。而男青年则穿唐装，戴瓜皮帽，分明亦属不伦不类，使人顿生“秦时明月汉时关”的时光倒错之感。

那会儿我在想着一些事了，没注意他俩在表演什么。我首先想到，看来自己打算创作的电视剧，是没必要动笔了。因为诚如朋友所言，那种边转边唱边舞彩帕的传统“二人转”，现今的人们有几个还喜欢看呢？并且也必然塑造不出女主人公表演时那种大俗成绝的泼辣劲儿了呀！我笔下再自由，也总不能将“黄”的“荤”的一股脑儿往剧本里塞呀！与台上那些表演相比，传统“二人转”的“俗”岂不是简直太“文”了吗？便一时郁闷了。

又联想到了《巴黎圣母院》——舞台上的表演，也许与雨果笔下巴黎愚人节草根社区的狂欢胡闹差不多吧？在雨果笔下，美丽的风情万种的艾丝美拉达的舞蹈，以及伴她左右的那只具有灵性的白色小山羊，毕竟还是放浪形骸的胡闹氛围中的美艺奉献。尽管充满诱惑，却连那诱惑也是美的。可在这儿，舞台上表演的尽是些什么乱七八糟的内容呢？连点儿诱惑之美也没有呀！

还联想到了莫扎特。在他成为宫廷乐师后，每乔装了溜到草根社区去，混迹于下等酒吧，与民间艺人和妓女们纵情声色。但即使在那种地方，也还是能听到美的歌，赏到美的舞，看到不失水准的魔术和杂耍。往往，还有民间诗人激情澎湃或一吟三叹地朗读他们的诗——起码，我所读过的一些书籍是那么告诉我的。

可这个舞台上，却只有恶搞和胡闹而已。

然而，每一位表演者都是在多么敬业地恶搞，多么敬业地胡闹啊！仅有少数内容，还勉强算得上是节目。偏偏又是那勉强算得上是节目的表演，却又难以获得掌声与喝彩。

在这个空间，所谓“文艺”有着另外的标准。一种越庸俗堕落越厚颜无耻越好似的标准。

这儿的舞台，更像是生存场。

每一位表演者，或许都有类似祥子和小福子的命境以及梦想。他们的人生况味，非是台下的看客们所知晓的。他们的苦辣酸甜，肯定最不愿道予看客们听的。他们需要看客，然而依我想来，未必就不鄙视和嫌恶着看客。如果他们的入行、出道只不过是权衡下的沦落，那么几乎可以说是形形色色的看客迫使他们堕落的——我猜，他们下台之后，也许都会这么想。

这里的舞台如《生死场》。

不知怎么一来，台上的“阿福”，在用鞋底儿一记接一记扇着“来喜”的耳光了，边扇边呵斥：“会不会说话啊？！”

“来喜”诺诺连声，解释了一句什么，结果又是“阿福”不爱听的话，颊就又挨了一鞋底儿。

“好！”

有人大喝其彩。

一阵疑似的“掌”声。

喝彩之声和掌声，如针扎我心。

朋友小声说：“我数着呢，都十六下了！那女的是不是来真的了呀？”

啪！——第十七记扇在“来喜”颊上。

“好！”——几条嗓子同时喊的。

更长的一阵“掌”声。

坐在台右侧那个人走到了一对搭档之间，他劝“阿福”。然而“阿福”却不依不饶，越发泼悍，“来喜”惧怕得绕着台躲。

连第一个小伙子也上台相劝了。他脸不红了，酒劲儿过去了。并且，也换了身合体的衣服。那时的小伙子，委实有股子帅劲儿。

“不羡神仙羡少年”——我头脑中闪过了一句古诗。

那会儿的台上，如同街头闹剧。我的目光，一会儿望向那三十二三岁的男子，一会儿望向小伙子。而他俩，一位像是大学里的青年教师在劝架，特知识分子劲儿地劝着，却总劝一句话："别这样，别这样。"像不会劝，不得不劝。小伙子则像是他的学生，与老师同行至街口，遇到特殊情况了，老师已在示范着相劝，自己又怎能不实习着劝呢？也总劝一句："得啦，得啦……"

我诧异——因为那会儿，我从小伙子脸上看出了腼腆！

那个敬业地结束了表演的小伙子，他又出现在台上时，将他的真性情也带在脸上了。正如那个三十二三岁的，这会儿像是大学历史系或哲学系教授的男子，将他刚才表演时必戴不可的丑俗假面留弃在后台了。

我忘了他们都是怎样下台去的。

我也不记得整场节目是怎么结束的。

我只注意观察那些与"二人转"没什么关系，却又不得不打着"二人转"招牌卖艺的人们的脸了。

当朋友跟我说话时，剧场里已只剩我俩还坐在座位上了。

朋友问：印象如何？

我说：一种忧伤。

朋友又问：忧伤？那，能接受吗？

我说：根本不能。

可，在东北三省，他们是一个不小的"族群"呢！据说，有两三千人。两三千个家庭靠他们这么挣钱过生活、脱贫。除了这一行，没有另外一行能使他们每月挣六七千、一万多。不过他们的收入极不稳定，一旦没人招聘，那就没有收入了。他们唯一擅长的，就是表演那些。他们最担心的，就是这样的表演场所被取缔了……

所以我忧伤。

如果你是文化官员，会严令取缔吗？

不。你呢？

也不。不忍。取缔了叫他们一时去干什么？目前工作这么难找，失业的人在增加……

祝他们目前的人生顺遂吧！

当某现象与某些人的生存之道连在了一起，如查那现象并不构成对社会和对别人的犯罪性危害，如果“某些人”是人数不少的人，则我就会对“生存”二字执敬畏的态度，将文人清高的一己之见收敛不宣了。

在此点上，我承认我是“分裂”的。

并且，不以为自己多么的随俗可耻。

当我和朋友走出剧场时，马路上已清静了，剧场门口伫立着几个人。

朋友小声说：是他们。

我也看出来了。

我忽然很想吸支烟，却只带了烟，没带打火机。

我问他们：谁能借个火？

有人掏出了打火机，并且按着，一手拢着伸向我。我吸着烟后，看他一眼，见是那个曾在台上将橡胶手套往头上套的瘦高的小伙子。

我说：谢谢。

他说：不客气。

我问：几点了？——为的是能再端详他们一番。

一个姑娘打开手机看一眼说：差 5 分 10 点了。

台下的他们，真性情的他们，依我的眼看来，竟皆是平静之人、沉默寡言之人、内向之人、腼腆之人、彬彬有礼之人，甚至，斯文之人。

似乎也皆是，有道德感的人，脱离了低级趣味的人……

我以小说家自认为敏锐的眼，望着那样的一张张年轻而心存隐忧的脸，想要对他们微笑一下，却面肌发僵，没笑成。

又来了几个骑摩托或自行车的人，也是他们一伙的。于是他们被摩托和自行车带走了。

有人临去还对我们说：再见……

我转身看那剧场的门面，又一次联想到了《生死场》。心情，便又被难以言说的忧郁所浸淫。

朋友说：他们是去公共浴池赶场了。那种地方晚上都成了价格便宜的旅店，这个时间，他们还能在那种地方继续表演……

我不知说什么好，只有缄默。

远处忽然传来了沉闷的雷声。霎时起一阵大风，要下雨了。

若人人都能换位思考，那世界就和谐了

社会和谐或不和谐，因素很多。主要的现象在民间，主要的前提却不在民间。

百姓其实都是巴望和谐的。因为一切导致社会不和谐状态，首先必使人民的生活乃至生存丧失保障。比如战争，比如动乱，比如枉法，比如苛政，比如一个阶级对另一个阶级的压迫与剥削……

“血流漂杵，人死如林”“持金易粟，粟贵于金”“中野何萧条，千里无人烟”“边城多健（青壮年）少，内舍多寡妇”“梦中依稀慈母泪，城头变幻大王旗”——这样的社会，是断没法和谐的。

片言折狱，严刑诬服，荣势破理，屈诛无辜；万全之利，权者以小不便而废；百世之患，贵者图小利而不顾——这样的社会，也是断没法和谐的。

苛政猛于虎，百姓如刍狗；朱门酒肉臭，路有暴尸殍——在如此这般的社会状况下，“孔子”们那些教化庶民的话，不管多么中听，根本就是废话。倘什么人还喋喋不休地向民间念教化经，那确乎可恶了。

“五四”时期，“打倒孔家店”成主流的社会风潮，运动者们固然有偏激之处，孔老夫子委实也有点儿冤枉，但平心静气地想一想，却并不能说这是文化人士根本不负责任的胡闹。

不久前与几位同龄辈闲聊，有人言：“除了‘文革’十年，中华人民共和国成立凡五十余载，竟无内战，无论如何，该说是中国人的福。”皆肃然，遂纷纷点头。想想半个多世纪前的中国，可能比今天的伊拉克还要悲惨。凡中国人，不可能不由而庆幸。

窃以为，今日之中国，民间也来总结和谐的经验，吸取不和谐的教训，还是有了不少可行性的前提的。虽然发生在我们百姓日常生活中的不和谐，对于社会只不过是细节，且与什么大前提无关。但有时却会令当事人目瞪欲裂，血脉债张，甚而真的向社会溅出血去，更甚而闹出人命来……

有次我在某市碰到这样一件事——上午我散步时，见一环卫工正在清理垃圾桶，旁边一女子在遛狗。那狗突然拉了屎，女子倒也自觉，而且分明有所准备，从兜里掏出卫生纸，包起狗屎打算扔进垃圾桶里。而那环卫工不知为什么不高兴了，将垃圾桶的盖子一盖，不许女子将狗屎扔进去。那女子手捏着一纸包狗屎，也不高兴了。

她质问："为什么不许我扔进去？"

环卫工理直气壮："这是垃圾桶，不是扔狗屎的地方。"

我想，那环卫工之所以不高兴，恐怕是觉得自尊心受到了伤害（在我们的社会中，不尊重环卫工人的人格和他们的劳动，甚而蓄意伤害他们自尊心的事也确实屡屡发生）——我干这么脏的活儿，每月那么少的工资，整天默默地为你们城里人服务，你们城里人何时正眼瞅过我们一次？我这儿正在扎塑料袋口呢，你偏赶这会儿当我面儿往袋里扔狗屎……这么一想，自然就有点儿是可忍孰不可忍了。

都讲要换位思考，我想，如果那女子当时能换位思考一下的话，只消一句自嘲言语，环卫工心里的气肯定顷刻全无。

但那女子却手捏着一纸包狗屎认真起来。

"难道狗屎不是垃圾！"

"垃圾是垃圾，狗屎是狗屎！难道我是专门清理狗屎的人？！"

"狗屎也是垃圾！"

"狗屎不是垃圾！垃圾是生活废弃物！"

"狗屎就是废弃物！"

"这叫垃圾桶，不叫狗屎桶！"

"你胡搅蛮缠！"

"你才胡搅蛮缠！"

这时，对于那女子，怎么样才能扔掉狗屎似乎已不重要了，似乎理论明白狗屎究竟属不属于垃圾更为重要了。

她的思维逻辑显然是这样的——只有通过理直气壮的辩论，迫使环卫工承认狗屎也是垃圾，手中的狗屎才会顺利扔掉。

她肯定还觉得很委屈——自己的狗在道上拉了屎，自己并没牵着狗一走了之，而是掏出纸包拾了起来，却偏偏遇到一名犯浑的环卫工不许自己往垃圾桶里扔！她也是可忍孰不可忍了。

那小狗蹲于地，看着一男一女两个人恶色相向，不明所以一脸困惑。

我见他们越吵越凶，趋前劝之。

我是有立场倾向的——暂且不论狗屎是否属于严格意义上的垃圾，看一个女人一直拿在手里总不是回事儿，所以侧重于劝那环卫工退让一步……

环卫工则指着那女人说："你看她那凶样子！反倒来劝我？今天我偏陪她较这个真儿，你别管闲事！"

斯时那女人的样子确实已快失控——换位替她想想，手里一直捏着一纸包狗屎呢，样子能和谐得了吗？

劝解无效，我只得去散我的步。

半小时后再经过原地，环卫工不见了，被警车拉走了；女子也不见了，被救护车拉走了。满地血点子，一名警察在向些个人了解流血事件的过程。

而我听到的情况是这样——后来那女子将狗屎摔到了环卫工的脸上，后者用垃圾桶的盖子狠狠拍了她……才半小时，倒也算是速战速决。

我还听到有人评论道：“唉，这个女子也是死心眼儿，不许往垃圾桶里扔，走几步扔那片草坪上得了嘛，正好做肥料。”

闲人们皆道：“是啊，是啊。”

我心里边就有点儿自责，怪自己半小时前没想到，所以劝得也不得法。若那么劝了，一场街头流血事件不就避免了吗？

紧接着又有人说：“没见草坪那儿正有人推着剪草机剪草吗？我要是那人，往草坪扔狗屎，我还不许呢！”

想想，这话也是有预见性的。

那，狗屎除了往人脸上摔，还能怎么个“处理”法儿呢？

我困惑。

几天前的一个早晨，我在家附近的元大都遗址公园散步，见一高个子和一中等个子的公园保安正与一对中年夫妇理论。公园管理处有一条新规定——不得在公园内进行“大规模”摄影。

这无疑是一条好规定。若此公园成了随便拍广告、影视外景的地方，显然会影响人们晨练、健身，也必增加管理难度。那对中年夫妇是推辆幼儿车到公园里来的，车里的孩子看上去还不满周岁，中年得子，多高兴的事儿，丈夫想多拍几张照片，散步的人们于是都绕开走，他们很能理解那一对夫妇的愉快心情。但是两名保安不知为什么对此事认真起来，上前阻止他们拍照。他们自然要问：“为什么？”

答曰：“有规定，禁止‘大规模’摄影。”

那丈夫诧异了：“我们这是‘大规模’摄影？”

高个子保安肯定地说：“对。因为你架三脚架了，架三脚架就算‘大规模’摄影。”

“可我这三脚架这么小，只不过是为了相机稳定和能够自拍。”

“别跟我们说这么多，我们在执行规定。”

“哪儿规定的？”

“上级。”

“你们的上级是哪儿？”

“这你就无权过问了。”

“我要找你们上级提出抗议。”

“我们又没侵犯你的人权，只不过是在执行规定，所以有理由不告诉你。”

“你们侵犯了我的人权！”

“我们怎么侵犯你的人权了？”

“你们凭什么不许我们拍照？！”

“凭规定。”

“你看那儿，那儿，他们都在照！”

“他们没支三脚架。”

“支这么个小三脚架就算‘大规模’摄影了？！”那丈夫吼起来了。

“对，我们这么认为。”高个子保安的口吻听来一点儿商量都没有。

于是引起围观。

几位息事宁人的老者对两名保安说："别这么较真儿嘛，什么都不影响，一会儿就照完了呀！"

我也附和着那么说。

高个子保安却坚定地摇头："不许。"

看得出他当保安有些年头了，还看得出那中等个子的保安是新人，一直沉默不语，仅仅以不反对高个子保安的态度表现他的支持。在我们的生活中，这类以不反对的态度表现的支持，我们已司空见惯。而那高个子的保安，似乎要为中等个子的保安做铁面无私之榜样。

那女人妥协了，她说："那就别用三脚架了，合影时请别人给照一张算了。"

而那丈夫势不两立起来了，掏出手机大声嚷嚷："我还偏不信这个邪！我通知电视台！"

接着一通拨手机。

高个子保安冷冷一笑："我奉陪。"

两保安一动不动站在原地，监视着那一对夫妇。

婴儿车里的婴儿却始终甜甜地睡着，对于大人们的冲突浑然不觉。

我不愿劝人不成，自取其辱，便转身走开了，但也不想回家。

我打定主意，要看这一件事究竟怎么个了结。

当我绕了一圈又经过那儿时，那丈夫不给电视台打电话了，开始给派出所打电话……

我又绕了一圈，派出所来了两名年轻的民警，在听双方各执一词……

我绕了第三圈回来，两名年轻的民警同志还在那儿调解。看得出，就这么一件小事，还真使他们感到为难。

一方据理力争的是正当的公民权，抗议不合理的规章制度；一方寸步不让的是执法权威，坚持有章必行。

至于那规定本身，不用说初衷肯定是好的，是为了维护大多数公民的利益。

但事情怎么就闹成这样了呢？

我那时又忘了友人们经常对我进行的闲事莫管的教导，指着那高个子保安厉喝："住口吧你！就为不许人家照几张相，你们两名保安站在这儿都四十几分钟了，成心犯浑啊！"

这时保安队长闻讯赶来了，也冲我嚷嚷："这儿正调解呢，你多的什么嘴？"

我大声说："看不过眼去的事，每个公民都有说话的权利！"

于是围观者七言八语，都说事情根本不值得那么较真儿。

而两名派出所的同志趁机将保安们推走了。

那一对夫妇终于可以照相了，但他们并没开始照——脸上的表情那么不悦，照出来的效果会好吗？

回到家里的我，却吃不下早点了，为自己所见的事生气，却又不知究竟该生哪一方的气。虽然我当时认为保安们不对，但冷静一想，他们都那么年轻，而且是外地人，能在北京当上保安那也不容易，如果上司确曾对他们说过“支起三脚架即算‘大规模’摄影”——这是很有可能的。那么他们明明看见了有人在支起三脚架摄影，不禁止行吗？万一管他们的人看到了，斥责他们失职，兴许还会开了他们，那他们又怎么担当得起呢？因为小小的过失开一两名保安，还不是家常便饭吗？这么一想，我不免又理解起两名保安小伙子了，并因为我对他们的态度感到深深的内疚和羞惭。

那么说来说去，是那一对中年夫妇有什么不对喽？可他们究竟又有什么不对呢？我看得出来他们并不住在附近。想想吧，在星期日的上午，一家人高高兴兴地前来公园，本打算为孩子拍几张纪念照，只因为架起了不足一米高的三脚架却被视为进行“大规模”摄影，再三辩说也不许照，那么多人帮之说情也无济于事——换了谁，都不会乖乖地服从。

但如果哪一方都无错可责，又怎么会在一个明媚的上午，在一处美丽而又人气和谐的公园里，双方大煞风景地僵持四十几分钟，以至于不得不呼来派出所的民警呢？

孰是孰非，又像“狗屎究竟算不算垃圾”一样，似乎成了“斯蒂芬斯之谜”。

此事使我联想起另一件事——前不久，我的一外省友人在电话中告诉我，他险入一次鬼门关，所幸阳寿未尽，又回转到现世来了。他是一位七十余岁的老先生，什么事都循规蹈矩，唯恐给别人留下为老不尊的不良印象。但他说起他的遭遇，竟异常激动：某日十点左右，忽觉头疼，起初并不在意，然其疼与时俱增，挨至中午，已甚剧烈。情知不妙，赶紧打的去医院。及至，下午各科的号已全挂满，只有专家门诊尚可加号，于是挂了一个专家号。

我问："为什么不挂急诊啊？"

他说他是有些常识的，估计自己可能是脑血管方面出了问题，那么首先要拍脑部的血流片子。急诊也必如此，专家门诊也必如此。与其在急诊部排队，莫如在专家门诊加个号，只开上拍片的单子，最多也就半分钟的事儿，并不耽误别人就诊，自己也能很快进入拍片室。

问题就出在了他的这一种想法上。挂号处给他开的是三十二号，这意味着他要坐在专家门诊室处等很久。

可那时他的头更疼了，几乎忍受不住了。

专家门诊室外有专门监管秩序的护士。他上前央求："能不能先照顾我一下啊，就半分钟，啊？"

护士断然拒绝："不行，都得按号看病。"

"我头疼得厉害，快忍不住了啦。"

"那去看急诊。"

"可我已经挂了专家号。"

"那就是你个人的问题了。"

七十余岁的老人便再无话可说。

还说什么呢？

以他的年龄，以他的修养，是断不会硬闯入专家门诊室去的。万一和是自己孙女辈的小护士拉拉扯扯起来，成何体统呢？

于是他转而去分号台那儿央求。

可人家说只管分号，不管别的事。想要受到优先照顾，还是得跟在专家门诊室外监管秩序的护士去说。

他便又回到了专家门诊室那儿，再次央求。

小护士还是不肯给予照顾，且振振有词："我站在这儿是干什么的？就是负责监管秩序的。有秩序对大家都公平，不能因为你一个人破坏了公平。你头疼，别人就哪儿都好好的吗？老先生，还是耐心坐在那儿等着吧。既然给你开了号，下班前就准能轮到你……"

小护士对他谆谆教导，听来那一番话不能说毫无道理。医院专门安排几名护士在专家门诊前监管秩序，那也确实是对大多数看病的人负责任的一种措施，而那小护士分明也是想认认真真地负起自己那一份职责。

但是对于我的友人，那一种认真却未免近于冷酷无情。出于热爱自己生命的本能，趁一个看病的人刚从专家门诊室出来，他便顾不了许多地硬往里闯了。

"你这人怎么这样？"小护士还真拽住了他。

"姑娘，我不骗你，我的头……"

老人家一急，话没说完，竟身子猛烈一抖，随之往后便倒。老先生脑血管因堵塞而破裂，幸而抢救及时，进行了开颅手术，捡回一条命。

在我们普通人所终日生活的社会细节里，如此这般的些个事举不胜举。若想从这类事中分清孰对孰错，是很难的。若想完全避开这类事，也是很难的。这类事和腐败没有什么关系，和官僚主义也没有什么关系，和所谓的社会公平正义更没有什么关系，但它却也是那么影响我们对现实生活的感受，现实生活是否值得我们热爱，往往也由这类事对我们生活情绪的影响而定。

以我自己为例，我大致归纳了一下，倘从我十八岁成年以后算起，大约有三分之一使我大动肝火的事，其实正是以上一类事。这类事是任何一个国家的政府都不大能替人民操心得到的，也是任何一个法官都难以断清的。任何一个国家的环卫部门都不曾对狗屎究竟算不算垃圾做出过权威结论。难以想象的是，有时一条好的规定、一项好的措施竟会使人和人的关系反而不和谐了。

关键还是在人。

正如我们常说的："规章制度是死的，人是活的。"

而这句话在人口少的国家是一回事，在我们有十三亿多人口的中国是另一回事。

如果元大都遗址公园每天早晨健身的人少了一半，那两名太过认真的保安对那一对中年夫妇也不会那么认真了吧？

如果我们的医院不都像集市一样，那么太过认真的小护士也会对我的友人予以照顾了吧？

十三亿多，对于一个国家而言，人口真是太多了。以至于在我们社会的每一条褶皱里，每一个细节中，都时常会发生些本不该发生的事。

我喋喋不休地讲述以上几件事其实并非为辨明是非，而只不过想使我自己和我的读者更加明了——管别人的人，不要总习惯于对别人像牧人对待羊群中的一只羊一样；被管的人，遇到了太过认真的人，应像车遇到了拦路石一样，明智地绕行。

向我年轻的老师们致敬

这里所说的老师们，乃是一些年轻的编辑们——有些出书前我见过；有些书已出版多年了，我却只与他们通过话，至今没见过。2000 年以后，他们是越来越年轻了，大抵是“80 后”，也有“90 后”，“70 后”已较少。

2000 年以后，我的散文集基本上都是年轻的编辑朋友们负责选编的，书名也是他们定的。此刻我认真回忆，竟想不起哪一本散文集内容上是我自己选编的，书名是我起的。

倒也不是我太懒，而是我越来越觉得，由他们选编总是比我自己选的更理想一些，他们确定的书名也比我起的好——坦率讲，我自己是想不出来的，比如《小人物走过大时代》这样的书名我自己就想不出来。想不出这样有新意的书名，便也选不出与书名相对应的内容来。

从此点来说，我的年轻的编辑们，不论见过的或没见过的，皆吾师也。

他们有许多值得我学习的方面。

我感激他们，还要向他们致敬。

我之散文，自然也有不少写自己情感、情愫、情怀、情调和情绪的篇章，但更多却是写他者的——那些平凡而又引起我关注的他者。

若我的笔能呈现他们之人生中的酸甜苦辣、努力与追求、光荣与憧憬，便实在也是我的欣慰，我的光荣。

但愿我的笔还能为他们再多写几年。

在此，向为编辑此书而付出时间与精力的梁惠同志深深鞠躬了！

梁晓声

2021.10.4

北京